हिमांशु जोशी

की यादगारी कहानियां

हिमांशु जोशी

हिन्द पॉकेट बुक्स
पेंगुइन रैंडम हाउस इम्प्रिंट

हिन्द पॉकेट बुक्स

यूएसए। कनाडा। यूके। आयरलैंड। ऑस्ट्रेलिया। सिंगापुर
न्यू ज़ीलैंड। भारत। दक्षिण अफ्रीका। चीन

हिन्द पॉकेट बुक्स, पेंगुइन रैंडम हाउस ग्रुप ऑफ़ कम्पनीज़ का हिस्सा है,
जिसका पता global.penguinrandomhouse.com पर मिलेगा

पेंगुइन रैंडम हाउस इंडिया प्रा. लि.,
चौथी मंजिल, कैपिटल टावर -1, एम जी रोड,
गुड़गांव 122 002, हरियाणा, भारत

पेंगुइन
रैंडम हाउस
इंडिया

प्रथम संस्करण हिन्द पॉकेट बुक्स द्वारा 2012 में प्रकाशित
यह हिन्दी संस्करण हिन्द पॉकेट बुक्स में पेंगुइन रैंडम हाउस द्वारा 2022 में प्रकाशित

10 9 8 7 6 5 4 3 2

इस पुस्तक में व्यक्त विचार लेखक के अपने हैं, जिनका यथासंभव तथ्यात्मक सत्यापन किया गया है, और इस संबंध में प्रकाशक एवं सहयोगी प्रकाशक किसी भी रूप में उत्तरदायी नहीं हैं।

ISBN 9789353492700

मुद्रकः रेप्रो इंडिया लिमिटेड

सम्मति

स्वातंत्र्योत्तर हिन्दी कहानी को हिमांशु जोशी की कहानियों के बग़ैर पहचाना नहीं जा सकता। हिन्दी कहानी ने जितनी भी रचनात्मक मंज़िलें तय की हैं, उन रचना-यात्राओं और मंज़िलों पर उनकी कोई-न-कोई कहानी साथ चलती या मंज़िल पर मौजूद मिलती है।

हिमांशु जोशी कहानी नहीं लिखते और न इनकी कहानियां बंधे-बंधाए ढांचे में रूपाकार ग्रहण करती हैं, बल्कि वे मानस को आंदोलित करके अपना विधागत स्वरूप और महत्ता प्राप्त करती हैं। घटना, बात या सरोकार को कहानी की संवेदनात्मक सिद्धि दे देना उनकी नितांत अपनी विलक्षण कथन-प्रतिभा और उपलब्धि है। उनकी कहानियों में रचना और जीवन की अद्वितीय अन्विति है... कैसे जीवन-यथार्थ रचना बनता है और रचना कैसे जीवन-यथार्थ का पर्याय बन जाती है, यह उनकी दुर्लभ सृजन की कालजयी प्रतीति है, जो स्मृति धरोहर बन जाती है। उनकी कितनी कहानियों को याद करूं...'जलते हुए डैने', 'अंततः' 'रास्ता रुक गया है', 'काला धुंआं', 'तपस्या' से लेकर विदेशी तथा अन्य अनुभव भूमियों पर लिखी 'सागर तट के शहर', 'अगला यथार्थ', 'आयतें', 'ह्वेनसांग...', 'एक बार फिर' आदि को रेखांकित करूं तब भी दसियों उत्कृष्ट कहानियां रेखांकित किए जाने की मांग करती हैं...

— कमलेश्वर

कथा-यात्रा

एक

आज जब पीछे मुड़कर कभी देखता हूं, तो सच नहीं लगता। लगता है, जैसे पचास साल लम्बी यात्रा कल ही तो शुरू हुई थी और आज पांच दशक भी पूरे हो गए!

ऐसा भी कहीं होता है? ऐसा भी कहीं हुआ करता है कि केवल एक ही दिन में पचास साल लम्बा वक़्त गुजर जाए?

हां, कभी-कभी हर असम्भव सम्भव हो जाता है और हर सम्भव असम्भव।

सम्भव और असम्भव के बीच झूलती यह उसी की कहानी है।

मैं आज की नहीं, अतीत की बातें कर रहा हूं। तब भी तो वह ऐसा ही था! कुछ-कुछ इसी तरह का। सीधा-सादा...। अन्तर्मुखी... अपने में लीन... बेहद संकोची...किसी हद तक शर्मीला...नासमझ। संयुक्त परिवार में पितृहीन शिशु की जो त्रासदी होती है, कुछ-कुछ वैसी ही उसकी भी थी। सब-कुछ होते हुए भी कुछ न होने का और कुछ न होते हुए भी सब-कुछ होने का अहसास।

कहते हैं,अभी वह सात साल का भी न था कि सिर से पिता का साया उठ गया। वे स्वाधीनता-संग्राम में थे। गांधीजी का अलख जगाते-जगाते वे स्वयं ही चिरनिद्रा में लीन हो गए थे कहीं! और तब एक सम्पन्न परिवार देखते-देखते विपन्न हो गया! सारा सुख-वैभव अतीत का स्वप्न बनकर रह गया!

कभी-कभी अभिशाप भी किस तरह से वरदान के कारण बन जाते हैं और वरदान भी अभिशाप के, मैं वही कुछ कहने जा रहा हूं, लेकिन उससे पहले जीवन में कुछ करना, उसकी नियति है? शायद उसे कभी-कभी अहसास होता, तो उसके हाथ अपने

आप छटपटाने लगते। चित्रकला का बेहद शौक था। पुस्तकें पढ़ना या घंटों अकेले में बैठे रहना भी अच्छा लगता था। कभी-कभी एकान्त के क्षणों में कागज काले कर लिया करता। क्या लिखता है? क्यों? उसे पता न था, फिर भी वह लिखता था, यानी पुस्तक के पन्ने पलटना सीख ही रहा था कि कभी-कभी उलटी-सीधी तुकबंदियां भी कर लेता था।

उम्र के साथ-साथ धीरे-धीरे यह मर्ज़ भी बढ़ने लगा था। अभी उसका क़द कुछ ही बढ़ा था कि तुकबंदियों की पंक्तियां भी उसके साथ-साथ लम्बी खिंचने लगीं। परीक्षा के क्षणों में भी उसे कविता सूझने लगी। एक प्रकार का यह पागलपन बहुत अर्से तक घेरे रहा उसे।

नैनीताल में अध्ययन के दिनों में अध्यापक जब नोट्स लिखवा रहे होते, वह सबसे पिछली सीट पर गर्दन झुकाए बैठा कविता लिख रहा होता। कई बार दण्ड भी मिला, पर आदत थी कि छूटने का नाम न ले रही थी।

समय हर रोग की दवा है न! अतः इस रोग का निदान भी समय स्वतः निकालने लगा। दूसरे नशों की तरह धीरे-धीरे यह नशा भी उतरने लगा, किन्तु इस उन्माद से अभी भली-भांति मुक्ति मिल भी न पाई थी कि एक और फ़ितूर उस पर सवार होने लगा। हर क्षण उसके मस्तिष्क में कहानी का कोई-न-कोई ऊल-जलूल प्लाट घूमने लगा।

लिखने का जो सिलसिला तब शुरू हुआ, वह किसी-न-किसी रूप में आज तक चल रहा है। डॉक्टर कहते हैं कि इस मर्ज़ का दुनिया में कोई इलाज नहीं।

दो

सचमुच में उसके घोर संकट के दिन थे वे! अग्नि-दीक्षा के।

जीवन-मृत्यु के झूले में झूल रहा था वह।

दिल्ली की धूल-भरी तपती सड़कों पर बावला-सा भटक रहा था। बर्फ़ीली, शीतल पहाड़ी धरती से उठकर आया था वह, गर्मी में सिंकते इस जलते भाड़ में। चारों ओर जैसे आग बरस रही हो!

एक अनजान, अपरिचित महानगर! नहीं-नहीं, नीम पागलों की एक अन्तहीन बस्ती। आदमी-ही-आदमी। मकान-ही-मकान। इन आदमियों और मकानों के मिले-जुले जंगल में वह कहीं खो गया था। दिन-रात इन भीड़-भरी सड़कों पर भटककर कहीं वह अपने को ही खोज रहा था।

न ढंग से सिर छिपाने के लिए ठौर! न दो रोटियों का जुगाड़!

स्वयं पर आश्रित होने पर भी अपने पर आश्रितों का अदृश्य बोझ! कर्त्तव्य-हीनता या पलायन का अपराधबोध! वह कहीं भीतर-ही-भीतर छटपटा रहा था, पर इस सबके बावजूद एक प्रकार का गहरा जुनून छाया हुआ था उसमें। जीवन में कुछ कर गुजरने की तमन्ना!

इस घटाटोप अंधियारे में कहीं कुछ अदृश्य उजास की किरणें थीं। सवेरे का एक भ्रम कहीं खींचे ले जा रहा था उसे।

सवेरा न हो, केवल रात-ही-रात हो, यह कैसे हो सकता है!

दिन-भर का हारा-थका रात को अपने किसी रिश्तेदार के एक कमरे के 'घर' में लौटता, तो गहरा अंधियारा उसकी राह देख रहा होता। रिश्तेदार मिल में मजदूर था। अकेला था, अक्सर रात की पाली में बाहर रहता था। इसलिए इस चारपाई-भर लम्बे कमरे में सांस ले पाना सम्भव हो पाता था।

दिल्ली के एक छोर में बसी अनधिकृत गंदी बस्ती बाग कड़े ख़ां। बित्ते-भर की ठौर! केवल अधउखड़ा-सा टूटे फट्टे का एक झूलता हुआ दरवाजा, जिसमें धूप, हवा, धूल, धुंआ ही नहीं, वर्षा की बौछारों का पानी भी आराम से आर-पार हो जाता। जिस दिन रिश्तेदार की रात की ड्यूटी न होती, रिश्तेदार चारपाई पर सोता और वह चारपाई के पाए के पास थोड़ी-सी जगह में पांव सिकोड़े अपने बिस्तर पर पड़ा रात गुजार देता। ऐसे में कभी बारिश हो जाती, तो सुबह उठने पर लगता, जैसे अभी-अभी किसी तालाब से उठकर आ रहा हो। इतना सब होने पर भी उसे यह एकान्त, यह उमस-भरा अंधियारा कमरा बहुत अच्छा लगता, क्योंकि रात को पढ़ने-लिखने का कुछ अवसर मिल जाता था यहां।

रूखा-सूखा कुछ चबाकर, हैंडपम्प का ढेर सारा ठंडा पानी पीता। चारपाई के नीचे रखे छोटे-से, रीते गोल ड्रम को खड़ा करता, उसके ऊपर अपना टिन का चौकोर पुराना बक्सा जमाकर मेज़ का आकार दे देता। बैठने के लिए कुर्सी तो थी नहीं। इसलिए चारपाई की बांस की पाटी पर बैठ जाता और तमाम काग़ज़-पत्तर फैलाकर लिखने लगता।

एक-एक कहानी कई-कई बार लिखता। जब तक सन्तोष न हो, लिखता रहता। एक-एक शब्द साफ़, मोती-सा होना चाहिए, उसकी तब की धारणा आज तक ज्यों-की-त्यों बनी है।

कितनी रातें इसी तरह जाग-जागकर वह बिता देता था!

पर उसका इस तरह जागना, जाग-जागकर लिखना, उसके मकान मालिक को रास न आ पा रहा था। उसका धंधा दूध बेचने का था। बाहर-भीतर भैंसें-ही-भैंसें। उसका कहना था कि इस तरह रात-भर बिजली जलती रहने के कारण उसकी भैंसें आराम

की नींद सो नहीं पाती हैं, इसलिए दूध कम दे रही हैं। भैंसों का इस तरह सो न पाना, जागते रहना और दूध कम देना, उसके मन में एक प्रकार की ग्लानि का भाव पैदा कर रहा था। उस पर मकान मालिक का यह कहना कि कमरा उसने एक छड़े के रहने के लिए दिया है, फिर दो के रहने का क्या औचित्य? ये सारे तर्क उसे अपनी जगह ठीक लग रहे थे।

पर दिन-भर वह मारा-मारा यों न भटके, रात-भर जाग-जागकर यों न लिखे, तो क्या करे! किनारा कहीं भी नज़र न आ रहा था।

तीन

एक ट्यूशन! मात्र एक महीने के लिए! कितने मिलेंगे, इसका भी भरोसा नहीं। खाना, पीना, रहना सब मित्र के मत्थे!

दिन किसी तरह बीत रहे थे। कहानियां लिखते-लिखते कहीं स्वयं भी वह कहानी का पात्र बन रहा था, दुःख इस बात का था।

भीषण गर्मी के दिन! कहां किशनगंज का बाग कड़े खां, कहां तेरह-चौदह मील दूर दरियागंज! एक ट्यूशन के लिए दिल्ली के एक छोर से दूसरे छोर तक की पदयात्रा! सारा समय यों ही निकल जाता।

यों किशनगंज से पुरानी दिल्ली रेलवे-स्टेशन तक का रेल का टिकट एक आने का होता था, पर यह भी कोई थोड़ी-सी रकम थी क्या?

'आकाशवाणी' में ऑडीशन था उस दिन। सोचा दरियागंज से ही होकर चला जाए! एक दिन फैज़ बाजार की सड़क पर भटकते-भटकते जैनेन्द्रजी की नेम-प्लेट दिखलाई दी थी। उसने सोचा, उनसे भी मिल लिया जाए। किसी से कम तो उसने अपने को कभी समझा नहीं, भले ही अभी तक कुछ छपा न था।

जैनेन्द्रजी दिन में अपने कार्यालय 'ऋषि-भवन' में बैठते थे। वह मिला। कुछ औपचारिक-सी बातें हुईं, तालस्ताय और रोम्या रोलां के जीवन-दर्शन की। जब वह जाने के लिए उठे, तो उसके हाथ में बेलन की तरह लिपटे काग़ज़ों को देखकर जैनेन्द्रजी ने यों ही पूछा, 'यह क्या लिखा है?'

'जी, कुछ...नहीं, ऐसे ही...कल रात ख़ाली बैठे-बैठे लिख रहा था...।'

'कहानी है?'

वह यों ही हंस पड़ा, 'कहानी-वहानी नहीं, ऐसे ही...!'

जैनेन्द्रजी ने उसे पढ़ा, 'भई, कहानी तो वाक़ई अच्छी है। 'नवभारत टाइम्स' का

ऑफिस देखा है? यहीं पास ही है। अक्षय को दे आओ। कहना कि वह मुझे फोन कर लें।'

अक्षयजी के कमरे में कहानी तो चपरासी के मार्फत उसने भिजवा दी, पर यह कहना गवारा न लगा कि इसे जैनेन्द्रजी ने भिजवाया है।

उसकी मान्यताएं आरम्भ से ही कुछ विचित्र-सी रही हैं। इसे उसका स्वाभिमान भी कह सकते हैं, जन्मजात अहं भी। लेखन में यह सब उसे कभी जंचा नहीं। जिस आदमी में आत्माभिमान ही न हो, वह लिखेगा क्या...?

शायद इसीलिए उसने कभी किसी बड़े लेखक से अपनी किसी पुस्तक की भूमिका नहीं लिखवाई। न किसी की राय को फ्लैप पर छापने की आवश्यकता ही अनुभव की और न किसी तरह के प्रमाण-पत्रों या सम्मान-पत्रों को महत्त्व दिया! न उन्हें संवारकर ही रखा।

आज भी किसी मित्र के घर की दीवारों पर 'पद्मश्री', 'पद्मभूषण' या किन्हीं प्रशस्ति-पत्रों को फ्रेम में मढ़ा देखकर उसे आश्चर्य हुए बिना नहीं रहता! लेखक को भी क्या इस तरह की सनदों की आवश्यकता होती है?

चार

एक दिन! रविवार की सुबह-सुबह!

डेरे के पास ही खोखे पर चाय पीने पहुंचा, तो देखा, चील के पंखों की तरह काठ की मैली-सी मेज़ पर भिनभिनाती मक्खियों के बीच आज का ताज़ा दैनिक-पत्र बिखरा पड़ा है। उसमें उसकी वही कहानी छपी है।

यह पहली प्रकाशित कहानी थी उसकी। वर्ष था–1956।

उस दिन उसके पास केवल इतने ही पैसे थे कि या तो वह एक प्रति समाचार-पत्र की ख़रीद ले अथवा एक प्याला चाय पी ले! पास की दुकान से वह समाचार-पत्र ख़रीदता है और बिना चाय पिए ही डेरे पर लौट आता है।

आज कभी-कभी अतीत की ओर झांकता है, तो लगता है, इतना लम्बा समय इस छोटी-सी जिन्दगी में कुछ कम तो नहीं होता! न जाने एक साथ कितने-कितने जीवन जिए उसने! सुख और दुःख दोनों की ही पराकाष्ठा को देखा। सुख को भी कभी-कभी दुःख का कारण बनते पाया और दुःख के मूल में भी कहीं कोई सुख! कालान्तर में, कौन किसका निमित्त बनता है, इसका गणित कोई आसान तो नहीं!

यदि उसके जीवन में इतने उतार-चढ़ाव न आए होते, तो कहानियों में इतने विविध रंग कहां से उभरते? अनुभूति और संवेदना की ये प्रतिच्छायाएं कहां से झलकतीं?

अभिशाप भी कभी-कभी यों वरदान बन जाते हैं, अनायास। हर विपत्ति कुछ-न-कुछ दे जाती है। उसका हमेशा का अपना अनुभव है।

उपेक्षा क्या होती है? शोषण किसे कहते हैं? आदमी कितने स्तरों पर, कितने रूपों, कितने रंगों में जीने के लिए विवश होता है? अपनापन किसे कहते हैं? पराएपन का दंश कितना गहरा होता है? ये सब उसे अपने ही अनुभवों के अंश लगते हैं। शायद इस सबके मूल में, यह कारण रहा हो कि हर दुःखी का दुःख इसीलिए आज उसे कहीं अपना ही दुःख लगता है। हर किसी की पीड़ा उसे आहत करती है। उसे लगता है, उसके पात्र उसके सामने खड़े हैं और अपनी व्यथा स्वयं व्यक्त कर रहे हैं।

जब-जब वह उनके दुःखों का वर्णन करता है, उसे लगता है, जैसे वह अपनी ही व्यथा को वाणी दे रहा है! इसलिए ये कहानियां उसे कहानियां नहीं लगतीं, देखे हुए यथार्थ के अंश जैसे लगते हैं।

पांच

पहली कहानी के बाद जो सिलसिला शुरू हुआ, वह चलता रहा। उस वर्ष दिल्ली में आयोजित 'कथा-प्रतियोगिता' में उसकी कहानी को प्रथम पुरस्कार मिला। दूसरे वर्ष भी उसकी कहानी को वही सम्मान प्राप्त हुआ। तीसरे वर्ष भी उससे कहानी भेजने के लिए कहा गया, पर उसने भेजी नहीं। जान-बूझकर कतराया! एक ही आदमी हर साल पुरस्कार लेता चला जाए, यह भी कोई बात है!

लिखने और छपने के मामले में वह सदा सौभाग्यशाली रहा। मान-सम्मान भी अनायास मिलते रहे। 1965 में पहला कहानी-संग्रह 'अन्ततः' आया। अब तक जिसके दस-बारह संस्करण हो गए होंगे। उसी वर्ष पहला उपन्यास 'अरण्य' भी प्रकाशित हुआ, जिसे 'उत्तर प्रदेश हिन्दी संस्थान' का 'प्रेमचन्द पुरस्कार' प्राप्त हुआ। 'रथचक्र', 'मनुष्य-चिह', 'जलते हुए डैने', 'तपस्या तथा अन्य कहानियां', 'गंधर्व-गाथा' आदि कई कहानी-संग्रह आए। ऐसी शायद ही कोई पुस्तक हो, जिसके अनेक संस्करण न हुए हों। शायद ही कोई भारतीय भाषा हो, जिसमें रचनाओं के अनुवाद प्रकाशित न हुए हों। अंग्रेजी, नेपाली, बर्मी, चीनी, जापानी, कोरियाई, चेक, स्लाव, नार्वेजियन, इतालियन आदि में भी कुछ कहानियां रूपान्तरित होकर आईं। कुछ कहानियों पर फिल्में बनीं। कुछ के रेडियो-रूपान्तर प्रसारित हुए। कुछ मंचों पर खेली गईं। कुछ पाठ्यक्रमों में लगीं। पुरस्कृत भी हुईं, परन्तु हर क्षण उसे यही अहसास

होता रहा कि अभी ऐसा कुछ लिखा ही कहां गया है! यह तो लोगों का स्नेह भर है। उनकी उदारता। इसमें उसका क्या।

लिखना उसके लिए और कुछ नहीं, मात्र अपनी यंत्रणाओं से अपनी मुक्ति का माध्यम है। वह न लिखे, तो जी नहीं सकता। इसलिए फिर क्या करे?

हां, अपने पात्रों को उसने कभी भी अपने से भिन्न नहीं माना। उनकी हंसी में वह स्वयं हंसा, उनके दुःख में उनके साथ-साथ वह स्वयं भी दुःखी हुआ। किसी पात्र की मृत्यु उसमें कहीं अपनी मौत का अहसास जगाती रही। अपनी पहली कहानी का वाक़या उसे हमेशा याद रहा। कभी भी उसे भूल न पाया।

पहली कहानी जब छपी, तो उसके एक अभिन्न मित्र ने हताश स्वर में कहा, 'जब से मेरी रुग्ण पत्नी ने आपकी यह कहानी पढ़ी, जीने की आस ही छोड़ दी है। उसके मन के किसी कोने में टूटे कांटे की अनी की तरह यह भावना घर कर गई है कि उसके साथ भी सब-कुछ वैसा ही घटित होगा, जैसा कहानी के पात्र के साथ हुआ था...।' च...च्च...! यह क्या?

वह जैसे आसमान से औंधे मुंह सीधे धरती पर गिर पड़ा। ऐसा दुष्प्रभाव भी कहानी का हो सकता है, उसने कल्पना नहीं की थी।

उसने बहुतेरा समझाया कि कहानी को इसीलिए कहानी कहते हैं, क्योंकि वह मात्र कहानी होती है, इसलिए उसमें घटी घटनाओं को अपने जीवन में घटित होने की कल्पना क्या कहीं विवेकपूर्ण मानी जा सकती है? लेखक अपनी कल्पना से जो भी लिखे, वह किसी के जीवन में, उसी तरह, वैसा-का-वैसा कैसे घटित हो सकता है...?

वह ये सारे सही-सही तर्क तो अपनी ओर से रखता रहा, परन्तु पता नहीं क्यों भीतर-ही-भीतर कहीं उसे लगता रहा, जो वह कह रहा है, वह सच होते हुए भी, कहीं किंचित सच नहीं।...वास्तव में कहानी, इसीलिए कहानी कहलाती है कि वह कहानी होते हुए भी कहीं कहानी नहीं, सच भी होती है। इसलिए जो कहानी में घटित हुआ, वह कहीं और भी घटित क्यों नहीं हो सकता...! कहानी भी तो किसी सच पर ही आधारित होती है।

उस दिन से, उसने तय कर लिया कि कभी भी वह ऐसा कुछ नहीं लिखेगा, जिससे व्यक्ति में हताशा या निराशा जागे। साहित्य का धर्म जीवन है, साहित्य का मर्म जिलाना है, मृत्यु नहीं।

पता नहीं, इस सत्य का कितना निर्वाह कर पाया!

छः

अपनी इस थोड़ी-बहुत यात्रा के पश्चात् आज भी जब कभी यह लिखने बैठता है, उसे लगता है, जैसे पहली कहानी लिख रहा हो। वैसा ही भय, वैसा ही संशय! पता नहीं कैसी रहेगी! ठीक-ठीक लिखी भी जाएगी या नहीं।

अनेक कथा-आन्दोलनों को निकट से देखा। शहरों की पृष्ठभूमि पर लिखा, तो थोड़ा-बहुत गांव और कस्बों के जन-जीवन पर भी। मानवीय सम्बन्धों को महत्त्व दिया, तो उलटे-सीधे कथा-प्रयोग भी कुछ कम नहीं किए। निगूढ़, यानी एब्स्ट्रेक्ट कहानियों से जुड़ा रहा, तो फन्तासी पर आधारित कथाएं भी लिखने से बाज न आया।

सचमुच अपने को सौभाग्यशाली मानता है वह। अनेक संघर्षों के बावजूद जीवन में वह सब मिला उसे, जिसकी उसे आकांक्षा रही। पाठकों का असीमित स्नेह, उसके जीवन की अर्जित सबसे बड़ी पूंजी है। यों कहने-भर को कुछ कृतियां उसके खाते में अवश्य हैं, परन्तु सच-सच कहें, तो सचमुच में वह जो लिखना चाहता था, उसे अभी लिखा ही कहां गया है! लगता है, जैसे अपना लेखकीय जीवन अभी-अभी तो उसने आरम्भ किया है। भूमिका तो अभी लिखी ही नहीं, पर उम्र के तीसरे पहर की यह ढलान! निरन्तर लम्बे होते सांझ के ये साए...!

वह अचकचाकर ठिठक पड़ता है। आने वाले कल की उसे अधिक चिन्ता नहीं सताती, न बीते हुए कल का कोई क्लेश-दुःख देता है। बुद्ध के क्षणवादी दर्शन में कुछ-कुछ आस्था रही है। इसीलिए अगले जन्म पर कुछ छोड़ने की आकांक्षा नहीं। अनेक कमियों-कमजोरियों के बावजूद यह संसार उसे नितांत सुन्दर लगता है। निरन्तर जीने योग्य। अक्सर सोचता है वह, काश, अपने कृत्यों से, अपनी कृतियों से, हम इसे कुछ और सुन्दर बना पाते!

-हिमांशु जोशी

7/सी-2, हिन्दुस्तान टाइम्स अपार्टमेंट्स,
मयूर विहार, फेज़-एक, दिल्ली-110091

कथा-क्रम

जड़ें

बार-बार मन उड़कर वहीं-वहीं क्यों जाता है? वे सारे दृश्य क्यों बार-बार उभरकर सामने आते हैं – देवदार की हरी-भरी सुई-जैसी नुकीली पत्तियां! कहीं-कहीं टहनियों के बीच में छिपे हरे, नीले फल! उस पार बर्फ से ढंकी शुभ्र शृंखलाएं-बैनर की तरह दूर तक तनी हुई! फिर नीली-नीली धुंधली घाटियां, धुंधले पहाड़-क्षितिज को छूते! एक अंतहीन दूरी!

पर वही दूरी कभी-कभी कितनी निकटता का अहसास जगाती है और लगने लगता है, जैसे इन पहाड़ों को लपककर छूना कितना आसान है! हाथ बढ़ाया और छू लिया!

पांव बढ़ाते ही लगता है, जैसे नीचे ठीक तलहटी पर ही पांव टिकेगा!

चारों ओर बांज, बुरौंज की छितरी चादरें। बमोर के, लीची के आकार के लाल-लाल फलों से लदी टहनियां! जंगली भालू अक्सर बमोर खाने आते, बचपन में हम कितना डरते थे, भालू से! सुना था, भालू बच्चों के मुंह पपोड़ जाते हैं।

लगता नहीं कि इतना लम्बा अंतराल पार करके यहां आया हूं। तीसरा पहर है, फिर भी लगता है, जैसे कल की घटनाएं हों!

हां, गोबर-मिट्टी से लिपे इस आंगन पर हम, खुबानी की गुठलियों से 'जुट्टी' खेला करते थे। कुछ बड़े होकर मिट्टी की गोलियों के कंचे। आंगन की सीमा के पार किनमोड़े की कंटीली घनी झाड़ियां! किनमोड़े के छोटे-छोटे जामुनी फल जब बीन-बीनकर खाते तो सारी जीभ ही नहीं, होंठ भी जामुनी हो जाते थे। कभी-कभी धिंगारू के रत्ती जैसे लाल-लाल फल... सेब का-सा स्वाद लिए!

लगता है, कुछ-कुछ बदल गया है अब! नहीं, नहीं, सब कुछ!

पर मन बार-बार धुंधलके में से कुछ खोजने के लिए नन्हें बच्चे की तरह क्यों मचल रहा है!

पेड़ अभी भी हरे उगते हैं यहां। धीरे-धीरे सूखते खोलों, जलाशयों और नदियों में अभी भी जल ही प्रवाहित होता है। आसमान अभी भी वैसा ही नीला दिखता है। फिर सब कुछ वैसा होते हुए भी, वैसा ही क्यों नहीं लगता!

आंखें सच-सच क्यों नहीं देख रही हैं सब?

क्यों भ्रम होता है, कभी-कभी कि अब वृक्ष नहीं, वृक्षों के प्रतिबिम्ब मात्र रह गए हैं ये! मात्र हरे साए। नदियां और पहाड़ भी सचमुच के पहाड़ नहीं, सिनेमा के पर्दे पर उभरते मात्र दृश्य भर हैं।

वृक्षों को छू-छूकर मैं देखता हूं तो सिहरन-सी होती है। यह नदी, लावारिस-सी पड़ी नीली चादर कब बन गई? ये पहाड़, इनमें स्पंदन क्यों नहीं लग रहा है मुझे? क्यों ये जड़ हो गए हैं?

अपने खेतों की मेंड़ पर खड़ा होकर मैं अतीत ही नहीं, कहीं वर्तमान में समाया भविष्य भी देख रहा हूं। डूबते सूरज के साए में शुभ्र बर्फीली चोटियों पर धधकते आग के साए!

कहीं मैं भी झुलस रहा हूं...

'अरे, कब आए प्रवाल...?'

'अभी...'

'इत्ते सालों बाद-?'

प्रत्युत्तर में मुझे कुछ तो कहना चाहिए था, पर कह नहीं पाता। केवल सामने चुप देखता रहता हूं।

'प्रवाल, यह घर चंदरा का है... जानते हो न चंदरा को?'

चंदरा बचपन में हमारे साथ खेलता था। मैं 'चन्ना' कहकर पुकारता था उसे। हमारे दर्जी रूपराम का बेटा था वह।

'अरे, याद है तुम्हें, उसकी पहली पत्नी बनबसा मण्डी में किसी हज्जाम के साथ भाग गई थी-गैर जात में... पिता तो पहले ही गुजर गए थे! बूढ़ी मां ने किसी तरह उसकी दूसरी शादी कर दी, पर वहां भी सुख कहां? नसीब में जब दुःख लिखा कर लाया तो फिर होता भी क्या? क्षय रोग ने ऐसा घेरा कि कहीं का भी नहीं रहा... बर्तन-भांडे सब बिक गए। दाने-दाने के लिए

मोहताज हो गया! तीन-तीन छाक तक भी कुछ नहीं! उधर बच्चों की रार अलग। एक दिन कुछ न सूझा तो स्वयं ही फूस की झुपड़िया में दिया-सिलाई दिखा दी। खुद तो पगला मरा ही, बच्चे-पत्नी सबको ही राख कर गया! यह मेंड़ जहां तुम खड़े हो, उसी के ठीक सामने थी उसकी झोंपड़ी... इसी को कहते हैं यार, चंडी चढ़ना!'

तो चन्ना भी चला गया!

मेरा मन मानता नहीं।

खेत-दर-खेत!

खेतों की मेड़ों पर चरती छोटी-छोटी चुलबुली बकरियां, मिमियाते मेमने, दूधिया खरगोशों की तहर उछल-कूद करते।

'सच को कभी सच नहीं कहना प्रवाल, नहीं तो मुफ्त में मारे जाओगे!' बूढ़े ताऊजी नारियल की स्याह चिलम पर सोस देते हुए कहते थे। मेरे ग्रामीण-सुलभ स्वभाव के कारण वे सदैव चिंतित रहते थे।

पर मेरा दुर्भाग्य कि मैं हमेशा सच को सच ही कहता रहा। शायद इसीलिए उम्र-भर यों अंधेरी घाटियों में भटकने के लिए विवश रहा...

अपने को संतोष देने के लिए कभी-कभी सोचता हूं, जिन्होंने सच को सच नहीं माना कभी, उन्होंने ही कौन-सा पहाड़ उठा लिया!

संसार का गणित दो और दो का नहीं, कुछ और ही होता है शायद। कभी-कभी वहां बादल भी डूब जाते हैं, और कभी-कभी पहाड़ भी तैरने लगते हैं-काठ के सूखे टुकड़ों की तरह!

ताऊजी जीवन-भर जिस सच से इतना डरते रहे, आज जीवन की इस संध्या में, जिस सच को जी रहे हैं, उसे देखने मात्र से रोंगटे खड़े हो जाते हैं।

अस्सी वर्ष की अवस्था!

अपंग देह!

अंधी आंखें!

एक विधवा बहू!

एक अनाथ पोता, जिसके दूध के दांत भी अभी टूटे नहीं!

बेटा, इकलौता बेटा, फौज में आतंकवादियों से मुठभेड़ में कहीं मारा गया! यानी वीरगति को प्राप्त हो गया!

पर उस सपूत के घर की कौन-सी गति है, इसे देखने वाला कौन है?

ताऊजी एकांत में रोते रहते हैं।

कहते हैं, सरकार की ओर से जो सहायता मिली थी, वह सब सरकारी मुलाजिम और निकट के सगे-सम्बन्धी हज़म कर गए। सिलाई की मशीन कर्ज वाले उठाकर ले गए। पेंशन की रकम कब तक मिलेगी, कौन जाने!

भरी दोपहरी में इत्ता अंधियारा!

'ताऊजी, पहचान रहे हैं, मैं कौन हूं?' मैं उनके चरण छूता हुआ कहता हूं तो प्रत्युत्तर में एक दर्द-भरी कराह के अतिरिक्त और कुछ भी सुनाई नहीं देता।

बार-बार पूछने पर केवल इतना ही सुन पाता हूं-'अरे, कौन नंदू! हमारा नंदा बल्लभ...'

कौन समझाए उन्हें कि नंदा बल्लभ लाम से अब कभी भी लौटकर नहीं आएगा!

'नंदा! अरे, बोलता क्यों नहीं रे...'

उस धुंधलके में भी उनके बूढ़े चेहरे पर खिंची आह्लाद की उजली रेखाएं मैं स्पष्ट देख रहा हूं।

'...ला अपना हाथ! देखूं, तू कितना बड़ा हो गया है!'

मैं न चाहते हुए भी अपना ठंडा हाथ आगे बढ़ा देता हूं।

सामने बैठी विधवा भाभी सिसक पड़ती है ज़ोर से।

इस दारुण स्थिति को अधिक देर तक झेल पाने में मैं अपने को असमर्थ पाता हूं, झटके से भाग खड़ा होता हूं।

सत्य को इस तरह दम तोड़ते आज मैं पहली बार देख रहा हूं।

सामने की चौरस जमीन!

मैं देख रहा हूं–

पत्थर की कुछ दीवारें हौले-हौले ऊपर उभर रही हैं। बिखरे, बेडौल पत्थरों का अंबार लगा है। मिट्टी-गारे के ऊपर पानी तैर रहा है – चीड़ के सूखे तिनकों के साथ-साथ!

'अरे, नर 'दा, यह जमीन तो हमारी थी ही...! इसमें मकान कौन बना रहा है?' मेरे मुंह से निकल पड़ता है।

'अरे भई मैं...'

'मैं...! विस्मय से देखता हूं।

'अरे, ऐसे देख क्या रहे हो भैया!' बड़ी उपेक्षा से वह मेरी ओर देखते हैं, 'मकान ही तो बना रहा हूं न, इसे कहीं कंधे पर तो उठाकर नहीं ले जा रहा!'

'...'

वह उसी तरह लापरवाही से कहते हैं, 'अरे यार, इतने वर्षों से बंजर पड़ी थी। पास-पड़ोस के लोग लावारिस समझकर कूड़ा-कचरा फेंक रहे थे। गंदगी का ढेर! भिन-भिन बदबू आती थी... हमसे देखा नहीं जा रहा था... उस पर मल्ले घर सोबन सिंह खुद हथियाने की फिराक में था! हमारी जमीन में कोई और कब्जा करे, हमारे जीते-जी! बच्चों ने कहा-हम ही दो पत्थर डाल देते हैं! अपनी जगह घिर जाएगी... कका लोग तो अब परदेस वासी हो गए हैं। पीछे मुड़कर भी देखने की उन्हें फुर्सत कहां!... कभी गर्मियों में भूले-भटके पहाड़ आएंगे तो जगह की तंगी नहीं रहेगी...!'

बात तो सच है।

इस तर्क के आगे भी क्या कुछ कहा जा सकता है! चुप हो जाता हूं।

तभी सहसा जैसे कुछ याद आता है। किंचित् सोचते हुए कहता हूं 'अरे, एक अक्षर चिट्ठी लिखकर पूछ तो लेते! हम कोई मर तो नहीं गए थे...!'

'छिः छिः! इतना पढ़-लिखकर यह क्या बात कर दी यार तूने!' वह जैसे हिकारतभरी नज़रों से देखते हैं, 'अरे यार, मरें हमारे दुश्मन! इस बेतभर जमीन के चीथड़े के लिए उत्ती दूर दिल्ली तुम्हें चिट्ठी लिखते! हमारा चनियां कह तो रहा था, चाचाजी को चिट्ठी भेज देते हैं, इस पर तुम्हारी भाभी ने तुनककर कहा-इत्ती छोटी बात के लिए वहां चिट्ठी भेजोगे? लोग सुनेंगे तो क्या कहेंगे... हम कोई पराए हैं! उनकी जमीन में जोड़ ही रहे हैं, कुछ उठाकर तो नहीं ले जा रहे!'

मैं सहम-सा जाता हूं।

हां, ठीक ही तो कह रहे हैं नर 'दा। हमारे परम पूज्य बड़े ताऊजी के सुपुत्र। जमीन कोई उठाकर न ले जाए, इस डर से पत्थरों से दबा रहे हैं-चारदीवारी खड़ी करके!

अपने पर ही कहीं ग्लानि होने लगती है मुझे! इस छोटी-सी बात के लिए इतना बखेड़ा!

वर्षों पहले घर का निचला हिस्सा किन्हीं को देख-रेख के लिए दे गए थे। अपने हैं, संभाले रखेंगे, यही सोचकर।

वहां पहुंचता हूं तो मकान पहचानने में नहीं आता। बदरंग दीवारों का पलस्तर उखड़ गया है। दरवाज़ों के चौखट झूलने को हो आए हैं। धुएं से कमरे स्याह काले हो गए हैं।

'यह कैसी दशा बना रखी है हो...?' उन सज्जन की ओर देखकर कहता हूं, तो वह उसी सहज भाव से, शालीनता से कहते हैं, 'हाई स्कूल खुल गया है न ऊपर! बाहर के गांवों से जो बच्चे पढ़ने आते हैं, वे बेचारे कहां रहेंगे! यही सब सोचकर उन्हें ठोर दे दी है। गरीब बच्चों का भविष्य बन ज़ाएगा। आपको दुआएं देंगे। परमेस्सर ने आपको इत्ता सारा दिया है! एक पुराना टूटा-फूटा मकान का एक हिस्सा न भी सही, तो क्या फर्क पड़ता है।'

उन्हें कैसे समझाऊं कि यह मात्र पत्थर, लकड़ी का ढांचा नहीं, हमारे लिए कुछ और भी है!

मैं जानता हूं, उनकी समझ में कुछ आएगा नहीं! अतः यों ही खिसियाता हुआ मुस्कराकर चुप हो जाता हूं।

कुछ ही देर बाद चाय के खोखेवाला हयात सिंह बतला जाता है कि चचा बीस-पच्चीस रुपए हर विद्यार्थी से वसूल कर अपना धंधा चला रहे हैं।

घर की दूसरी तरफ, सड़क वाले दरवाज़े की ओर भी देखने से अपने को रोक नहीं पाता, बचपन में मैं यहीं खेलता था। आंगन, बरामदा, काठ की एक छोटी-सी कोठरी...

मेरी आंखें खुली-की-खुली रह जाती हैं, जब वहां किसी की गाय बंधी देखता हूं! यहां अम्मा सोती थी। यह उनका कमरा था...

जब से आया हूं, छोटे कका का बेटा, यानी हमारे मनोरथ 'दा आवभगत में सबसे आगे हैं। मेरे इस विरोध के बावजूद, मुझे डॉक्टरों ने

तली हुई चीजें खाने के लिए मना किया है, भाभी से जबरदस्ती पूरियां तलवाते हैं।

'अरे यार, तू कब-कब आता है यहां! तुम्हें देखने के लिए आंखें तरस जाती हैं!' हमें भी कितनी खुशी होती है, यह देख-देखकर कि हमारे हाथ लखनऊ-दिल्ली तक हैं...! यों पेट तो साला कुत्ता भी भर लेता है, परन्तु यार...!'

दिन में अवकाश देखकर मनोरथ 'दा अजनबी जानवर की तरह मुझे इस गांवनुमा कस्बे के घर-घर तक ले जाकर घुमाते हैं।

'यह हमारा भाई परवाल है – तल्ले घर वाले श्यामदत्त कका का इकलौता बेटा। पच्चीस-तीस साल से दिल्ली शहर में है। वर्षों बाद अपने पुरखों का घर देखने आया है।'

उनके इतना सारा परिचय देने के पश्चात् भी लोग तनिक अचरज से, मुझ अजनबी-से लगने वाले आगंतुक का मुंह ताकने लगते हैं। परिचय का कहीं हल्का-सा अहसास। और कहीं वह भी नहीं!

हां, कुछ वयोवृद्ध अवश्य आतुरता से मिलते हैं, 'हं हो घनानंद, यही है हमारे श्याम का बेटा...।'

फिर मेरी ओर विस्मय से अपनी खुली धुंधली आंखें घुमाते हैं, 'अरे भाऊ, तू इत्ता बड़ा हो गया! तुझे तो यार हम गोदी में खिलाया करते थे... कभी-कभी इधर आ जाया करो। तुम्हारे बुजुर्गों की ये यादें हैं। आदमी चाहे कहीं भी रहे, दस पुश्त बाद भी अपने गांव लौटता है। अपना घर, अपना ही घर होता है यार!'

पास बैठे, चिलम गुड़गुड़ाते, उन्हीं के हमउम्र दूसरे वृद्ध मेरे पास आ खड़े होते हैं, 'जब तू पैदा हुआ था, तेरे बाबा ने पूरा परातभर गुड़ बांटा था... यह जो तुम्हारा दुमंजिला मकान है न, जिसमें आजकल जोगिया सुनार रह रहा है, इसके लिए, भराने की लकड़ी जोकने में यार मैं भी गया था...' उनका पोला मुंह प्रसन्नता से खिल उठता है, 'अब तू आ गया है। ओड़-मिस्तरी लगाकर इसकी कुछ मरम्मत करवा जा यार! हमारे श्यामदत्त दाज्यू ने इसे कितने शौक से बनवाया था।' अतीत की धुंधली स्मृतियों से उनकी आंखें भर आती हैं।

मोहन 'का पकड़कर अपने घर ले जाते हैं।

'हं, ओ, किशोरी की इजा, देख ये कौन आया है?'

एक वृद्धा-सी संकोच से गठरी की तरह सिमटी बाहर बरामदे में आती हैं। 'यह हमारा परवाल है!' तल्ले घर श्याम 'दा का बेटा...। अरे, पहचान नहीं रही है।' वे फिर मेरी ओर देखते हैं, 'यार, क्या बताएं... तुम्हारी काकी न सुन पाती हैं, न देख सकती हैं! आंखों में पता नहीं क्या हो गया है...! सब अपनी-अपनी किस्मत है हो! ऊपर से लिखाकर नहीं लाए तो यहां क्या होने वाला ठैरा...।'

फटा-सा पुराना कंबल बिछाकर वे प्यार से बिठलाते हैं। बतलाते हैं कि हमारे तलाऊं खेत चकबन्दी के समय शिरोमनी 'का ने पटवारी और अमीन से मिलकर अपने नाम लिखवा लिए हैं। गौशाला वाली जमीन हम सबकी पहले से ही संजायत थी, उस पर भी सुना है... 'पटवारी से मिलकर कागजात देख कर जा यार! यहां तो सब सालों ने लूट मचा रखी है। जिसके हाथ जो आया, उसने वही दाब ली है...'

उनकी इस अतिरिक्त आत्मीयता के भार से मैं दब-सा जाता हूं, द्रवित होने के साथ-साथ।

चलते समय वे मेरे पास आते हैं, 'अपनी काकी से मिलकर जा यार! बाद में फिर मुझसे झगड़ेगी।'

काकी के पांवों की ओर झुकता हूं।

'परवाल, तुम्हारे अलावा हमारा है ही कौन, जिससे वक्त-बेवक्त कुछ कह सकें! यहां तो डॉक्टरों ने जवाब दे दिया है हो! तू कहे तो दिल्ली भेज दें! वहीं इसका एक बार पक्का इलाज करवा देता तो घर-आंगन का काम-काज करने लायक हो जाती! हाथ-पांव अभी चलते ही हैं...' वह मेरे और समीप आकर, कान के पास मुंह ले आते हैं, 'किसी से कहना नहीं! हमारी बड़ी बहू का व्यवहार इसके लिए कठोर है!'

काकी के हाथ में कुछ रुपए रखकर मैं बाहर आता हूं।

रात को ठहरने की व्यवस्था मनोरथ 'दा अपनी परचून की दुकान में करते हैं।

मेरे दिवंगत पिताजी का विह्वल होकर बार-बार स्मरण करते हैं, 'उनके जाते ही यार, हमारा सारा परिवार ही अनाथ हो गया! वे होते तो हम कफरौली वाले पंडितों का यह हाल न होता! हम सब इस तरह लावारिस न होते। हमारी सारी आड़-अधार ही खतम हो गई!'

रात का भोजन वे भाभी को न परोसने देकर खुद परोसते हैं। उन्हें इस बात का बड़ा क्लेश है कि हमारा इतना बड़ा परिवार सब छितर-बितर हो गया है।

'देखो, हमारे पुरखों के मकान की यह कैसी दुरगति हो गई! लोगों की बातें सुनकर दिल दरक जाता है। जंगले गिरने को हैं। काठ की सीढ़ियां झूलने लगी हैं। दीवारों में जगह-जगह दरारें। पत्थर निकलने लगे हैं... ऐसी ही हालत खेतों की है, जिनकी जहां बन आई, उसने वहीं दबा ली है! दस दुसमन हैं यार! मुंह छिपाकर हंसते...!

मैं चुपचाप सुनता रहता हूं। कुछ प्रतिक्रिया व्यक्त करूं, वे इसका अवसर ही नहीं चाहते। मैं जानता हूं, इस लम्बी भूमिका के बाद अब वे क्या कहेंगे!

कुछ क्षण पश्चात् सचमुच वे वही कहने लगते हैं तो मात्र मुस्करा देता हूं।

'परवाल!' वे बीड़ी का लंबा कश खींचते हैं, 'तुम तो हमारे कका की तरह बहुधंधी हो, इत्ते बरस बाद आए हो पहाड़! घर की देख-रेख करने वाला कोई है नहीं। यों ही सब टूट-फूटकर खंडहर हुआ जा रहा...! यार, जब कोई संभालने वाला ही नहीं है तो फिर किसी अपने के हाथों बेचकर छुट्टी करो। दो-चार पैसे जो मिलेंगे, तुम्हारे काम आ जाएंगे। यहां तो सब भालू के खाए में चले जाएंगे।' वह किंचित् चिंतित स्वर में कहते हैं।

मेरी समझ में नहीं आता, वे 'अपने' कौन हो सकते हैं! फिर भी यों ही पूछ लेता हूं तो वे उत्तर देते हैं, 'पल्ले घर चिंत 'दा से पूछ लो, टीकाराम, खिलानंद से सलाह ले लो! मेरी तो पिछले चैत से उनसे बोल-चाल बंद है... घर की जायदाद घर में रह जाएगी। बुजुर्ग कह गए हैं, थैली का गुड़ थैली में ही फूटना चाहिए!' वे क्षणभर का सन्नाटा तोड़ते हुए, इस तरह कहते हैं, जैसे स्वयं को सुना रहे हों, 'कोई नहीं लेता तो यार, मैं तैयार हूं।

तुम्हारी भाभी तो कब से कह रही है। हमारे पड़ोस का मकान है। खेत से लगे खेत हैं। औरों की जमीन से अच्छा है, अपनी ही खरीद लें। इस बार आए हो तो कम-से-कम इतना काम तो कर ही जाओ। कल-परसों ही चंपावत तहसील चलकर रजिस्ट्री करा लेते हैं। एक झंझट छूटेगा!'

मेरी समझ में सब कुछ आकर भी, कुछ नहीं आता। इन्हें कैसे समझाऊं कि घर मात्र पत्थर-कंकड़ का ढेर नहीं, कुछ और भी होता है! ये खेत केवल मिट्टी की चादरें नहीं, इनमें अनाज की फसलें ही नहीं, पितरों की स्मृतियां भी फलती-फूलती हैं। ये घर उनकी पवित्र अस्थियां हैं–इन्हें बेचने की कोई कल्पना भी कैसे कर सकता है!

ये लोग किस मनोवृत्ति के हैं!

मेरा मन उदास हो आता है!

लौटते समय बार-बार मुड़कर घर देखता हूं, फिर-फिर उन खेत-खलिहानों को! अपनेपन का जिनसे एक अटूट, अनजान रिश्ता है...।

वे टूटे-फूटे छितरे खेत, जिनमें फसल लहलहा रही है... लगता है, जैसे अपने अनगिनत हाथ हिला-हिलाकर मुझे विदा दे रहे हैं। वह हमारा वीरान-सा घर, जीवंत स्मृतियों का क्षतिग्रस्त पिरामिड! पंख फड़फड़ाते कई पक्षियों ने जिनकी अंधेरी खोहों में अपने स्थायी घर बना लिए हैं। प्रेतात्माओं की तरह कई जीवित आत्माएं आज भी निवास करती हैं वहां, जो अपनी हैं, नितांत अपनी!

हत्यारे

नारियल के बिखरे वृक्ष, तपती रेत और दूर धुंधली-सी सीमा-रेखा तक फैला अन्तहीन सागर।

गरम बालू में ज्योंही पांव धंसते हैं, तलुओं पर अजीब-सी किरकिराहट होती है। सूरज के ठीक माथे पर चमकने पर भी हवा में कहीं तनिक उमस नहीं। समुद्र की ओर से आते, सनसनाती हुई ठंडी वायु के झोंके बहुत सुखद लग रहे हैं।

जमीन का अन्तिम टुकड़ा जहां सागर में धंसता है, वहां खड़ा होने पर, एक विचित्र-सी अनुभूति का अहसास होता है – इसके बाद सागर ही सागर! जल ही जल।

मैं चलता-चलता तीन ओर से समुद्र में डूबी एक चट्टान पर, एकान्त में बैठ जाता हूं। चट्टान ठीक हाथी की पीठ जैसी है – खुरदरी, काली-वैसा ही चारों ओर को ढलान। बीच चट्टान में लाल रंग की लक्ष्मण रेखा-सी खिंची है। इससे आगे बढ़ने का अर्थ है – खतरा! किसी भी क्षण सागर की उफनती हुई लहरें अपने साथ बहाकर ले जा सकती हैं।

लाल रेखा पर चप्पलें उतारकर, मैं कुछ कदम आगे बढ़ता हूं – हल्के ढलान की तरफ। सागर की ऊंची-ऊंची लहरें कुछ क्षणों के अन्तराल के पश्चात् इस इस्पाती चट्टान से टकराती रहती हैं। पहले दूर कहीं एक सिलवट-सी उभरती है। सागर की सतह का कुछ हिस्सा सहसा फूलने-सा लगता है और एक सीमा तक किंचित् फूलकर, वह जल की ऊपरी सतह पर फिसलता हुआ, तेजी से किनारे की ओर सरकने लगता है। फिर उसमें लहर पैदा होने से एक सफेद रेखा आसमान की ओर छलकती, आगे बढ़ती, हिचकोले खाती, ज्योंही किनारे की कठोर चट्टान से टकराती है – एक

भयंकर गर्जन होता है। और फिर कुछ ही क्षणांश में लहरें टूट-टूटकर, चूर-चूर होकर, कण-कण में बिखरने लगती हैं – दूध का जैसा सफेद झाग चट्टान से नीचे उतरने लगता है।

खतरे की लाल सीमा-रेखा से आगे आने पर भी मुझे भय क्यों नहीं लगता! मैं पीठ के बल निश्चिन्त भाव से लेट जाता हूं। सामने की ओर देखता हूं – जहां मछुआरों की छोटी-छोटी काली पालदार नावें काले-काले बिन्दुओं की शक्ल में बदल रही हैं। क्षितिज की सीमा-रेखा के उस पार पेंसिल से खिंचा एक धूमिल-सा रेखाचित्र उभरने लगता है। धीरे-धीरे उसका आकार बड़ा होता चला जाता है और वह स्टीमर की शक्ल में बदल जाता है। ज्योंही वह कुछ आगे बढ़ता है, एक दूसरा रेखाचित्र आकार लेने लगता है। फिर तीसरा। थोड़ी-थोड़ी दूरी पर तीनों एक कतार में तैरते, पास सरकते दिखलाई देने लगते हैं।

यहां लेटे अभी कुछ क्षण बीतते हैं कि पीछे से शोरगुल सुनाई देता है।

आठ-दस आदमियों का झुंड उसी दिशा में आगे बढ़ रहा है, जहां मैं लेटा हूं।

उन्हें इतने पास देखकर, तनिक अचरज से मैं उठ बैठता हूं।

एक बीमार-से, मरियल आदमी का हाथ पकड़े वे कुत्ते की तरह, बेरहमी से घसीटकर ला रहे हैं। उसकी दाढ़ी सूखी घास की तरह बिखरी है। मैले-कुचैले नाममात्र के कपड़े तार-तार फटे हैं। घुटनों से, कुहानियों से, होंठों से रक्त बह रहा है। उसकी बुझी-बुझी आंखों में गहरा कातरभाव है। सूखी देह कांप रही है – एक अजीब-सा आंतक उस पर छाया हुआ है।

'यहां पर...यहीं पर न!' एक गठे शरीर का बलिष्ठ आदमी अपने फौलादी पंजों में उसकी पतली-सी गर्दन जमीन की ओर झुकाता हुआ कहता है।

उसका जर्जर शरीर भय से अब और भी अधिक कम्पायमान होने लगता है। काले कोटरों में धंसी निस्तेज आंखें बाहर की ओर निकलने लगती हैं – मुंह से तमाम झाग-सा।

'क्या बात है? क्या...?' मैं विस्मय से उठ जाता हूं।

'क्यिया बा-त! कुच्छ नहींऽ!' मुंह बनाता हुआ एक आदमी कहता है। कमर के नीचे मात्र लुंगी। माथे पर चन्दन का गहरा लेप।

मै प्रश्नसूचक दृष्टि से उसकी बगल में खड़े व्यक्ति की ओर देखता हूं।

'यह आदमी नहीं, नर पिशाच है...!'

'क्यों? क्यों...?'

'कहते हैं, कल यहीं पर बैठकर इसने आदमी का मांस खाया था!'

'आदमी... का... मांस!' मेरे रोंगटे खड़े हो जाते हैं।

'हां-हां, किसी बच्चे की लाश समुद्र में बहती हुई यहां किनारे पर लगी थी। कहते हैं कल रात यहां, इसी पत्थर पर बैठकर यह उसे खा रहा था। यह आदमी नहीं, राक्षस है – निरा राक्षस...!' घृणा से वह जमीन पर थूकता है।

मैं देखता रहता हूं, उसकी बड़ी-बड़ी रक्तिम आंखों की ओर, जो आक्रोश से धधक रही हैं।

चट्टान के आस-पास, इधर-उधर निगाहें घुमाता हूं, पर कहीं कुछ दिखलाई नहीं देता – न रक्त, न मांस और न अस्थियों के ही टुकड़े!

कोई आदमी, आदमी का भी मांस खा सकता है, इसकी कल्पनामात्र से मैं सिहर उठता हूं।

'किसी ने अपनी आंखों से देखा भी है या यों ही...!' मेरा वाक्य अभी पूरा भी नहीं हो पाता कि एक पशु जैसा आदमी भीड़ को चीरता हुआ सामने आता है – कल रात लोगों ने अपनी आंखों से देखा था। जब इसका पीछा किया तो यह लंगूर की तरह चट्टानों को फांदता हुआ ओझल हो गया था।'

'बोलता क्यों नहीं?' किसी ने उसके नंगे सिर पर इतनी जोर से चपत लगाई कि वह माथा पकड़कर, वहीं पर सुन्न-सा बैठ जाता है।

काठ की तरह वह चुप है। उसकी भीगे चने की तरह सूजी आंखों में दैन्य का ही नहीं, गहरी विवशता का भी भाव झलकने लगता है – घोर कातरता का।

पीछे से कोई उसकी पीठ पर, जमकर ठोकर मारता है तो नारियल की तरह लुढ़ककर छिछली चट्टान से जा टकराता है। उसका माथा बुरी तरह छिल गया है। नाक के भीतर से लहू की दो पतली धाराएं होंठों के नीचे की ओर बहने लगती हैं।

'किसने देखा इसे मांस खाते हुए...?' तनिक आवेश में बोलने से मैं अपने को रोक नहीं पाता, तो सहसा सब सहम जाते हैं। कुछ क्षण का सन्नाटा तोड़ते हुए, पीछे खड़ा आदमी, एक किशोर का हाथ पकड़कर सामने आता है – 'इसके भाई ने देखा था...।'

'वह कोई और भी तो हो सकता है!' मैं कहता हूं।

'और कैसे होगा? क्या हम नहीं जानते कि इसके अलावा और कोई भी नहीं हो सकता। अपने बूढ़े जिन्दा बाप को इसने खुद समुद्र में डुबो दिया था। जवान पत्नी की हत्या कर दी थी। यह आदमी नहीं, जीता-जागता राक्षस है, राक्षस!' दांत पीसता हुआ, यमदूत-सा खड़ा, श्यामवर्ण का आदमी धधकती आंखों से मेरी ओर देखता है।

दो-तीन लोग चट्टान के किनारों पर कुछ टटोलने लगते हैं। आसपास की चट्टानों पर तलाश जारी है।

जिस भाषा में वे अब बोल रहे हैं, उसे समझ पाना मेरे लिए सम्भव नहीं। फिर भी उनके चेहरों के हाव-भाव से इतना तो समझ ही जाता हूं कि वे अब पूरे आवेश में हैं – आक्रोश में। प्रमाण रूप में कुछ न मिल पाने के कारण परेशान भी कुछ कम नहीं।

आसपास की एक-दो और चट्टानों में घुमाने के पश्चात् वे उसे पशु की तरह घसीटकर ले जाते हैं – 'गांधी-मंडप' की दिशा में और फिर ओझल हो जाते हैं।

मैं स्तम्भित-सा वैसा ही खड़ा रहता हूं। क्षण-भर में अभी-अभी जो कुछ घटित हो गया, वह दिल दहला जाता है।

वहीं पर मैं फिर उसी तरह बैठ जाता हूं। अकारण कुछ इधर-उधर खोजता हूं।

थोड़ी देर बाद चप्पलें पहनकर वापस लौटने लगता हूं।

दायीं बांह पर छोटे-छोटे शंखों की, भूरे-सफेद सीपियों की ढेर सारी मालाएं नीचे तक लटकाए, तन पर केवल लुंगी लपेटे, एक सांवला-सा किशोर पास आता है। मालाएं मेरी ओर बढ़ाता है – 'एक में दो...।' वह दो अंगुलियां खड़ी कर कहता है।

उसकी बातों पर मैं ध्यान नहीं देता। चुपचाप आगे चलता रहता हूं। अभी कुछ ही कदम आगे बढ़ता हूं कि सहसा कुछ याद आता है। मैं पीछे मुड़ता हूं। तब तक वह ऊपर की ओर सड़क तक पहुंच जाता है।

शायद अब तक वह मेरी ही ओर देख रहा है। ज्योंही मैं मुड़ता हूं, वह लपककर फिर सामने आ खड़ा होता है।

'जिस आदमी को पकड़कर, अभी यहां घुमा रहे थे, क्या सचमुच उसने ऐसा किया है?' मैं आतुरता से पूछता हूं।

'इसका जवाब तो ऊपरवाला ही दे सकता है...।' वह दार्शनिक अन्दाज में इतना कहकर वह मेरा मुंह ताकने लगता है।

'ऐसी घटना पहले भी कभी हुई थी यहां?'

'नहीं।'

'लगता है, लोगों ने उसे बहुत मारा है। बड़ी निर्दयता से...।' मैं अभी कहता ही हूं कि वह बोल पड़ता है, 'मार तो बेचारे को थाने में पड़ी – सुबह-सुबह! लातों से, डंडों से, मार-मारकर उसकी हड्डियां तोड़ डाली थीं। कहते हैं बेचारा चुपचाप पिटता रहा। अन्त तक – बेहोश होते तक – कुछ भी नहीं बतला पाया तो पागल समझकर इसे छोड़ दिया...। हां, माला लेंगे?' वह मेरे चेहरे की ओर दीन-दृष्टि से देखता है।

मात्र उसका मन रखने के लिए मैं दो मालाएं खरीद लेता हूं।

शाम को वह फिर दिखाई देता है – विशाल मन्दिर के पीछे ऊंचे पत्थर की आड़ में छिपा।

मुझे देखते ही वह सहसा सशंकित हो उठता है। आत्मरक्षा के लिए, विवश भाव से इधर-उधर देखने लगता है।

उसके शरीर में अब तक ताजे घाव हैं, जिसमें कत्थई रंग रक्त जमकर अब एकदम काला हो गया है। घुटनों को ठोड़ी से टिकाए वह भयत्रस्त नेत्रों से देख रहा है।

'खाना खाओगे?' मैं पास जाकर पूछता हूं तो वह उसी तरह टुकुर-टुकुर ताकता रहता है। शायद समझ नहीं पाता मेरा आशय।

दाहिने हाथ की पांचों अंगुलियां एक साथ मिलाकर, मुंह की तरफ ले जाता हूं – खाने का जैसा अभिनय करता हुआ, तो उसकी बुझी-बुझी धुंधली आंखों में सहसा आर्द्रता का भाव झलकता है – तनिक चमक-सी।

'चलो...!'

यह सुनते ही उसकी पलकें कुछ और बड़ी हो आती हैं।

मैं बांह का सहारा देकर उठाता हूं तो उसके दुर्बल पांव लड़खड़ाने लगते हैं।

किसी तरह उसे पास ही एक ढाबेनुमा भोजनालय तक ले जाता हूं और दरवाजे के पास लगी बेंच पर बैठा देता हूं। झट से एक आदमी केले का भीगा पत्तल सामने रख जाता है, साथ ही पानी का गिलास भी।

पत्तल अभी परोसा ही था कि भीतर से दौड़ता हुआ दूसरा व्यक्ति आता है। झपटकर पत्तल छीनता है और उसकी गर्दन पकड़कर बाहर धकेल देता है। फिर गुस्से से देखता हुआ, अपनी भाषा में कुछ बड़बड़ाता है। मेरी समझ में और कुछ नहीं, बस इतना ही आता है कि मेरे लिए वह भद्र शब्दों का प्रयोग नहीं कर रहा है। उसकी अंगारे जैसी रक्तिम आंखें धधकने लगती हैं – चेहरा आरक्त!

ज्योंही वह बाहर सड़क पर गिरता है, शिकारी कुत्तों की तरह लोग उस पर झपट पड़ते हैं। बच्चों और तमाशबीन लोगों की भीड़ इकट्ठी हो जाती है। लोग उस पर केले के छिलके, नारियल के रद्दी टुकड़े और ढेले फेंकते हैं।

एक तगड़ा-सा आदमी उसकी बांह पकड़कर, घसीटता हुआ ले जाता है और मरे हुए पशु की तरह बस्ती से दूर पटक आता है।

मेरा मुंह खुला का खुला रह जाता है।

टूरिस्ट-लॉज के बाहर खुले में बने रेस्तरां में बैठा हूं। पास ही एक अपरिचित सज्जन हैं, किसी की प्रतीक्षा में। बतलाते हैं कि यहां की तमिल-पाठशाला में हिन्दी पढ़ाते हैं।

बातों-ही-बातों में उसका भी जिक्र ले आता हूं तो वह अजीब-सा मुंह बनाकर मेरी ओर देखते हैं। मेरे बार-बार जिज्ञासा प्रकट करने पर, कुरेदने पर, वह जो कुछ बतलाते हैं उसका आशय है कि वह पास की बस्ती का मछुआरा है। जन्म से बड़ा भोला, तनिक विनम्र-सा। पत्नी और बूढ़ा बाप यही उसका परिवार था। पिता स्वभाव से क्रोधी किस्म का था, परन्तु पत्नी उसी की तरह गऊ। परमात्मा ने उसके साथ एक अभिशाप जोड़ा था कि इस घोर दरिद्रता के बावजूद वह अद्भुत सुन्दरी थी। ज्योंही वह नाव लेकर समुद्र में जाता, बस्ती के आवारा उसके घर की परिक्रमा शुरु कर देते। बूढ़ा गालियां देता, आवेश में पागलों की तरह लोगों पर झपटता, चीखता-चिल्लाता। जब वे चले जाते तो बस्ती में घूम-घूमकर लोगों को

बुरा-भला कहता।... एक दिन रात के अंधियारे में, अवसर देखकर उन्होंने बूढ़े को पानी में डुबो दिया तो इल्जाम लगा कि अपने बूढ़े बाप की हत्या पागलपन के दौरे में उसी ने की है।

इतना कहना भर था कि लोगों ने उसकी नाव तोड़ डाली, झोंपड़ी जला दी और गांव से निकालकर पूरी तरह सामाजिक बहिष्कार कर दिया। अब वह बस्ती से दूर झोंपड़ी बनाकर रहने लगा। लोगों को यही सब तो चाहिए था। जब वह भोजन जुटाने बाहर जाता तो लोग उसके घर में घुसकर पत्नी के साथ खुलेआम बलात्कार करते। इस सबसे परेशान होकर एक दिन उसकी पत्नी ने आत्महत्या कर ली तो इस बार भी दोष उसी के सिर पर मढ़ा गया – मानव-हत्या का...। दुनिया ही ऐसी है... कहते-कहते वे चुप हो जाते हैं।

यात्रा का अन्तिम दिन है आज। सुबह की बस से मुझे त्रिवेन्द्रम जाना है। अतः रात जी भरकर घूम लेना चाहता हूं।

अकेला ही मैं सागर के किनारे-किनारे दूर तक निकल जाता हूं। आसमान में झूलते नारियल के वृक्ष चारकोल से खिंची मोटी रेखाओं-जैसे लगते हैं। सूनी रेतीली सड़क पर, दूर-दूर तक कहीं कोई प्राणी नहीं। चांद अभी उगा नहीं, इसलिए सागर का जल एकदम काला लग रहा है – गाढ़ा वार्निश जैसा।

परन्तु लौटते समय उभरते चांद का धुंधला बिम्ब बड़ा मनोरम लगता है। जल की सतह पर पीत आभा-सी बिखरने लगती है।

मैं घड़ी की ओर देखता हूं तो समय का भान होता है। मेरे कदम जल्दी-जल्दी डेरे की ओर बढ़ने लगते हैं। अधिक रात में, निर्जन स्थल पर अकेले घूमने में खतरा भी तो कुछ कम नहीं।

चलते-चलते उसी चट्टान के पास से निकलता हूं तो आश्चर्य से मेरी आंखे कुछ और बड़ी हो आती हैं – उस गहरे एकान्त में चट्टान पर एक मानव छाया-सी हिल-डुल रही है।

अपनी जिज्ञासा को रोक नहीं पाता। अतः कुछ और निकट जाता हूं – नीचे ढलान पर उतरकर कुछ और आगे।

चट्टान से अब कुछ ही गज के फासलों पर होता हूं कि आकृति कुछ और स्पष्ट दिखने लगती है।

मेरे बढ़ते कदम भय से, आशंका से सहसा ठिठक पड़ते हैं।

एक क्षीण मानव छाया-सी सशंकित भाव से इधर-उधर देखती हुई दोनों हाथों को डैनों की तरह हवा में झुलाती सहसा उठ रही है और तेजी से लंगूर की तरह उछल-उछलकर बगल वाली चट्टान की दिशा में ओझल हो रही है।

सहसा जिज्ञासा से मैं चट्टान पर चला जाता हूं। खतरे के बिन्दु से कुछ और आगे बढ़ता हूं तो भयंकर दुर्गन्ध-सी महसूस होती है – सड़ी हुई मछली के अवशेष इधर-उधर बिखरे दिखलाई देते हैं।

मनुष्य-चिह्न

पानी में आग लग गयी है। गांव में गिरदम्म मचा है। लोगों को विश्वास नहीं हो पा रहा है, फिर भी सब कह रहे हैं-गोबिन्दी के साथ किरपाल ने बुरा सलूक किया है। कल शरम-बात कर दी-किसनुवा की ईजा ने अपनी आंखों से देखा है...।

गोबिन्दी गठरी की तरह बैठी, फटी पिछौड़ी ओढ़े सिर झुकाए, अपने काने करम को रो रही है। उसका बूढ़ा, अंधा बाप, टूटे छप्पर के अंधेरे कोने में बैठा, चिलम का सूखा धुंआ उगल रहा है। लोग उसके मुंह पर निधड़क थूकते हुए कह रहे हैं-

'हं, ओ परमा! ऐसी नौहाल औलाद पैदा करने से पहले, तू डूबकर मर क्यों नहीं गया था रे! तूने अपनी नहीं, पूरी बिरादरी की नाक काट डाली...! अब भी इसे गड्ढे में गेरकर जिन्दा जला दे। ऐसी बदचलन चुड़ैल के रहने से क्या...?'

नारियल की चिलम की मूठ वह और ज़ोर से पकड़ता। धुंए से उसने सारी कोठरी भर दी है। उसे लगता है-इस तरह धुंआ उगलता-उगलता वह पागल हो जाएगा या आज शाम तक जरूर मर जाएगा। यदि वह नहीं मरना चाहेगा, फिर भी लोग उसका गला मरोड़-मरोड़कर अवश्य मार डालेंगे!... उसे 'मरने' से नहीं 'मारे जाने' से भय लगने लगता है। इसलिए सिकुड़कर वह और छोटा हो जाता है।

बाहर चौक पर कुछ लोग खड़े हैं। पास-पड़ोस की औरतें अपने घरों

का ज़रूरी काम छोड़कर, गोबिन्दी को देखने के लिए आयी हैं। दरवाज़े पर बच्चों की भीड़ लगी है। आंगन की मेंड़ के चौड़े पत्थरों पर बैठे, कुछ दाने-सयाने इस 'नाजुक' प्रश्न पर गम्भीरता से बातें कर रहे हैं-'यदि यह मना करती, तो किरपवा की मजाल थी जो इसका बदन छू सकता! जरूर कुछ न कुछ बिचपात इसकी ओर से हुआ होगा। तिरिया चरितम् पुरुषस्य भागम् कौन जानता है...!'

'वह बेचारी क्या करे!' कोई दूसरा कह उठता-'गंगुवा काने का 'ढण्ठ' है ही ऐसा! घर का नाज बेचकर लोफर हुड़कियानियों की मैफल में बैठा करता है – कुत्ते का...!'

'इस 'करम भरस्टी' का परलोक बिगड़ जाना चाहिए।' एक त्रिपुंडधारी वयोवृद्ध श्राप देते हैं – 'इसने बहू-बेटी पर हाथ लगाया है। त्योंनरा माई इसे भसम करेंगी...!'

कुछ लोग पंचों-सरपंचों को ढूंढ़ने गए हैं। ग्राम-सभा का सभापति भी आज मौके से घर नहीं है। चीड़ और देवदार-बनी के पेड़ों की मुकरट में कचहरी गया है। और कमबख्त अपनी गवाही के लिए प्रधान को भी साथ ले गया है।

बीस पूरे कर, अब इक्कीस की है – गोबिन्दी। अब से दस वर्ष पूर्व जब वह ग्यारह की थी – उसके पति का प्राणान्त हो गया था। लोग कहते हैं – वह भेड़-बकरियों को चराने के लिए जंगल गया था। वहीं दिन दोपहर उसे भेड़िया उठाकर ले गया था...।

ब्याह के बाद शायद वह एक बार भी ससुराल न जा पायी थी। पति नाम का पशु कैसा होता है – उसे याद नहीं।

बिना भाई-बहन और मां के, इस अकेले घर में उसने इतने वर्ष बिताए हैं, किन्तु किसी को कभी अंगुली उठाने का अवसर नहीं दिया। गत दस वर्षों में ऐसा कौन-सा दिन है, जब उसने देहरी नहीं लीपी, गाय को 'गोग्रास' नहीं दिया और तुलसी पर जल नहीं चढ़ाया!... उसने भूलकर भी किसी की तरफ आंख उठाकर नहीं देखा – किन्तु आज उस पर एकाएक सबकी आंखें बरस उठीं, तो उसे सूझ नहीं पाया कि क्या करे!

'...गोपिऽ, क्या हो पड़ा, भुरीईऽ?'... कोई पूछती है, तो गोबिन्दी ढुल-ढुल रो देती है।

कैसे क्या हुआ? – यह जानने के लिए हर कोई आतुर है। इसलिए जानकर भी अनजान बनकर बार-बार पूछने और सहानुभूति जतलाने के लिए आ रहा है।

और गोबिन्दी अब सचमुच ही 'धरती' में धंस गयी है–शरम के मारे।

दिन गहमा-गहमी में बीत जाता है। सांझ ढले सरपंच आता है। सारे लोग मधुमक्खी के छत्ते की तरह उसे घेरकर खड़े हो जाते हैं... !

रात को बर्फ़ गिरने का अंदेशा है। ठंडी हवा सनसनाती बह रही है, पर इस कड़ाके की सर्दी में भी सब लोग जगे हैं...।

किसी तरह पंच जुटते हैं और पंचायत बैठती है...।

'गोबिन्दी के साथ बुरा सलूक होता किसने देखा था?' सरपंच पूछता है।

'किसनुवा की ईजा ने...।' भीड़ में से कोई उत्तर देता है।

'कहां पर देखा था–?'

'गाय-डंगरों के गोठ... !'

'वहां किसनुवा की ईजा किसलिए गयी थी?'

'दूध दुहने... !'

'किस टेम गयी थी – सुबह या शाम?'

'शाम को।'

'किसनुवा की ईजा ने वहां क्या देखा?'

सब परस्पर एक-दूसरे का मुंह ताकने लगते हैं।

'किसनुवा की ईजा कहां है? उसे बुलाओ।' सरपंच अपनी गद्दी पर लालाओं की तरह जम कर बैठता हुआ पूछता है खीजकर।

'अपनी छोटी लड़की के घर कलकोट गयी है – आज सुबह'

'क्या देखा बतलाती है वह?'

'कि गोबिन्दी के साथ कलचुड़िया किरपिया शरम-बात कर रहा था...।'

'गोबिन्दी ने कोई विरोध नहीं किया था... ?'

कोई कुछ उत्तर नहीं दे पाता।

'गोबिन्दी तब किस हालत में थी?' वह सामने बैठे चश्मदीद गवाह से पूछता है।

उसे कुछ सूझता नहीं। वह अपनी गंजी खोपड़ी खुजाता हुआ कहता है – 'बुरी हालत में होना चाहिए... !'

'कितनी बुरी हालत में?'

किसी से कोई उत्तर नहीं बन पाता।

सरपंच फिर कुरेदकर पूछता है, 'और किरपाल कैसी हालत में था?'

'उसे भी बुरी हालत में होना चाहिए...।' कोई कम उम्र का छोटा पंच बहुत देर तक चुप रहकर, इस प्रश्न पर सोचने के पश्चात् कहता है।

कुछ पल एकदम सन्नाटा रहता है।

'किसनुवा की ईजा ने जब देखा, तो हो-हल्ला क्यों नहीं मचाया?'

'हो-हल्ला तो गोबिन्दी की ओर से मचना चाहिए था!' दूसरा पंच जवाब देता है।

'नहीं!' मिट्टी के कच्चे फर्श पर मुक्का पीटता हुआ सरपंच दुहराता है – 'पंचात कहती है, हो-हल्ला मचाने का फरज दोनों का था। पंचात की निगाह में दोनों कसूरवार हैं।'

अब गोबिन्दी की पेशी होती है। गोबिन्दी ने फटे कपड़ों से किसी तरह तन ढंक रखा है। तार-तार चीथड़ों के बीच धूप के चकत्तों की तरह, कहीं-कहीं पर चमकते शरीर पर बहुत-सी निगाहें बिंधने लगती है। गोबिन्दी और सिमट आती है।

'किरपाल ने तुम्हारे साथ क्या-क्या किया?'

'...?'

'तुम अंधेरे में गोठ क्यों गयी थी?'

'...?'

'किरपाल पहले भी तुमसे इस तरह कभी मिलता था और शरम-बातें करता था?'

'...!'

'किरपाल अकेला था या उसके साथ और भी लोग थे?'

'...!'

'किसनुवा की ईजा का कहना है कि उसने तुम दोनों को वहां से बाहर निकलते देखा था। तुम छिप-छिपकर पेड़ों की ओट में जा रही थीं और किरपाल खेत की मेंड़ से नीचे कूदा था... !'

गोबिन्दी की ओर से अब भी कोई उत्तर नहीं मिलता, तो सरपंच बुरी तरह झुंझलाता है। झिड़कता है। डराता-धमकाता है, किन्तु फिर भी गोबिन्दी गूंगी बनी रहती है, तो वह दूसरे लोगों से पूछकर बातों का सिलसिला आगे बढ़ाता है–

'गोबिन्दी के साथ किरपाल को पहले भी कभी किसी ने देखा है?' वह सामने खड़े लोगों से प्रश्न करता है।

'हां।' भीड़ में से एक आवाज़ आती है। खिलुवा का बड़ा भाई रुदिया उत्तर देता है।

'कहां देखा था?'

'खेत में।' रुदिया कहता है।

'क्या करते देखा था?'

'अपने नारंग के पेड़ के पास गोबिन्दी खड़ी थी। मैं पास ही बछिया चरा रहा था।' रुदिया उत्तर देता है – 'इतने में जुए का हलौड़ा लकड़ी पर लटकाए, अपने बैलों को हांकता किरपाल दा वहां से गुजरा। गोबिन्दी की ओर देखते हुए बोला – गूंगी

'संतरे खिला गोबि, प्यास लगी है!'

गोबिन्दी दी ने नारंग तोड़कर उसकी ओर फेंके, तो किरपाल दा ने नाक-भौं सिकोड़ी, 'ये तो छुड़ खट्टे हैं मुला। पके दे न रस-भरे... !'

गोबिन्दी ने कहा कि अभी पके कहां हैं! सब ऐसे ही हैं।

'हैं तो सही, तूने छिपा रखे हैं...।' वह हंसा और गोबिन्दी दी भी खिं-खिं हंसने लगी।'

सरपंच ने गोबिन्दी की ओर देखा और फिर अपने कागज-पत्तरों की ओर!

'अच्छा, अब किरपाल को तो बुलाओ।'

'किरपाल आज सुबह अपना घोड़ा बेचकर, मोटर में बैठकर चिरान के काम में, आरा लिये मंडी-भाभर चला गया है।'

हतप्रभ होकर सरपंच देखता रहा। जैसे सबसे बड़ा शिकार, मछली की तरह फिसलकर निकल भागा हो।

रात अब कुछ और अधिक गुज़र गयी है। बहुत-से लोग सर्दी से

ठिठुरते हुए अपने-अपने घरों को चले गये हैं। अन्त में रहे-सहे भी जाने लगते हैं, तो वह गोबिन्दी को रोक लेता है...।

'लगता है, यह मुला सबके सामने कहने से शरमा रही है।' वह पास बैठे पंचों की ओर देखता है – जैसे उनकी प्रतिक्रिया को ताड़ रहा हो, 'इसलिए 'पराइभेट' में इससे कुछ पूछना-ताछना जरूरी हो गया है, नहीं तो इनकुवारी पूरी कैसे होगी? ब्यानधुरा-बीच...' उसने कसम खाकर कहा, 'यदि पंच-परमेश्वरों की राय हो, तो इसे कुछ देर यहां और रोक लिया जाए!'

सर्वसम्मत सब सिर हिलाते हैं और गोबिन्दी चलती-चलती ठिठक पड़ती है।

सरपंच उसे एकान्त में ले जाकर पूछताछ करता है। इसके बाद एक-दो पंचों ने भी पूछताछ की। पता नहीं कब तक यह सिलसिला चलता रहा...!

सुबह सरपंच ने फैसला तैयार किया। 'परमेसरों की राय से यह तय हुआ कि बेचारी विधवा गोबिन्दी के साथ किरपाल ने 'अन्याय' किया है। उसे फांसी या काले पानी की सजा मिलनी चाहिए और मामला पुलिस को सौंप देना चाहिए।

तीसरा दिन भी शुरू नहीं हुआ कि अपने फौज-फर्रे के साथ पटवारी भी आ धमकता है। आते ही बबर शेर की तरह दहाड़ना शुरू कर देता है। रौब से मुक्का आसमान में उछालता हुआ चुनौती देता है कि इतना संगीन मामला पंचायत ने किस दफा के मुताबिक अपने हाथ में लिया!... यह तो पुलिस-केस है। पटवारी-पेशकार के नीचे कोई बात नहीं कर सकता...!

गांव के सारे लोग सकपका जाते हैं। जो जहां है, वहीं पर खड़ा रह जाता है। आदमखोर से इतना आतंक नहीं, जितना पटवारी-पुलिस से।

शाम को पटवारी अंधे परमा को लाठी से बुरी तरह पीटता है कि उसने अपनी जवान लड़की पर अंकुश क्यों नहीं लगाया है! उसे घर से बाहर क्यों निकलने देता है!

किरपाल भाभर की तरफ भाग निकला था। अतः उसकी बुढ़िया मां को बुलाकर धमकाया कि 'सुवर' को 'हथगेड़ी' लगेगी। गोबिन्दी के साथ बदफैली में लोग-बाग कहते हैं – उसका (किरपाल की मां का) भी हाथ

है। उसे भाग जाने की सलाह उसी ने दी थी – इसलिए उस औरत जात को भी अदालत में खड़ा किया जाएगा। उस पर बेइज्जती होगी, सो अलग।

किरपाल की मां थर-थर कांपती रोने लगती है – दोनों हाथ जोड़े खड़ी।

एक ठोकर फटे जूते की पधान की नंगी पीठ पर पड़ती है कि उस 'नीच जात' की पधानचारी और थोकदारी चली जाएगी। उसने अपने गौं-गिराम में भोटियों का जैसा राज चला रखा है।... उसे भी 'काठ' ठोकना चाहिए!

सबकी खबर लेने के पश्चात् अन्त में गोबिन्दी को बुलाया जाता है – 'कहते हैं सारा गांव तुमने खराब कर दिया है।' पटवारी कहता है, 'किरपिया हरामजादा इतना बुरा नहीं था। उसे भी तुम्हीं ने खराब किया होगा!... तुम पर जोबन चढ़ा है, तो तुम कहीं खसम क्यों नहीं कर लेतीं...।'

गोबिन्दी मिट्टी में समाकर हाथ जोड़ती है कि उसका कोई कसूर नहीं है। उसने कुछ भी नहीं किया है। दिवंगत पति के घर उसके लिए ठौर नहीं, इसलिए विवश होकर बूढ़े बाप की देहरी लीप रही है।

वह दोनों आंखों से गर-गर आंसू ढुलकाने लगती है...।

'तुम्हारे साथ बुरा सलूक कब हुआ?'

वह कुछ नहीं कह पाती।

'उसके साथ कितने और लोग थे?'

वह चुप रहती है।

'उस समय तुम्हारा बाप क्या कर रहा था?'

'...।'

'तुम्हारा हाथ पकड़कर वह कहां ले गया?'

'...।'

'कितनी देर तक तुम्हारे साथ रहा?'

गोबिन्दी मटके की तरह गूंगी बैठी केवल रोती रहती है।

पटवारी अपने को असमंजस की स्थिति में पाता है। उसकी समझ

में नहीं आता, क्या करे। वह जितने ज़ोर से धमकाकर पूछता है, गोबिन्दी उतने ही ज़ोर से बिलखकर रोने लगती है।

पटवारी ने अपने माथे पर ठंडे पसीने को पोंछा और तय किया कि इस तरह पता लगाना सम्भव नहीं, इसलिए वह स्वयं जगह का मुआयना करेगा बिना स्थान आदि का नक्शा बनाए, 'रिपोर्ट' तैयार नहीं कर सकता। मामला हर तरह से पेचीदा लगता है।

अतः एकांत में बयान लेने और नक्शा तैयार करने के लिए गोबिन्दी को साथ लेकर जानवरों के रीते बाड़े में जाता है। कागज-पत्तर भी साथ ले जाना नहीं भूलता।

अंधियारे में गोबिन्दी ने बच-बचकर, संभल-संभलकर, पटवारी के पीछे-पीछे चलती है। पटवारी के हाथ में लालटेन है। वह बड़े गंभीर भाव से चल रहा है। लोग अपने अधमुंदे किवाड़ों से डर-डरकर झांक रहे हैं, उन्हें आशंका है कि अगर ठीक तहकीकात नहीं हुई, तो कल सबकी 'सामूहिक पिटाई' होगी...।

'जब वह साला यहां आया, तो तुम कहां पर खड़ी थी?' एकान्त, घुप्प अंधियारे बाड़े में पटवारी की आवाज़ गूंजी। वह ठिठका। उसके दो कदम पीछे गोबिन्दी भी...!

चारों ओर देखता है पटवारी... कहीं कोई भी मनुष्य दृष्टिगोचर नहीं होता। वह उसे बाड़े के भीतर, पयाल की ढेरी के पास ले जाता है–

'हां, तो तुम कहां पर खड़ी थी?'

गोबिन्दी चुपचाप खड़ी रहती है।

'तो उसने फिर तुम्हें किस तरह पकड़ा?'

पटवारी ने लालटेन धीमी कर एक ओर रख दी।

'वह इस तरह से, इस छोटे वाले दरबे से कूदा होगा न?' पटवारी दरबे से बिल्ले की तरह नीचे कूदता है।

'फिर उसने तुम्हें झप्प से, पीछे से इस तरह पकड़ा होगा न?' वह उसी तरह गोबिन्दी को पीछे से झप्प से पकड़ता है।

'फिर पयाल की ढेरी पर तुझे पटककर लिटा दिया होगा न?' पटवारी उसी तरह उसे पयाल की ढेरी पर पटककर लिटा देता है।

'तुझसे विवश होकर तब कुछ भी न बन पड़ा होगा न? तू मुंह भींचकर चुप पड़ी होगी... ?'

गोबिन्दी से चाहकर भी कुछ विरोध नहीं हो पाता। वह मुंह भींचे चुप पड़ी रहती है...

कुछ क्षण बाद पटवारी अपने कपड़ों पर लिपटी घास झाड़ता हुआ उठता है।

'चलो, मुआयना आज हो गया। नक्शा कल सुबह आकर, स्साला पटवारी खुद तैयार कर लेगा। किरपुआ ने जरूर 'गलती' की है। उसे फांसी की सजा हर हालत में मिलनी चाहिए... !'

किसी सीमा तक बात पूरी हो गयी है, परन्तु पटवारी के मन की कसर अब तक अधूरी है। इसलिए सुबह-सुबह उसने सारे गांव वालों की पिटाई आरम्भ कर दी है।

वह एक-एक कर लोगों को अपने कमरे में बुलाता है और बेरहमी से पीटता है।

इसी 'सामूहिक पिटाई' के दौरान जब आन्देव के गंजे सिर पर ठलम से लाठी की एक गहरी चोट लगी, तो वह सिर से पांव तक थर-थर कांप जाता है और अपने बहुत-से पैबन्दों वाले बदरंग पैजामे पर ही तड़-तड़ पेशाब कर देता है।

'इस बारे में तुम क्या जानते हो? सच-सच कहना, नहीं तो खाल के भीतर भूस भर दूंगा।' पटवारी एक चांटा मारता है। पांचों अंगुलियों की छाप गाल पर छूट जाती है।

आन्देव के कांपते हुए हाथ अपने आप जुड़ जाते हैं – 'सरकार, माई-बाप!'

'सरकार माई-बाप का बच्चा! सच-सच कहो–यह किसने किया? किसी और ने या किरपुआ ने... ?'

'किरपुआ ने तो नहीं...।'

'फिर किसने... ?'

'नरदा पधान ने...।'

'नरदा पधान ने किसके साथ... ?' पटवारी की आंखें विस्मय से बड़ी हो जाती हैं।

'किसनुआ की ईजा से...।'

'फिर गोबिन्दी का नाम क्यों लगाया था तुम लोगों ने?'

'लोग कहते हैं...' आन्देव कहता है, कांपता-कांपता – 'कि गोबिन्दी ने अपने गोठ में उन्हें ऐसा करते देखा था।... गोबिन्दी उनकी बदनामी न कर दे... इससे पहले उसी का नाम साक दिया था सबने।'

कुछ देर 'सुनसानी' रहती है। पटवारी उसकी जांघों पर तड़ाक् से एक प्रहार करता है–'कुत्ते के...! गधे के...! जरूर तेरा भेजा खराब हो गया है। मूरख की सन्तान, फिर इन लोगों के बीच, मैं पूछता हूं... किरपुआ साला कहां से आ गया...?'

आन्देव को अब कुछ सूझता नहीं कि क्या उत्तर दे। बहुत देर तक कांपता, उकड़-कूं बैठा रहता है। फिर सोचता हुआ कहता है – 'वह सुबह भाभर चला गया था। इसलिए उसी का नाम 'पाड़ना' ठीक समझा, माई-बाप!'

'वह कुतिया, किसनुवा की ईजा अब कहां है? उसे बुलाओ!' पटवारी दांत पीसता है।

'वह तो देवता, अपनी छोटी लड़की के घर चली गयी है। जाड़ों भर वहीं रहेगी।'

लात से मार-मारकर पटवारी उसे धकियाकर सीढ़ियों से नीचे गिरा देता है।

कुछ ही क्षण बाद नरदेव पधान को 'हाजिर' किया जाता है। उसके दोनों हाथों पर गाज्यो की रस्सी बंधी है। उसकी नंगी पीठ पर पटवारी सिंसुड़े (बिच्छू का पौधा) की डंडी से झपाझप प्रहार करता है। ज्यों ही एक झाल पड़ती है, नरदेव 'उईजाऽ' कहकर तड़प उठता है।

'साले सूअर, उस समय नहीं कहता था – उईजाऽ!...' पटवारी उसे घसीटकर पास लाता है।

'बता, तूने किसनुआ की ईजा से क्या किया है?'

नरदेव अपने दोनों हाथ जोड़ता है – 'सरकार, मैंने कुछ नहीं किया!... वह तो मेरी सगी छोटी बहन लगती है।... ऐसा कलपान्त...!' वह रो पड़ता है।

'...तो फिर किसके साथ...' उत्तेजना और आवेश से पटवारी देखता है।

नरदेव पधान कुछ सोचता है और गदराये गले से फुसफुसाकर कहता है – 'खिलुआ... की...बोज्यू से... !'

पटवारी खिलुवा की बोज्यू को बुलाता है।

खिलुवा की बोज्यू बड़ी हो-हुज्जत के बाद अपने देवर का नाम बतलाती है – नरदेव पधान का नहीं।

फिर खिलुवा की बोज्यू का देवर घसीटा जाता है, वह कहता है – 'बोज्यू के साथ तो केवल छेड़खानी किया करता था, असली बात रुखली के साथ थी... !'

'रुखली अब कहां है?'

'अपने पति के घर...।'

'तुम्हारे अलावा उसके साथ और किसका संबंध था?'

'टिकुवा का।'

'टिकुवा कहां है?'

'यही अपने खेत में कट्यूल काट रहा है।'

टिकुवा रुखली का नहीं, किसी हुड़कियानी का नाम लगाता है – जो अब मर गयी है।

पटवारी उस मरी हुई हुड़कियानी के बूढ़े पति को बुलवाता है।

इस तरह तीन दिन के अन्दर सत्ताईस आदमियों की पिटाई कर पटवारी तीस 'नाजुक' केसों का पता लगाने में सफल होता है। सारे गांव वालों को बांधकर हौलात में डालने लगता है, तो सबके कलेजे एक-साथ कांप उठते हैं।

हर मवासे से बीस-बीस रुपये इकट्ठे करके पटवारी-परमेश्वर के पांव पूजे जाते हैं।

जुंहों-जुहों कर रात बीती भी न थी कि एक दिन देखा – पधान के आंगन में, देवदार के पेड़ के नीचे, पीला-सा कागज़ लिये चपड़ासी देवसिंह खड़ा है।

लोग कहते हैं – सरकार-दरबार को सच्ची बात पता चल गयी है। पटवारी और सरपंच की करनी का खुलासा दुनिया-जहान में हो गया

है।... पेशकार और पटवारी में पुरानी लाग है। पेशकार ने ऊपर बड़े 'हाकिम' से कहकर मामला फिर चलवा दिया है। तहसीलदार और 'कलक्टर' सबको पता है।

और फिर सच ही एक दिन दूसरे दल-बल के साथ, नुकीली, सफेद मूछों वाला बूढ़ा पेशकार बचैसिंह आ धमकता है।

फिर लोगों की पेशी होती है। 'तहकीकात' फिर नये ढंग से शुरू होती है। लम्पट पटवारी ने बदमाशी की है--इसे साबित करने पर पेशकार हाथ धोकर पड़ा है, ताकि उसे नौकरी से निकाला जा सके और इलाके में शान्ति रहे।

सबको बुलाता है। पहले पुचकारता है और फिर सब पर थूकता है।... सबके बयानों में यही रहता है कि पटवारी डरा-धमकाकर एक मोटी रकम 'उघा' ले गया है... उसने गांव में बकरा खाया है... बदफैली की है... सबने अपनी आंखों से देखा है... और एक पिपिया ठरुवा शराब की रीती कर गया है।

'कितने बकरे खाये उस खबीस की औलाद ने?' धधकती अंगारे-सी आंखें दिखलाता हुआ पेशकार कहता है।

'हुज़ूर, एक बड़ा 'हेल्वान' था और एक 'पाठी'।'

'हेल्वान किसका था?'

'पदिया का...।'

'बुलाओ उस 'बिलेडीफूल' को...!'

'और हां, 'पाठी' किसकी बतलाई?'

'तल्ले घर चरनिया की।'

'उस 'डेमफूल' को भी हाज़िर करो!'

दोनों 'फूलों को हाज़िर किया जाता है। कांपते हुए दो बुत खड़े हो जाते हैं।

'पटवारी को बकरा तुम बदमाशों ने खिलाया था?'

दोनों के गले से आवाज़ नहीं फूट पाती, तो पेशकार फिर दुहराता है। फिर भी दोनों सहमे-से चुप रहते हैं, तो पेशकार उबलता हुआ, एक साथ उन दोनों पर कूद पड़ता है।

मारते-मारते उसके हाथ थक जाते हैं और वे दोनों मिट्टी के कच्चे फर्श पर बुरी तरह, धूल में लिपट पड़ते हैं, तो वह उन्हें बग़लवाले जानवरों के गोठ में बन्द करवा देता है – बाहर से कुंडा ठोककर।

'घूस किस-किसने दी थी?' वह कहता नहीं, दहाड़ता है।

लोगों की टांगें कांपने लगती हैं।

'गंगानन्द ने...!' कोई बीच में फुसफुसाया है।

गंगानन्द न्यौते में किसी दूसरे गांव गया है। रातों-रात उसे बुलवाया जाता है।

'गंगिया के 'ढण्ठ', तूने घूस दी थी? ... जानता है, गधे के...घूस लेना और देना, अदालत में बराबर-बराबर जुरम है!'

गंगानन्द कोई उत्तर दे, इससे पूर्व झुर्रियों वाले गाल पर एक तमाचा पड़ता है। और फिर दूसरा... तीसरा!

उसके मुंह से झाग निकल जाता है। वह बुरी तरह हांफता है – 'मैंने नहीं... सबने।... सिरकार, पटवारिज्यू हौलात में डालने को कहते थे... मरता क्या न करता... सिरकार!'

पेशकार कुत्ते के पिल्ले की तरह, उसका कान पकड़कर ऊपर उठाता है और उसे भी बन्द करवा देता है।

फिर दूसरों की बारी आती है।

पेशकार उस गोठ का मुआयना खुद करता है–जहां पर कहते हैं, गौबिन्दी के साथ किरपाल ने शरम-बात की थी। गोबिन्दी बाल-विधवा है। असहाय है। अनाथ है। उसके प्रति बूढ़े पेशकार के मन में स्वाभाविक करुणा जागती है...!

इस 'जुलम' के बदले उसका इरादा पटवारी को नौकरी से भी निकलवाने का नहीं, बल्कि दिन-दोपहर सूली पर चढ़ाने का भी है!... अतः गोबिन्दी को अकेले में, अपने कमरे में बुलाकर, पास बिठलाकर सहज आत्मीयता से पूछता है–

पटवारी नौहाल ने तेरे साथ क्या-क्या किया मुला?'

गोबिन्दी सहमी-सी, कुछ कह नहीं पाती, तो वह उसके और पास जाता है। उसके सूखे बालों को सहलाता हुआ पूछता है, 'बता न बिटिया,

उस कमीने ने कौन-सी हरकत की थी? ...कब? किस तरह से...? कितनी बार...।'

गोबिन्दी चुप रहती है। इतनी आत्मीयता का बोझ वह सह नहीं पाती–दुधमुंहे बच्चे की तरह अपने घुटनों में मुंह छिपाए चुपचाप रो देती है।

पेशकार का बूढ़ा हृदय पिघल जाता है। उसे और पास खींचकर, हर तरह से उसे सहलाने लगता है, 'सरपंच कमीने के... ने भी तेरे साथ जुलम किया। लोग कहते हैं... बदजात पटवारी ने भी... सरकार को सब पता चल गया है... उनको कालापानी की सजा होगी... सरकार उनसे नाराज है! हम नाराज हैं! सब नाराज हैं... मोची से उनकी खाल उतरवाकर उसमें भूस भर देंगे... और तुझे इनाम देंगे... तू बहुत अच्छे चाल-चलन की है। तू गऊ है... तू बहुत अच्छी गऊ है, बहुत ही अच्छी...!'

पेशकार की सांस रुक जाती है... वह उसे पूरी तरह समेटकर, उस पर गिर पड़ता है...।

अथाह

पांच बजे होंगे शाम के। कुसुम ऑफिस से घर लौटी, पसीने से भीगी। उमस ज्यादा है आज। आसमान ढका है। हवा बहती नहीं, इसीलिए घुटन-सी पैदा हो रही है।

पसीने से भीगे गीले कपड़े बदलकर, पंखा हाथ से झलती हुई वह 'धम्म' से चारपाई पर बैठ गई। तभी सामने निगाह पड़ी – किताबों के ऊपर एक लिफाफा पड़ा दीखा औंधे मुंह।

क्षणभर के लिए उसे उलट-पुलट कर देखती रही–एक्सप्रेस लिफाफा है। 'जरूरी' ऊपर लिखा है। अक्षरों की बनावट संतुलित नहीं। लगता है, जल्दी में लिखा गया है या जान-बूझकर लापरवाही से।

लिफाफा जल्दी-जल्दी खोला उसने। पढ़ा। एक बार। दो बार। दस बार। बीस बार। न जाने कितनी बार वह पढ़ती चली गई। अंत में परेशान होकर उसने पत्र नोचकर फाड़ डाला और कूड़े के ढेर में फेंक दिया।

'हुं!' मन-ही-मन वह बुदबुदाई, 'दो, गिने-चुने अक्षर लिखे हैं लाट साहब ने...' 'जनता एक्सप्रेस' से जा रहा हूं। दिल्ली मेन पर मिलना।' पांच-सात साल से अधिक अर्सा हुआ होगा न अब! पर कभी खबर भी ली कि हम दुनिया में अभी जिन्दा भी हैं या...! कटे पर नमक छिड़कने के लिए अब...।

अरे, तुम पैसे वाले हो, अमीर हो तो होते रहो। हमें क्या? अपनी गरीबी ही प्यारी है हमें तो। और फिर किसी के पैसों की शेखी किसी का कर भी क्या लेगी! जब ठुकराना था, ठुकरा दिया बेरहमी से। अब क्या जरूरत है मिलने की! पूछने की।

लेकिन नहीं, यहां भी चैन से नहीं जीने दोगे। सूखे घावों को फिर-फिर

कुरेदकर नमक-मिर्च छिड़कते रहोगे। दूसरों को यों सताने में किसी को क्या सुख मिलता होगा! सेडिस्टिक कहीं के।

'...जनता एक्सप्रेस' से जा रहा हूं। रोज ही तो 'जनता एक्सप्रेस' जाती होगी। हजारों-लाखों लोग आते-जाते होंगे। कोई कहीं आए, कहीं जाए – हमें क्या?

झुंझलाकर कुसुम ने माथे पर उभरी पसीने की बूंदें पोंछीं। पंखा कुछ तेज किया इतने में नीली चाय का प्याला लेकर आ पहुंची।

–किसकी चिट्ठी थी, दीदी?

–शाम को घूमने चलोगी न?

–तेरी सहेली चन्द्रा आयी थी। जानती हो, क्या कहती थी?

दीदी के मुंह की ओर नीली ताक रही थी। पर, दीदी कहीं और। चुप! जैसे उसने कुछ भी सुना नहीं। जैसे किसी ने कुछ भी कहा नहीं। सिप्-सिप् बिना चीनी की सारी चाय एक ही सांस में गटक गई। फिर एकाएक उठी और बरामदे में चली गई।

सूरज अंगारे की तरह धधकता-जलता डूबने को है। आसमान तांबे की-सी ललाई लिये तप रहा है। कुसुम बरामदे में खड़ी देखती रही – सामने आंगन में नटखट बच्चे शोरगुल मचा रहे हैं। सड़क पर चहल-पहल शुरू हो गई है। मोटर-स्कूटरों की लकीर-सी बंधी है। लोग आ-जा रहे हैं। मार्केटिंग के लिए बन-ठनकर जाने वालों की संख्या अधिक है।

कुसुम वहां भी देर तक खड़ी न रह पाई। अंदर आयी। पढ़ने के लिए कोई पत्रिका उठाई। उसे पटककर फिर किताब खोली। दो-चार पन्नों से अधिक उसके भी पलट न पायी। सिलाई की मशीन कुछ देर खड़खड़ाती रही। जी नहीं लगा तो बाथरूम में चली गई, नहाने।

नहाने के बाद कुछ हल्कापन, कुछ ताजगी उसने अनुभव की। गीले रेशमी बालों को कंधे पर बिखेरे, हल्के-फुल्के कपड़े पहने छत पर अकेली टहलती रही।

'...जनता एक्सप्रेस' से जा रहा हूं... न चाहने पर भी बार-बार उसके अधर यही वाक्य दुहराते चले गए।

कल लगभग इसी समय, ठीक इसी वक्त साढ़े छह बजे, 'जनता

एक्सप्रेस' दिल्ली के प्लेटफार्म पर कुछ क्षणों के लिए रुकेगी। खूब भीड़-भड़क्का होगा। आने-जाने वालों की भरमार होगी। उस जन-सागर में किसी की दो आंखें खिड़की की राह बाहर झांक रही होंगी। कुछ ढूंढने-खोजने को आतुर होंगी।

पर नहीं-नहीं, किसी की भी आंखें नहीं होंगी। आखिर हों भी क्यों? विवशता की ओर कौन झांकता है? लाचारी की ओर कौन देखता है? अपने से ऊंचाई की तरफ ही तो इन्सान की निगाहें होती हैं न! दुनिया का दस्तूर है तो फिर किसी का क्या कसूर!

फिर वह जाए भी क्यों? यही जतलाने के लिए न कि अब वह यूनिवर्सिटी की छात्रा नहीं, किसी अर्द्धसरकारी ऑफिस में एक साधारण-सी टाइपिस्ट है। अपने सुनहरे सपने कुचलकर किसी तरह दिन बिता रही है। बूढ़ी मां है, बहन है। किसी प्रकार अपने इस छोटे-से परिवार की नाव बिना पतवार के खे रही है।

नहीं-नहीं, वह इस तरह दयनीय-दीन बनकर उसके सामने नहीं जाएगी। मरकर भी नही। कभी भी नहीं...

वह परेशान-सी तेजी से चक्कर काटने लगी।

आखिर वह होता ही कौन है, जो उसके सामने अपना दुखड़ा रोए! गिड़गिड़ाए। वह सोचती रही। बचपन का साधारण-सा परिचय ही तो था न! अंधी भावुकता थी या महज बचपना था, जो अपना सब-कुछ समझकर, सब-कुछ मानकर उसे पूजती रही।

जो कुछ भी उसने कहा, सिर झुकाकर सब मान लिया। धानी रंग से बचपन से नफरत थी, लेकिन जब एक दिन उसने कहा कि इस रंग की साड़ी उसे बेहद पसंद है, तो उस दिन से हमेशा वैसी ही साड़ी पहनती रही...। 'तुम्हें बॉब-कट बड़े सुन्दर लगेंगे, तुम्हारा चेहरा गोल है न!' यह सुनते ही अपने नागिन-से लहराते रेशमी बाल, जिन पर उसे नाज था, कटवा दिए। न चाहते हुए भी ऊँची एड़ी की सैंडिल पहनती रही। जब उसे पसंद था तो फिर क्यों न पहनती! लेकिन... वह था कि...!

इससे आगे वह कुछ सोच न पायी। सिर चकराने-सा लगा।

तभी नीचे से आवाज़ पड़ी – 'रोटियां ठंडी हो गई हैं, कुसुम!'

वैसी ही खोयी-खोयी कुसुम खाने बैठी तो दो टुकड़े तोड़कर उठ

खड़ी हुई। सिरदर्द का बहाना बनाकर छत पर चारपाई डाले पड़ी रही। करवट पर करवट बदलती रही, पर न जाने नींद कहां खो गई थी!

–'जनता एक्सप्रेस' से जा रहा हूं... अभी तक भी आंखों के आगे वे ही अक्षर काले-काले, जल्दी में या जान-बूझकर लापरवाही से लिखे टेढ़े, सफेद कागज पर कीड़ों की तरह रेंगते घूम रहे थे।

वह एकाएक झटके से उठी। नीचे कमरे में पहुंचकर कागज के उन बिखरे टुकड़ों को जोड़-जोड़कर मिलाने लगी। बहुत-से टुकड़े हवा में उड़ गए थे, इसलिए वह अधूरा पत्र अधूरा ही रह गया।

बिखरी चिंदियों को हाथ में थामे वह बार-बार देखती। खोयी-खोयी-सी देखती चली गई।

उसने चुपके से फिर अपने कपड़ों का बक्स बाहर खींचा। एक-एक करके सारे कपड़े टटोलने लगी, पर धानी रंग की कोई साड़ी कहीं भी मिल न पायी। दूसरा बक्स, फिर पुराने कपड़ों का तीसरा बक्स टटोला तो एक पांच-छह साल पुरानी साड़ी निकल ही आयी। तह खोल-खोलकर उसने झांका। जगह-जगह कीड़ों ने काटकर छेद कर दिए हैं। एक दिन भी क्या यह काम नहीं दे सकेगी? कुसुम खड़ी-खड़ी देखती रही।

मां सो गई है। नीली सो गई है। लेकिन कुसुम हाथ में बारीक सूई और हरा धागा लिये आधी रात के समय अभी तक भी बैठी है।

–सुना है, वह बड़ा अफसर हो गया है अब। बड़ा आदमी। एयरकंडीशण्ड डिब्बे में बैठा होगा। कुसुम सोचती रही–शायद उसके साथ उसी ओहदे के और भी बड़े आदमी हों! उनके सामने ऐसे कपड़ों में वह किस तरह खड़ी होगी। उसकी बीवी भी साथ हुई तो उसे कितनी झेंप होगी। उसका परिचय वह उसे किस तरह देगा! क्या कहकर!

कुसुम के हाथ कांपने लगे। साड़ी वैसी ही मेज पर पटककर, खीझकर छत पर चली गई और सो गई।

'कुम्मी, ऑफिस नहीं जाना है आज? आठ तो कब के बज गए!' मां ने सुबह जगाया।

कुसुम ने आंखें मलते हुए अचकचाकर देखा – सूरज छत पर चढ़ आया

है और खुली छत पर अभी तक वह लापरवाही से सो रही है। सिमटकर वह एकाएक उठ बैठी और वैसी ही अनमनी-सी नीचे उतरकर कमरे में फिर निढाल लेट गई।

'तबीयत ठीक नहीं है, मां! आज छुट्टी ले लूंगी...!' कहकर फिर सो गई।

चाय नहीं पी। कुछ देर बाद मां ने फिर जगाया तो उठते ही फिर वही धानी साड़ी, सूई और उसमें उलझा वही हरा धागा दिखलाई दिया।

माथे पर हाथ रखे देर तक बैठी रही। वैसी ही उठकर फिर रसोईघर की ओर बढ़ी। मां की नाराजगी का खयाल रखकर दो-चार टुकड़े सब्जी के खाए और बाहर आयी तो फिर वही साड़ी सामने। वह झुंझला उठी।

चारपाई पर औंधे मुंह लेटी-लेटी सोचती रही। ऐसे पड़ी-पड़ी भी क्या करेगी दिन-भर! ऑफिस चली जाए तो शायद काम में जी बहल जाएगा। समय आसानी से कट जाएगा।

रूखे बालों पर हाथ फेरती हुई वह उठ खड़ी हुई। झटपट कपड़े बदलकर ऑफिस जाने की तैयारी करने लगी।

ऑफिस में भी आज जी लगा नहीं। लाल स्लिप लगी 'जरूरी' टाइप की पहली ही कॉपी गलत कर दी। बॉस ने झिड़कियां दीं तो उसका नन्हा-सा मुंह निकल आया। सूरत रोनी हो आयी। तबीयत खराब होने का बहाना बनाकर फाइलें उसने वैसी ही पटक दीं और दोपहर को ही घर लौट आयी। पर, बैचेनी ने किसी तरह साथ छोड़ा नहीं।

कमरे में घुसते ही चारपाई पर उलझी उसी साड़ी ने फिर स्वागत किया तो वह बुरी तरह परेशान हो उठी।

पत्थर की तरह देर तक पड़ी रही। प्रश्न घूमते रहे, तेजी से – जाए, न जाए? क्यों जाए, क्यों न जाए?

'दीदी, चाय!' नीली ने जगाया।

अचकचाती हुई जागी, जैसे सपना टूटा हो।

'क्या समय है, नीलू? पसीने से भीगे मुंह को आंचल से पोंछती हुई बोली।

'पौने छह।'

'क्या कहा, पौने छह!' वह उठ खड़ी हुई, 'पौने छह बज गए! अभी तक मुझे जगाया क्यों नहीं?' परेशान-सी वह जोर से चिल्लाई।

'सो जो रही थीं। हमें क्या सपना था?' नीली ने मुंह बिचकाते हुए कहा और चाय रखकर चलने लगी।

'अरी, सुन तो...!'

'क्या?' दरवाजे पर ठिठकती हुई नीली बोली।

'देख, बाहर स्कूटर तो नहीं है?'

'क्या कहा, स्कूटर! कहीं सपना तो नहीं देख रही हो?'

'शट्अप! कलमुंही! सुनती है, मैं क्या कह रही हूं?' वह इतनी तीखी आवाज में चीखी कि नीली पीली पड़ गई।

'खड़ी क्यों है? जा...!'

वैसे ही बालों में कंघा फेरती हुई कुसुम जल्दी-जल्दी तैयार होने लगी, बिना चाय पिए।

नीली खिसियाती हुई न जाने कहां अन्तर्धान हो गई!

थोड़ी देर बाद आंगन में घरघराहट की आवाज सुनाई दी। फट्-फट् कुसुम सीढ़ियों पर उतर पड़ी। सिलवट पड़ी साड़ी, वैसा ही ब्लाउज। रूखे बाल, टूटी सैंडिल। उसे कुछ भी ख्याल न रहा कपड़ों का।

'मेन स्टेशन, जरा जल्दी...!' स्कूटरवाले से कहने के बाद एकाएक खयाल आया। चलते-चलते स्कूटर से मुड़कर झांकती हुई बोली, 'सहेली के घर जा रही हूं। जरा देर से लौटूंगी, सुना!'

उसे कुछ भी पता न चला कब चार-पांच मील की दूरी तय हुई। स्कूटर वाले को पैसे चुकाए या नहीं? या कितने चुकाए? समय क्या हुआ?

प्लेटफार्म पर हांफती हुई ठिठककर, कुली को रोककर बोली, 'जनता एक्सप्रेस इसी प्लेटफॉर्म से जाती है?'

'हां।'

'अभी आयी नहीं क्या?'

'वह तो गाजियाबाद से भी आगे निकल गई होगी अब तक...।' कुली चलता-चलता इतना कहकर, भीड़ में न जाने कहां गुम हो गया।

कुसुम खड़ी-की-खड़ी सन्न रह गई, जैसे काठ मार गया हो।

तभी किसी रेलगाड़ी की चिंघाड़ती सीटी से वह अचकचाती हुई होश में आयी। खोयी-खोयी सूनी निगाहों से चारों ओर कुछ देखने लगी, पर दिखलाई कुछ भी न दे रहा था। क्या करे? किधर जाए? कहीं भी जाने के लिए पांव न बढ़ पा रहे थे। एकान्त में खूब फूट-फूटकर रोने को जी हो रहा था, लेकिन कैसे?

बाहर लाल किले के बस-स्टॉप पर आकर वह ठिठकी। पटेलनगर वाली एक बस खाली दीखी, उसी में लपककर बैठ गई। किसी भी कीमत पर घर जाने को मन न हो रहा था।

रात को सवा दस बजे हारी-थकी घर लौटी तो नीली बरस पड़ी, 'कहां चली गई थी, दीदी? तुम्हें खोजने तुम्हारी सहेली के यहां फोन किया। वह कहती थी कि वहां तो आयी ही नहीं।'

'ऐसा क्या हो गया? क्यों चीख रही है?' कुसुम गुस्से से उफनती हुई बोली, 'पटेलनगर वाली मौसी के घर चली गई थी... हुआ क्या है?'

'हुआ क्या है कहती है?' नीली ने मुंह बनाया, 'तुमसे मिलने तुम्हारा क्लासफैलो दिवाकर आया था। कहता था, तुमसे मिलने की खातिर गाड़ी मिस कर दी। 'जनता एक्सप्रेस' से कहीं जा रहा था। पूरे दो घंटे इंतजार कर अभी-अभी गया है। ग्यारह बजे वाली 'तूफान एक्सप्रेस' से निकल जाएगा...।'

कुसुम माथा पकड़कर धम्म से बैठ गई।

'लो, तुम्हारे लिए यह प्रेजेंट छोड़ गया है...!' नीली खाकी लिफाफा खोलती है।

धानी रंग की एक चमचमाती साड़ी! साड़ी की तह में एक छोटा-सा कागज का टुकड़ा। लिखा है – 'उन हरे-भरे दिनों की याद में...।'

बरस बीत गया

पर यहां भी लगता नहीं सुमन का मन! जब से आयी है, बुझी-बुझी-सी रहती है। डॉक्टर कहते हैं – 'बढ़ने की बजाय तुम्हारा 'वेट' दिन-पर-दिन घट रहा है! सभी तो टहलने-घूमने जाती हैं, फिर तुम क्यों नहीं जाती? समय पर दवा क्यों नहीं लेती? किसी से बातें क्यों नहीं करती? बोलने से मन हल्का रहता है...।'

लेकिन वह सुनी-अनसुनी कर देती है।

हर हफ्ते मां का खत आ जाता है। एक ही बात हर बार दुहराई जाती है। बाबूजी डॉक्टर भंडारी से रिपोर्ट मांगते रहते हैं, एक्स-रे की काली-काली प्लेटें भी। और फिर लौटती डाक से लम्बे पत्र भेजते हैं, जिनमें साइकोलॉजिकल ट्रीटमेंट की बातें रहती हैं और उबाने वाली जिरहें भी। बाबूजी स्वयं डॉक्टर नहीं, फिर डॉक्टरों की हर बात का पोस्ट-मार्टम क्यों करते हैं? शायद इसीलिए न कि वे सूझ-बूझ वाले वकील कहे जाते हैं। न मालूम क्यों, अज्जू हर महीने अपने जेब-खर्च से पैसे बचाकर भेजता है। अंत में लिखता है – बाबूजी से जिकर न करना, जिज्जी! छुट्टियों में एक बार जरूर आऊंगा। जब से तुम गई हो, घर सूना-सूना लगता है। कहो तो कुछ किताबें भेज दूं, इंटरेस्टिंग हैं।... इन्दर भैया चिट्ठी नहीं भेजते। लेकिन हां, भाभी ने एक चंदेरी की साड़ी भेजी थी – पता नहीं क्या सोचकर!

उसकी आंखें धुंधला गई हैं...। स्पष्ट कुछ दिखता नहीं। वह केवल अंगुलियों पर गिन-गिनकर कुछ घटाती-बढ़ाती है। बरस पूरा होने में अभी कुछ कितना समय शेष है।

खोये-खोये-से बूढ़े ताऊजी (ठाकुर साहब) उस दिन पिंड दान करेंगे।

उसे खयाल आता है कि कोसी ताई भोर से पहले ही जागकर नहा-धोकर गो-ग्रास देंगी। उनकी आंखों में सांझ के झुलसे बादलों की बुझती लाली होगी।

ताऊजी अपना एक हाथ दूसरे हाथ पर धरकर, गहरी सांस भरकर दूर कहीं ढूंढने लगेंगे – अनन्त की मां, हमारा अनन्त मरकर भी अमर हो गया। तू रो-रोकर उसकी आत्मा को दुख क्यों देती है? फिर अपने आप बुदबुदाएंगे। स्वयं से बातें करने लगेंगे... बैरी निकला पूरब जनम का। इस बुढ़ापे में आनके आज यह दिन भी देखना पड़ा...।

'सच-सच कहो, अनन्त भैया, तुम्हें कभी हिचकी लगती है? परेड रोज करते हो?'

'हां!'

'पहाड़ों पर भी चढ़ते हो?'

'हां!'

'तो बहुत थक जाते होंगे न! घुटनों में दर्द होता होगा?'

वह सिर हिलाकर उसकी ओर देखता है।

'जब तुम थककर, चूर होकर...' कहती-कहती वह अटक-सी जाती है, 'तब एक क्षण के लिए...।'

'क्या?'

'कुछ भी तो नहीं!' कहकर वह अपने आप अकारण हंसने लगती है, 'सच्ची, मैं कभी-कभी पगला जाती हूं। एकांत में घंटों बैठी-बैठी पता नहीं क्या-क्या सोचती रहती हूं। कभी तो यों ही आंखों में जल छलक आता है। तुम भी बड़े 'वो' हो। मुझे चिट्ठी में 'कैट' क्यों लिखा...? पान नहीं लोगे?'

'न।'

'क्यों...? पहले तो रोज लेते थे।'

'अब छोड़ दिया। दांत खराब हो जाते हैं न! कैडेट लोग...'

'कैडेट लोग क्या आदमी नहीं होते?'

'आदमी तो होते हैं, लेकिन जानवर नहीं होते। घास-पात नहीं चबाते...।'

सुमन आज अपनी हार पर तिलमिलाती नहीं, खुश होती है। इतने लम्बे अर्से बाद जब से अनन्त आया है, सुमन भी कुछ बदल-सी गई है। कभी तो एकदम गम्भीर बन जाती है। काफी 'एजेड-सी' लगती है।

एक गिलौरी वह उसकी ओर बढ़ाती है – 'प्लीऽऽज!'

बिना किसी प्रतिरोध के अनन्त पान मुंह में डाल लेता है।

'देहरादून में पान की दुकानें नहीं होतीं?'

'होती क्यों नहीं! बहुत दुकानें हैं! कभी चल के देखना।'

'मुझे देहरादून बहुत अच्छा लगता है।'

'तूने कब देखा?'

'देखा तो नहीं, बस यों ही। बिना देखे भी तो बहुत-सी चीजें अच्छी लगने लगती हैं न!' वे दुकान से दूर चले जाते हैं।

'मुझे इसी पिछले महीने एक 'लव-लेटर' मिला था।' सुमन अपने-आप कहती है, जैसे स्वयं को सुना रही हो।

'कहां से?'

'हमारे एक क्लासफेलो ने भेजा था।'

'क्या लिखा था?'

'बड़ी मजेदार बातें थीं।'

'तो तुम्हें अच्छी लगी होंगी?'

'अच्छी नहीं लगीं।'

'तो तुम्हें गुस्सा आया होगा?'

'गुस्सा भी नहीं आया। सच, कुछ भी नहीं हुआ – सच्ची!'

'बड़ी अजीब हो तुम – कुछ भी नहीं हुआ!'

उसके बाद अनन्त दो-तीन बार फिर दिल्ली आया था। लेकिन ट्रेनिंग पूरी करके जब वह हफ्ते-भर के ज्वॉइनिंग-टाइम में यहीं दिल्ली से होकर गया था, तब वह अजमेर वाली नानी के साथ पुष्कर गई थी, जहां उसने रेत में दौड़ते ऊंटों को पहली बार देखा था।

लौटने पर अम्मा ने बतलाया था – 'अनन्त रंगीन तस्वीर खींचने वाला कैमरा लाया था। तेरे कमरे से तेरा अलबम उठा ले गया, कहता था कुछ और रंगीन तस्वीरें इस में लगा दें। मेरे पास पड़ी-पड़ी बेकार हो

जाएंगी। न जाने कहां-कहां जाना पड़े। फिर उन्हें मैं कहां फिराता रहूंगा।'

सुमन अलबम खोलती है। हाई स्कूल के इम्तिहान के लिए जो फोटो खिंचाई थी, पासपोर्ट साइज की, उनमें एक कम थी। उसके बदले छः-सात नयी रंगीन तस्वीरें थीं। कुछ फोटो, जिनकी पीठ पर बड़े-बड़े अक्षरों में 'ए' लिखा था... अंग्रेजी का 'अ'।

तभी दो-तीन महीने बाद अनन्त का एक छोटा-सा पत्र आया था। कुछ भी तो नहीं लिखा था। सब जगह भरने वाली बातें थीं – स्कूल रोज जाया करो, 'एक्जाम' के बाद क्या सोचा है? पान न खाया करो। मैं ठीक हूं। तुम ठीक होगी।

उसके पश्चात् वह मैट्रिक पास भी हो गई। तब भी शायद कोई खत था। फिर लम्बे अर्से तक कुछ भी नहीं, फिर एक लम्बा पत्र...।

वह अंगुलियों में हिसाब लगाती है। सम्भवतः वही पत्र था। उसके बाद तो...।

'दिसम्बर में मेरा साल पूरा हो जाएगा। तब लम्बी छुट्टियों में घर आऊंगा। जाड़ों में बरफ देखने नैनीताल जाने की सोचता हूं। तुम भी चलोगी न। मैंने तो डिसाइड कर लिया है। अच्छा, बतलाओ, मैं तुम्हें मुफ्त में लेफ्टिनेंट की बीबी बना दूं तो क्या इनाम दोगी?'

जब अनन्त पहली बार देहरादून से आया और खूब बढ़-चढ़कर मिलिट्री वालों की बड़ाई करने लगा था तो उसने कहा था–'मुझे मिलिट्री वाले अच्छे नहीं लगते। बड़े 'रफ' होते हैं, अनन्त।'

'होंगे...!' तटस्थ भाव से अनन्त ने देखा था, 'अच्छा, एक बात बता। तू पागलों की तरह बाल क्यों बिखेरे रहती है हरदम? जूड़ा क्यों नहीं बांधती? साड़ी के साथ मैच करता ब्लाउज क्यों नहीं पहनती? लेफ्टिनेंट साहब को ऐसे लोग पसन्द नहीं!... सुनो, भारत के होने वाले सी-इन-सी की बात तुम्हें माननी पड़ेगी। जाओ और 'टिच' होकर आओ। पिक्चर चलेंगे।'

वह दरवाजे पर ठिठक पड़ती है – 'हमें ही ऐसे लोग कौन पसन्द हैं! बाबा, हमें टीचरी करनी है, नौकरी तो कहीं दिला दोगे न?'

'नौकरी ही करनी है तो लेफ्टिनेंट साहब की करो–दस रुपये, कपड़ा-लत्ता, खाना-पीना!'

सुमन तुनककर जीभ काटती है – 'दऽसऽ रु-ऽप-ऽयेऽऽ! खाऽना-पीनाऽ। शरम नहीं आती किसी शरीफ लड़की से ऐसा कहते!'

अनन्त उसके बिखरे बालों को खींचता है – 'शऽऽरीऽऽफ...!'

'छोड़ो भी, 'ब्रूट' कहीं के! सारे बाल उतार दिए। एकेडमी वाले क्या तुम्हें ऐसी ही ट्रेनिंग देते हैं!' सिंदूरी चेहरा आंचल से पोंछकर वह ओझल हो जाती है।

वह अलबम सुमन यहां भी अपने साथ लायी है। कभी घंटों तक उसकी ओर पता नहीं क्या-क्या देखती रहती है।

इन भिंची-भिंची दीवारों के बीच उसका दम घुटने-सा लगा है। दवा की तमाम बिखरी शीशियों में बदबू-सी आने लगी। जी मिचला आया। वह हौले से उठकर बैठ गई। पांवों में बिना स्लीपर डाले ही बरामदे में चली गई। एक खम्भे के सहारे खड़ी हो गई।

पिछले सात दिनों से लगातार चली आ रही झड़ी के सिमटने पर भी आसमान गंदले तालाब की तरह मैला है। दिन-रात जब देखो कुहासा ही कुहासा। पानी ही पानी! सीलन ही सीलन! कपड़ों में से गंध आने लगती है। लोग तो कहते हैं – 'बहुत अच्छी जगह है यह।'

'सिस्टर, क्या यहां हमेशा ऐसा ही रहेगा?'

सिस्टर सामने से आती है और सधे पांवों से खट्-खट् करती दूर निकल जाती है। उसके दोनों हाथों में बहुत-सी शीशियां हैं। वह ऑपरेशन-रूम की ओर जा रही है। कुछ कदम चलते ही वह मुड़कर देखती है और मुस्कराती है। सिस्टर की यह मुसकराहट उसे कभी अच्छी नहीं लगती।

कभी-कभी दवा पिलाती हुई शरारती सिस्टर उसकी संगमरमर-सी सफेद नाजुक अंगुलियों को सहलाती हुई जोर से दबाती है–'डार्लिंग, यू आर सो चार्मिंगऽऽ...।' फिर सधे पांवों से इसी तरह खट्-खट् चलने लगती है। दूर पहुंचकर देखती है और बड़े अश्लील ढंग से मुस्करा देती है।

उसके बाएं पांव में कुछ-कुछ सूजन है। चलते समय लचकता है। खड़े होने पर तकलीफ होने लगती है। वह पास पड़ी बेंत की कुर्सी खींचती है। हौले से इस तरह बैठती है कि कहीं धंस न जाए। जंगले के

सहारे झुककर दोनों हथेलियों से ठोड़ी थाम लेती है–ऐसे ही कभी अपनी खिड़की पर बैठा करती थी – घंटों तक...।

डाकिया नाराज है। अनन्त की चिट्ठी नहीं लाता। ताऊजी उदास रहते हैं। ताई कभी दुपहरी में अम्मा के पास बैठती हैं, तो ढुल-ढुल रोने लगती हैं। उसे भी इधर पता नहीं क्या हो गया है! वह अकारण परेशान रहती है! उस पर अम्मा की आवाज आती रहती है – 'सुमी, कहां चली जाती है तू! इन्दर कब से चाय के लिए चिल्ला रहा है! देख, आज महरी नहीं आयी। जरा चौका ही साफ कर दे। चाय मैं उबाल लूंगी।

'मां...!' सुमन तुनककर कहती है – 'तुम दिन-रात चौके-चौके की बातें किया करती हो। कुछ पता भी है, यहां एक के बाद एक चौकियां हाथ से निकलती जा रही हैं। लगातार डिफीट हो रही है। देश की प्रेस्टीज दांव पर लगी है। और... तुमऽ!'

मां चुप हो जाती हैं – अपनी पुरानी आदत के अनुसार। और बिना अधिक हील-हुज्जत किए काम पर जुट जाती हैं।

उस पार शोरगुल-सा सुनाई देता है। एक जगह पर बहुत बड़ी भीड़ इकट्ठी दिखलाई देती है। सड़क पर ट्रैफिक रुक गया है। सांस रोके सब सुन रहे हैं – ढोला चौकी... कल रात की लगातार भयंकर गोलाबारी के बाद... हमारी सेनाएं मजबूती से मोर्चा संभालने के लिए...।

ताऊजी की आंखों का रंग सफेद हो जाता है। ताई से खाना नहीं खाया जाता।

बाबूजी उड़े-उड़े से रहते हैं। घुटने पर घुटना टिकाए, गरदन ईजी-चेयर पर ढुलकाए सिगार का गहरा कश खींचते हैं – 'आज गलत पैरवी कर बैठा, रायसाहब! जज भी उल्टा डिसीजन दे गया...! सुम्मी, तू दिन-रात रेडियो से क्यों चिपकी रहती है? भई, स्कूल की पढ़ाई-लिखाई भी चौपट हो गई...! अरे हां, खबर क्या है, बेटा, वालौंग का क्या बना...। ऐसा क्राइसिस यार जिन्दगी में नहीं देखा। तीन दिन से नींद नहीं आ पा रही है। डिफेन्स अब बिना फॉरिन एड के चल नहीं सकता। क्या करें?'

घर में अब अधिकतर सन्नाटा रहता है। खाते-खाते अम्मा का हाथ रूक जाता है–'सामने के ठेकेदार साहब को तो देखो, एक ही लड़का है, वह भी पलटन में!'

'च्चऽऽ, पलटन में होने से क्या हुआ! हम तो अपने इन्दर को भी भेजने की सोचते हैं... इन्दर की मां, आफ्टर ऑल, नेशन इज नेशन...!'

मां, 'बरनमाला' के अक्षरों से अधिक पढ़ी-लिखी नहीं इसलिए अंग्रेजी के शब्द समझ में नहीं आते। पिताजी के सामने वैसे ही कम बोलती हैं। पर पिताजी पता नहीं सरकार की किस पॉलिसी के बारे में क्या-क्या कहते रहते हैं। अम्मा बेचारी सिर हिलाती रहती हैं, जैसे सब जानती हों।

'सुम्मी!' मां मौका देखते ही फिर सामने की ओर देखती हैं – 'जा, जरा ठाकुर साहब के घर ट्रे में चाय दे आ। सुना है, उनका नौकर भी भाग गया...!' फिर वह पिताजी के चेहरे की ओर ताकती हैं–'क्यों जी, कोई खबर नहीं आयी उनके अनन्त की?'

दस-बारह दिन भी बीत नहीं पाते कि भद्दू कन्धे में झाड़न लटकाए दबे पांव आता है। बाबूजी कानून की किताबों में डूबे हैं।

'स...र...काऽऽ...र!'

बाबूजी गरदन ऊपर नहीं उठाते। अंगुली की नोक जीभ से छुआकर पन्ना पलटते हैं और पुस्तक-चिन्ह की तरह बीच में एक अंगुली रख देते हैं।

'ठाकोर साहेब के घर ताला लटक रहो, सरकार!'

'हं!' बाबूजी जैसे नींद से जागते हैं, 'कौन ठाकुर साहब?'

'वही, जो पड़ोस में रहात रहे हैं – अनन्त लल्ला के बाबा।'

'क्यों? क्यों?'

'सुनत रहाते हैं सुदौसी से हरदुवार चले गइन।'

'क्यों?'

'आपन को पत्ता नहीं, सरकार! कहत हैं, लाम में से कछु कपड़े-लत्ते आहत रहन। तार-सार आहत रहन!'

बाबूजी की पलकें खुली-की-खुली रह जाती हैं। चेहरे पर भारी तनाव-सा आता है। माथे की सलवटें गहरी हो जाती हैं – 'हे भगवान!'

– तुझे क्या हो गया, सुम्मी! खाना क्यों नहीं खाती?
– तू एकांत में क्यों बैठी रहती है?
– तुझे देखते ही डर-सा लगता है।

– दो-चार ही दिन में तुझे क्या हो गया है! दिन-रात तुझे फीवर रहता है। डॉक्टर कहते हैं कि...।

'टुम बोलटा क्यों नाहीं?' डॉक्टर घोषाल चेतावनी देते हैं – 'अगर्चे बोलना नाही...हंसना नाही...रोना नाहीं...बाबा, हार्ट पर बुरा अफेक्ट पड़ना मांगेगा!'

मां लिपट पड़ती है – 'तुझे क्या हो गया, बिट्टो?'

सुमन की जीभ सूखकर तालू से चिपक गई है। वह गुमसुम बैठी रहती है। आंखें खोले भी उसे कुछ दीखता नहीं।

सड़कों की भीड़ में एक आतंक का भाव है। सामने घर की गली की ओर खुलने वाली चौड़ी खिड़की अब फिर खुली रहती है। ठाकुर साहब के दोनों हाथ घुटे कपाल पर चिपके रहते हैं। रेडियो ही जैसे उनके लिए एकमात्र सहारा रह गया हो।

'अनन्त की अम्मा, मुझे तार की खबर गलत मालूम होती है। इत्ती बड़ी पलटन में एक ही नाम के क्या और नहीं हो सकते...? गफलत भी हो सकती है...!'

ताई से कुछ कहा नहीं जाता। रोया नहीं जाता। वह ठगी-ठगी-सी हवा में तैरने लगती हैं – 'कपड़े भी आपने बहा डाले मेरे अनन्त के! कोई तो याद रहने देते उसकी?'

ताई बक्से में से निकाल-निकालकर वे गहने सबको दिखलाया करती हैं जो अभी कुछ महीने पहले उन्होंने अपनी होने वाली बहू के लिए खरीदे थे। और वह कीमती सिल्क की नारंगी साड़ी भी दिखलाना नहीं भूलतीं जो बनारस से वह खुद खरीदकर लायी थीं...।

सुमन के नंगे पांव सीमेंट के ठंडे फर्श पर जम-से गए हैं। सारे पांव में एक झुनझुनी-सी उठती है, जैसे अनगिनत सुईयां एक साथ चुभ गई हों।

उसने घुटने को मोड़कर अंगुलियों को छुआ जो एकदम बर्फ की तरह ठंडी लगती हैं। हाथ अंगुलियों पर देर तक धरा-का-धरा रह गया। नाखूनों का रंग कुछ-कुछ सफेद-सा हो आया है। अंगूठे की बगल वाली अंगुली उसने बिना देखे ही सहलाई – अंगूठे से जो कुछ-कुछ लम्बी है।

'वे जल्दी मर जाते हैं, सुमन।' अनन्त बड़े चिन्तित स्वर में कहता है – 'जिनकी यह अंगुली अंगूठे से बड़ी होती है। चंचल' दी की अंगुली भी ठीक तेरी तरह थी न! तभी तो वह जल्दी मर गई!'

कौन जल्दी मरता है, कौन बाद में...! वह बालकनी की तिरछी पट्टी पर माथा टिका देती है। पता नहीं, कब ड्यूटी नर्स आती है, उसका हाथ थामे कमरे में लिटा देती है, 'दवा आज फिर नहीं ली तुमने!'

डॉ. अशरफ ठिठक पड़ते हैं – 'फल पड़े-पड़े खराब हो गए!' बड़ी झुंझलाहट होती है उन्हें।

सुमन की खामोश निगाहें कहीं दूर गहरे में टिकी हैं।

'तुम अपने को चेंज करो, नहीं तो इलाज से कोई फायदा नहीं होने का।' डॉ. अशरफ जैसे अन्तिम वार्निंग दे रहे हों, 'तुम्हारे फादर कितने चिंतित हैं! मदर बीमार रहती है – तुम्हारे कारण!... इस तरह तुम कब तक जिंदा रह सकोगी – आई काण्ट से...।'

डॉक्टर का वाक्य पूरा होने से पहले ही वह दवा की कड़वी घूंट चुपचाप गटक जाती है। डॉ. अशरफ मुस्करा उठते हैं। उसके कन्धों को थपथपाते हैं – 'यू आर सो इमोशनल।' फिर उसके चेहरे की ओर देखते हैं – 'डॉक्टर भण्डारी की रिलेटिव हो न?'

वह सिर हिलाती है।

'ही टोल्ड मी अबाउट यू।' वह कुछ सोचते हुए कहते हैं–'अच्छा, देखो, कल से ज़रा टहला करो, अच्छा!... खाली समय में रेडियो सुनो। मैगजीनें पढ़ लिया करो। थोड़ी-बहुत बातचीत से कोई हर्जा नहीं। सोचने से वरीज़ बढ़ती है।'

गले में आला लटकाए डॉक्टर उठते हैं, मुस्कराकर उसकी ओर देखते हैं और फिर दूसरे बेड की ओर बढ़ जाते हैं।

सुमन को लगता है, डॉक्टर ठीक कहते हैं। उसे अपने को चेंज करना चाहिए...। इधर उसे मृत्यु से भय-सा लगने लगता है। वह पांव फैलाए एक लम्बे समय तक इसी तरह पड़ी रहती है। किताब पढ़ती है। फिर रेडियो लगाती है, पर चैन मिलता नहीं। फिर नर्स से बातें करती है...। थोड़ी ही देर में उसका सिर भारी हो आता है।

जब कुछ नहीं सूझता तो यों ही पलंग के नीचे कागजों को टटोलती है। कोई एक अखबार हाथ लगता है। उसे आश्चर्य होता है। कितने लम्बे समय से उसने अखबार की सूरत तक नहीं देखी...!

संयुक्त हवाई अभ्यास की कुछ खबरों के बाद किसी विदेशी नेता का भाषण... वह पहला ही पन्ना पलटती है कि काली लकीरों से घिरे एक चौखटे पर निगाहें अटक जाती हैं। पेपर को बिल्कुल निकट लाकर पढ़ती है--

'अपने इकलौते बेटे लेफ्टिनेंट अनन्त की याद में...जी गत दस नवम्बर को वालौंग के मोर्चे पर शत्रुओं से लड़ते-लड़ते वीरगति को प्राप्त हुआ था...उसके बूढ़े माता-पिता उसे हर क्षण याद करते हैं। वह जहां कहीं भी हो, सुखी हो।'

सुमन की आंखें मिच जाती हैं। पलकों से टूप-टूप लाल आंसू टपकने लगते हैं – बरस, क्या सचमुच एक बरस बीत गया!

तरपन

'अरी, अब रोती क्यों है? बावली हो गयी? जाने वाला गया, लेकिन इन दुधमुंहों का तो खियाल कर! पाहुनों का तो लिहाज़ कर!'

'आज तेरहवीं है। खबरदार जो आंसू बहाये! पितर का तरपन सांती से नहीं किया तो पिरेत-जोहनी से छूटेगा नहीं।'

'अरे, दिन चढ़ आया है छत पर। कुस-तिल गिन लिये हैं। कहां है तुलस्या की बहू!' बाहर के बामनों की एक साथ अनेक आवाज़ें टकरायीं।

मधुलि ने जाड़े से नीले पड़े अपने अधर भींच लिये। किसी तरह हृदय का आवेग थामकर आंसू पोंछने लगी।

घुटनों तक का घूंघट काढ़े, फटी अंगिया, फटी धोती में लिपटी वह दया की, दुःख की मूरत, अपने तीन अनाथ बच्चों को लिये चौक में आ खड़ी हुई।

'बहू, देखती क्या है! साम-जाम जल्दी जुटा। जुगत तैयार कर। नहीं तो अबेर हो जायेगी। पिण्डदान तो दिन चढ़ने से पहले होना चाहिए, हर हालत में। सास्तरों में लिखा है।'

शास्त्रों में लिखा है भगवान् ने। पर मधुलि के टूटे कपाल पर तो नहीं!

'गरुड़-पुराण' की कथा में उसने कभी सुन रखा था कि पिरेत की भूखी आत्मा पिण्डदान पाने के लिए भटकती रहती है, इसलिए सुबह हर हालत में तरपन हो जाना ज़रूरी है। इससे अधिक सुनने-समझने की सामर्थ्य उसमें न थी और न रही ही। किसी तरह अपने को थामती, हाथ जोड़ती बोली, 'साम-जाम क्या जोड़ूं बामन ज्यू? किसी तरह कुश-तिल बहा दो। तरपन कर दो। तुम बामन हो कुलदेवता। जैसे भी हो 'उनको' पितरों में मिला दो। इन अनाथ बच्चों के सिर पर हाथ धर दो। मेरे पास

तो देने को कुछ भी नहीं। मधुलि ने अपने कांपते अधर भींच लिये। आंखें भींच लीं।

पर अनगिनत आंखें उपेक्षा से, आश्चर्य से एक-साथ उस पर बरस रही थीं। यह उम्मीद किसी को भी नहीं थी, यह क्या अंधेर करने जा रही है आज!

'तो क्या हरज है, बहू!' बूढ़े बामन'दा ने अपनी सफेद दाढ़ी पर हाथ फेरा जो अब तमाखू पीते-पीते पीली पड़ गयी थी, सूखी घास की तरह, 'अधिक नहीं तो न सही। अपनी सामर्थ के मुताबिक थोड़ा-बहुत जितना कर सकती है, कर दे। पितरों में तो उसे मिलाना ही है। बनि-बामनों को खिला दे। पांच-पांच, दस-दस के नहीं तो न सही, सवा रुपये का ही गोदान करा दे। कुंआरी कन्याओं के पांव पूज दे। बछिया को गो-ग्रास दे दे। जौ-तिल बह जायेंगे, और चाहिए क्या? वैसे तो क्रिया-कर्म में जितना लगाएं सो थोड़ा है। यहां देंगे तो वहां मिलेगा। गरुण-पुरान में भी कुछ ऐसा ही लिखा है। क्यों?' उन्होंने बगल में विराजे मधि बामन से पूछा, जो किसी दूसरी उधेड़-बुन में लगे थे। बामनी से कह आये थे कि आंगन में घाम आने तक जरूर-जरूर लौट आयेंगे। क्रिया-कर्म से भूखे लौटने का तो प्रश्न ही नहीं! पर अब?

उन्होंने अनमने भाव से केवल सिर हिला दिया, जिसका आशय था–हां!

गरुड़-पुराण की बात सुनकर मधुलि चौंकी। अपनी असमर्थता प्रकट करती हुई बोली, 'बामन ज्यु, गरुण-पुराण की सामर्थ मेरी कहां! यह सब तो बड़े भागवानों के भाग में होता है, जो फूलों के डोले में चढ़कर स्वरग जाते हैं। मेरे पास तो जौ-तिल बहाने को भी पैसे नहीं। गो-ग्रास के लिए आटा नहीं। बच्चे तीन दिन से भूखे हैं।' मधुलि अपने को संभाल न पायी।

कैसी अनहोनी बात है! बेचारा तुलसा उमर-भर अपनी हड्डियां तोड़ता रहा। खून-पसीना बहाता रहा। दूसरों के दुख में दुखी हुआ, हंसी में हंसा। सभी की उस गरीब ने भलाई की। सभी के हाथ बटाये। लेकिन आज उस मृतक के बंधे हाथ कोई नहीं खोलेगा! बिना कफन के वह गया। और बिना तरपन के ही रहेगा! कुश-तिल भी उसके गंगा में नहीं बहेंगे! कुछ लोगों के दिलों में रहम आया – अनायास! अकारण! लेकिन अधिकांश ऐसे थे जो जल-भुनकर राख हुए जा रहे थे। बड़ी बेसब्री के साथ इधर-उधर झांक

रहे थे। अपनी पीठ से मिले पेटों पर हाथ फेर रहे थे। ढीली, घुटनों तक की धोती को कस-कसकर बांध रहे थे।

मधुलि अन्दर जाकर औंधे मुंह गिर पड़ी। अंधेरे कोने में देर तक पड़ी रही – सिसकती, सुबकती!

'मधु! मधु!' दूर के नाते की आमा ने (जो संवेदना प्रकट करने आयी थी) उसे झकझोरा, 'अरी, करम की बाती का तेल सूखने को है। इत्ते दिनों से बिना नागा दिन-रात जल रही है। आज तेरहवीं को पिंडदान से पहले बुझ गई तो कितना अनर्थ होगा! लोग क्या कहेंगे? फिर तू तो बाल-बच्चों वाली है! इन अबोध बच्चों की आत्मा क्या कहेगी? तू क्या कहेगी दुनिया के सामने?'

'तेल तो नहीं है, आमा! रत्ती-भर भी नहीं!' मधुलि ने होंठों ही होंठों में बड़ी मुश्किल से कहा।

'अरी, नहीं है तो क्या! पास-पड़ोस से ही एक-आध कटोरी पैंचा ले ले न! उठ, जल्दी कर। रोने का वक्त है क्या यह? बामन बाहर बैठे हैं।' आमा ने सयानेपन से झिड़ककर कहा।

मधुलि ने माटी की टूटी दीवारों की ओर देखा। घास की झीनी छत की ओर देखा, सूरज की किरणें जिससे झुक-झुककर आतुरता से उस अंधियारी सीलन-भरी कोठरी की ओर झांक रही थीं। एक गहरी उसांस ली। बुरौंज के लाल फूलों-जैसी पलकों को मला। पीतल की पिचकी कटोरी बगल में दुबका के, पिछवाड़े से पड़ोस के घर में घुसी।

'मधुलि बहू, कैसे आयी? पंगत खाने के लिए बैठ गयी? भांडे-बर्तन लेने आयी हो क्या?' पड़ोस की सास-मां ने उसकी ओर सहानुभूति से देखा। फिर उसके टूटे करम को जी भर कोसा। फिर कहा कि अभी उमर ही कौन-सी थी उसकी, भरी दोपहरी में जो अंधियारा देखना पड़ा!

माथा झुकाये, पलकें झुकाये वह खड़ी रही।

'कैसे आयी थी, बहू?'

'सासु ज्यू...' सकपकाती मधुलि बोली।

'कह, कह!'

'थोड़ा तेल चाहिए था पैंचा। करम की बाती बुझने को है। बामन बैठे हैं आंगन में।' उसका गला रुंध आया।

'अरी, अभी तक करम नहीं हुए।' होंठ काटती, पोले मुंह को

फुलाती सास-मां बोलीं, 'बामनों की अकल में क्या मिट्टी पड़ गयी है! अभी तक बैठे-बैठे क्या कर रहे हैं?'

मधुलि कोई जवाब न दे पायी।

'बहू, तेल की तो आज एक भी बूंद नहीं', सास-मां ने सन्नाटा भंग करते हुए कहा, 'पिछले शनीचर से बिना छौंका खा रहे हैं। परसों किसी तरह कनिस्तरी निथारकर बच्चों के बाल बाटे!'

'लेकिन हां, मैं बतलाती हूं।' कुछ रुककर बोलीं, जैसे एकाएक कुछ याद आ पड़ा हो, ऊपरवालों के घर परसों ही तेल आया है, मंडी से। एक-आध कटोरी अभी दे भी देंगे तो कौन-सी बड़ी बात हो जायेगी! पास-पड़ोस के होकर क्या इत्ते भी काम नहीं आयेंगे...!'

मधुलि पत्थर की तरह क्षण-भर असमंजस में डूबी रही। फिर ऊपर की ओर मन-मन भर के भारी-भारी कदम बढ़ाने लगी। पीतल की पिचकी कटोरी अभी तक बगल में वैसी ही दुबकी बैठी थी।

दूर से ही घर के किवाड़ों में मोटी सांकल चढ़ी दीखी। उसका धड़कता दिल धक् से बैठ गया। वह लौटने के लिए मुड़ने ही वाली थी कि, 'मधुलि!' आवाज़ सुनाई दी ऊपर से।

मुड़कर देखा-साबी की मां आंगन के नीचे सगिया मिरच गोड़ती नजर आयीं।

खेत पर ही वह चली गयी।

इस वक्त, इस तरह खोयी-खोयी-सी, रुआंसी, यों भटकती-फिरती देखकर साबी की मां को अचरज हुए बिना न रहा। मोटे-मोटे हाथों में नाचती कुदाली रुक गयी, 'यहां कैसे, मधी! किरिया-करम हो गये?' पूछा जिज्ञासा से।

'नहीं, काकी!'

'क्यों?'

'काकी...!'

'कह, कह!' साबी की मां ने उझककर देखते हुए प्रश्न किया।

'बड़े काम से आयी हूं...!'

'अरी, कुछ कह भी न!' उसकी उत्सुकता ही नहीं, आशंका भी बढ़ आयी एक साथ।

'काकी, एक धार तेल दे दे, पैंचा। जल्दी ही लौटा दूंगी!... करम की बाती बुझने को है।'

'हाइ...! तेल कहां!' काकी ने हतप्रभ होकर कहा, 'थोड़ा-सा कभी मंडी से लाये थे, साबी के बाज्यू। सब इधर-उधर यों ही खतम हो गया। दो-चार बूंदें कठिया में हों तो निथार ले।' काकी ने बड़ी परेशानी, बड़ी झुंझलाहट से अपने मुगदर-जैसे मोटे-मोटे हाथ मटकाये। बड़े अजीब ढंग से मुंह निचोड़ा। जैसे बिना बुलाये मुसीबत सिर पर आ चढ़ी हो।

'थोड़ा-सा भी होगा तो काकी बहुत है। बाती चीर लेंगे। कुछ छोटी कर लेंगे। कम कर लेंगे...।' मधुलि ने सहमी-सी दबी आवाज़ में कहा।

काकी ने कुदाली मेड़ पर पटकी। ओढ़नी को सिर में सरकाया। मोटे घाघरे के छोर कसकर मोटी कमर पर बांधती घर की ओर बढ़ीं। बोलीं, 'अभी तक पिंडदान नहीं किये? दिन चढ़ आया है माथे पर! इजू, तु भी गऊ है। निरी गऊ! जल्दी-जल्दी काम करवा। खाना-पीना करके जान छुड़ा। बामनों का क्या है? कोई मरे या बचे, उन्हें तो दक्षणा से मतलब...!'

कुछ बूंदें कटोरी में निथारकर मन-ही-मन काकी को कृतज्ञता प्रकट कर, वह मूक भाव से घर की ओर बढ़ी। रह-रहकर मन में शंका समा रही थी कि कहीं बाती बुझ न जाए! कहीं...

चलते-चलते, किवाड़ के पास पांव ठिठक गये, एकाएक। जिसकी शंका थी, वह भी होकर ही रहा आखिरकार! घर भर में कुहराम मचा था। मधुलि ने देखा, बाती बुझ गयी है, अभी-अभी। टिमटिमाती, कांपती दीप-शिखा के बदले, केवल धुंए की एक लम्बी लकीर-सी सिहर रही है। घर-बाहर की औरतें खुसुर-फुसुर बातें कर रही हैं। भूखे भेड़ियों की तरह बामन लड़ रहे हैं। इस अपराध की कौन-कौन-सी सजायें हो सकती हैं, कौन-कौन-सी नहीं! ब्रह्म-पुराण, गरुड़-पुराण, शिव-पुराण आदि न मालूम किन-किन पुराणों के सटीक उद्धरण दिये जा रहे हैं। घमासान वाक्-युद्ध छिड़ा है। कुछ आस्तीनें चढ़ी हैं। कुछ चढ़ रही हैं।

यह सारा महाभारत देखकर मधुलि खड़ी-की-खड़ी रह गयी, मिट्टी के गड़े खंभे की तरह। तेल की कटोरी, जिसे सावधानी से बचा-बचाकर, किसी तरह लायी थी, न जाने कब ज़मीन पर औंधे मुंह पछाड़ खाकर

लुढ़क गयी। काली धोती पर गोबर मिले फर्श की उखड़ी मिट्टी के कुछ चिकने छींटे-से उछटकर रह गये केवल।

'अब क्या होगा, इजा?' वह मैके से आयी बूढ़ी कानी मां से लिपट पड़ी। आने वाली आशंका के भय से कांप उठी।

मां देर तक कुछ न बोल पायी। आंखें पोंछती हुई बोली, 'अभागी, तेरे करम खोटे निकले। 'वहां' से मांगकर नहीं लायी तो फिर अब रो अपनी करनी को...'

'बड़े बामन ज्यू, अब क्या होगा?' बुढ़िया ने बामनों की पंचायत में बिघन डालते हुए कहा।

'होगा क्या?' अब तक की बहस से थके बूढ़े बामन देवता ने माथे का पसीना अंगुली से समेटकर दीवार पर छिड़कते हुए कहा, 'क्रिया-करम की बाती बुझने से बड़ा असकुन कोई होता है, मधी की मां! शास्त्रों में आज तलक मैंने देखा नहीं। जैसे थोड़ा-बहुत मुझे पता है, काशी-गया के पंडितों ने भी देखा नहीं होगा। वैसे दो-चार ये नये लौंडे देख आये हों तो पता नहीं।' उन्होंने बड़ी उपेक्षा से नवयुवक प्रतिद्वंद्वियों की ओर देखा।

'तो क्या होगा?' बुढ़िया ने अपनी धुंधली पलकें पोंछीं। बामन जी की पल-पल बदली भाव-भंगिमा को पढ़ने की असफल चेष्टा की।

'तो निदान यही है, मधी की इजा, जैसा कि दुलि बामन अभी-अभी कहते थे – गरुण-पुरान के मुताबिक, कम से कम अपनी पहुंच के हिसाब से पांच पिंडदान, पांच गोदान, पांच बामन, पांच कुंवारियों के पांव तो पूजने ही पड़ेंगे। बाकी दान-पुन्न का क्या है, जो जित्ता करे, कम है।'

'संकट इत्ते से कट जाएगा? इसके अलावा तो और कुछ नहीं चाहिए न...!' असमंजस में डूबी बुढ़िया ने कुम्भी-नरक से त्राण पाते हुए कहा।

'चाहिए क्यों नहीं?' बूढ़े विप्र देवता ने खिसियाकर अपना मुंह लटकाया, 'तुम तो दानी-सयानी हो। सब जानती-बूझती हो। सोमेसर, रामेसर के सारे तीरथ-बरत किये हैं तुमने। जो जित्ता करे, वह कम। लेकिन हां, देखो, सूरज सिर पर चढ़ आया है। आज दिन छिपने से पहले पिंडदान नहीं हुआ तो सात जन्मों के यज्ञ-यजन से प्रेत पितरों में मिलेगा नहीं। समझी!' बामन जी ने मुरझाई दूब और सूखते हुए कुशों की ओर

बड़ी सहानुभूति से देखा। उलटा-पुलटा और फिर वैसे ही रख दिया।

मधुलि फाटक पर खड़ी थी, सिर से पांवों तक कान बनी।

'तो इजा!' उसने सामने खड़ी मां को भीतर बुलाते हुए बड़ी अधीरता से कहा।

'इतना तो करना ही पड़ेगा अब! जिन्दे की जिन्दा गति, मरे की मरी गति तो करनी ही होती है। बामन बिचारे भी क्या करें! इससे कम में कहते हैं कि किताबों में लिखा ही नहीं है। पहले तो कम पर भी हो जाता, पर अब... !'

मधुलि सोचती रही...

'उनकी' भूखी आत्मा पिंडदान के बिना भटक रही होगी! बामन द्वार पर धरना दिये बैठे हैं! बाहर के भी हित-मित्र हैं। बच्चे भूख से कुलकुला रहे हैं। क्रिया-कर्म वाले कुश-तिल गिनकर इन्तजार कर रहे हैं।... मधुलि आसमान पर आंखें टिकाये सोचती रही। ये सारी विपदाएं क्या आज के ही दिन के लिए लकीर लगाये बैठी थीं! सब-कुछ क्या आज ही होना था!... आज ही... ! आंखों में धुंआ-सा छाने लगा उसके।

'तेरे पास टका-पाई जो है निकाल इजु! पूरा तो करना ही होगा। कुछ तो मरते समय अभागा छोड़ ही गया होगा।'

'कुछ भी नहीं, इजा! धेला-टका तक नहीं।' मधुलि ने अपने सूखे अधर चबाते हुए कहा, 'क्या छोड़ जाते! था ही क्या छोड़ने-भिड़ने को! कोरा कफन भी तो मरते समय साथ नहीं ले गये! किसका गोदान?... किसकी वैतरनी?... लकड़ी भी जो जली देख न पाये!'

बुढ़िया ने अपनी आंखें मीच लीं, जैसे इससे अधिक सुन-समझ पाने की शक्ति बच न पायी हो। चुप खड़ी अपने पांवों पर लिपटे नन्हें नाती के रूखे बालों को सहलाती रही।

'तो क्या होगा? क्या?' उसके अधर अनायास फड़फड़ाते रहे।

'इजा!' उसने अधीरता से मां की ओर देखा, 'कुछ तो करना ही पड़ेगा न!'

'हां!' मां सामने की ओर अपलक देखती रही।

'तो इधर-उधर से ही कुछ बंदोबस्त कर लाती हूं फिर...' कुछ

सोचती हुई बहकी-बहकी-सी बोली, 'जैसे-तैसे पिंडदान तो देना ही है। तू बच्चों को देख। मैं जाती हूं।'

वह वैसी ही खड़ी देखती रही।

'हां, देख!' मधुलि ने कुछ मुड़कर कहा, 'गोदान के लिए पधान की बछिया आंगन में बांधे रखना। पूंछ पकड़ लेंगे। काम चल जाएगा। दाड़िम की कुछ पत्तियां भी तुड़वाना न भूलना। बामनों से कहना कि करम का साम-जाम जुटाकर अभी-अभी आती हूं। तमाखू भरवाते रहना। बस, मैं अभी आयी! अभी...।' मधुलि एक ही सांस में कहती हुई घुटनों तक का घूंघट काढ़े चल पड़ी, गठरी सी।

पधान का के घर की ओर भागी।

मालूम हुआ–पधान का न्यौते में दूसरे गांव गये हैं, रात तक लौटेंगे। चार-छह और घरों के फिर चक्कर काटे, इधर-उधर ठोकरें खायीं घंटों तक, सब बेकार।

बड़े भरोसे से फिर गांव की सेठानी मानी हौलदारनी के घर की ओर लपकी। खेत में घास काटने की बाबत हौलदारनी से पुरानी अनबन थी कभी की। लेकिन ऐसी घड़ी में ऐसी छोटी-मोटी बातों पर खियाल ही कौन करता है!

गुड़ की घुली-मिली बातें, सहानुभूति, संवेदना की बातें, हौलदारनी अपना तीखा मुंह फुराती, चटर-पटर करती रही। एकाध बार उसके दुख में दुखी होकर मोटे-मोटे आंसू ढुलकाती हुई रोयी भी। उसके मुंहजले खोटे करम को हाथ नचा-नचाकर खूब जी भरकर कोसा भी, लेकिन जहां पैसे-पाई का नाम आया – वहां काले दांत दिखला दिये।

बहुत समय बीत चला था। अब किधर जाये, क्या करे? चौराहे पर खड़ी सिमटी-सी मधुलि को कुछ सूझता न था। सूरज तेज़ी से फिसल रहा था। पेड़ों की परछाइयां लम्बी होती जा रही थीं। भूखे बामन कोस रहे होंगे। मां कोस रही होगी। अंधी चल-फिर नहीं सकती। वैसे ही दीवारों से, दरवाज़ों से टकरा रही होगी। आंगन में दूसरे की भूखी-प्यासी बछिया टंगी होगी। बच्चे रार मचा रहे होंगे। कुछ भी उसे सूझ न पाया। तभी विचार कौंधा। कंसी की दुकान में क्यों न चली जाए! शायद कुछ लिहाज कर ही दे। ऐसी अबेला में तो वन का बाघ भी सुना है साथ देता है। राकस भी देवता बन जाता है।

वह अनजाने, अनचाहे कंसी की दुकान की ओर बढ़ी। दूर घाटी पर बनी दुकान की ओर। चलते-चलते ख्याल आया उसे – कंसी कभी कितनी ललचाई आंखों से उसकी ओर घूरा करता था – जब वह नयी नवेली थी। पीली पिछौड़ी, नीली घाघरी पहने, पांवों में झांवर झनकाती हुई जब वह लकड़ी के लिए सबके साथ जंगल जाती तो पुल पर खड़ा किसी-न-किसी बहाने उसकी ओर देखता रहता था। एक-आध बार नौले पर छेड़ने की भी कोशिश की। लेकिन उसने सात पुश्तों तक के पुरखों का नाम लेकर गगरी फनकाते हुए वह श्राद्ध किया, वह, कि उसकी सूरत ही सूख गयी थी। तब से आज तक कभी नज़र उठाने का भी साहस न किया। लोगों ने कहा तो सुना, खीसें निपोरता हुआ कहता था कि लोगों ने दुश्मनाई से उस पर अपराध थोपने की कोशिश की। वह तो उसे अपनी बहन से भी बढ़कर मानता है।

ऐसी स्मृतियों का ऐसे समय में याद हो आना उसे बड़ा अटपटा-सा लग रहा था। स्वयं पर ही झुंझलाहट हो रही थी।

'कंसी दद्दा...!' मधुलि ने घुटनों तक का घूंघट काढ़े ओढ़नी का आंचल दांत से दबाते हुए, सहमी आवाज में कहा।

कंसी ने अटपटे भाव से उसकी ओर देखा, 'कह, कह! सामान चाहिए क्या कुछ?'

'सामान क्या दद्दा...?' बहकी-बहकी मधुलि बोली, 'समझो कि भीख चाहिए। आज 'उनका' तरपन है। दिन छिपने को आया है। अभी तक भी पिंडदान नहीं हुआ। देर-सवेर तुम्हारे पैसे लौटा दूंगी, पाई-पाई करके। तुम्हारे खेतों में काम कर दूंगी। कहो तो घास-लकड़ी घर पर डाल आऊंगी। ऐसे भी नहीं चुकेंगे तो घर के भांडे-बरतन गिरवी रख दूंगी। बेच दूंगी। ऐसे भी न चुकेंगे तो अपने बच्चों को हुड़कियों के हाथ बेच दूंगी, लेकिन तुम्हारा उधार माथे पर धरकर नहीं मरूंगी। यह लोक तो बिगड़ा-बिगड़ा ही, क्या परलोक भी बिगाड़ूंगी! उनका पिंडदान करवा दो। तरपन करवा दो आज! उमर-भर अहसान नहीं भूलूंगी।' कहते-कहते मधुलि की बड़ी-बड़ी आंखें भर आयीं। पगली-सी वह धुन में कहे जा रही थी। किसी भी कीमत पर 'ना' सुनने से पहले गले में पत्थर बांधकर डूब मरने को तैयार थी।

उसके चेहरे की ओर कंसी देखता रहा। दुष्टता के सूचक अपने पतले-पतले भिंचे होंठों को दांतों से रगड़ता हुआ सोचता रहा – अभी तक इस ढली जवानी में भी यह बदजात इतनी खूबसूरत है! उसे विश्वास न हो पा रहा था, अपनी बादाम-सी छोटी, ऊंघती आंखों पर...झीनी-झीनी फटी धोती। टूटे काले बटनों वाली मैली अंगिया कुछ-कुछ फटी, उधड़ी-सी, सफेद पिंडलियां संगमरमर-सी, मुरझाया पर गोरा गुलाब-सा मुखड़ा। उस पर झलकती पसीने की नन्हीं-नन्हीं बूंदें। कंधों के नीचे तक लोटती बालों की खुली लटें... पके पांगर के रंग की...

'क्या चाहिए?' उसने उखड़ी आवाज़ में पूछा।

'कुछ पैसे...! पिंडदान के लिए चावल...! लाल खरुवा...! गोदान के लिए...!' नीची निगाहें किये वह बोली।

'बैठ-बैठ, भीतर बैठ...' वह उसकी ओर देखता रहा।

मधुलि वैसी ही ठिठकी खड़ी रही जैसे बहरी हो। सुना ही न हो कुछ।

'भीतर बैठ न, आराम से! सारा सामान अभी बांधे देता हूं। बोल... क्या-क्या? लाल कपड़ा...चावल...'

'अरे, घबरा न, बोल। भीतर बैठ न!' लाल कपड़े का टुकड़ा उसने च र र र... चीरा।

ज़ंग लगी मैली तराजू से चावल तुले फिर। तुले क्या, तौलने का बहाना हुआ। वैसे ही कंसी ने उसके सामने फैले आंचल में फैला दिये। एक-आध अंजुलि और गेर दी ऊपर से। और फिर मुस्कराते हुए देखा। पर मधुलि की निगाहें ज़मीन पर चिपकी थीं।

पैसे गिने। लाल खरुवे के टुकड़े में ऐंठकर बांध दिये। कुछ और सामान जिसकी ज़रूरत थी, सब एक साथ बांधा और पोटली मधुलि की ओर लपकाने लगा।

मधुलि झुकी। झुकते ही उसके झीने आवरण से घिरे उरोजों की गोलाई साफ झलकी।

हाथ हौले से सामान थामने के लिए उसने बढ़ाये ही थे कि कंसी ने लपककर उसकी बांहें थाम लीं। झटके से फिर अपनी ओर खींचा और कसकर जकड़ लिया।

'अरे! अरे! अरे!' वह चीखी।

आंचल में बंधे चावल की हल्की गांठ खुल पड़ी। सारे चावल सहसा बर...बर...बर... इधर-उधर बिखर गये।

'चुप...चुप...! हल्ला न कर!' वह एक हाथ से उसका मुंह बंद करने की कोशिश करने लगा।

पर मधुलि ने चीखते हुए झटके से गरदन एक ओर मोड़ ली। मुंह मोड़ लिया। देह मोड़ ली ऐंठकर, 'खबीस...राकस!' सांपिन की तरह फुंफकारती हुई उसने पकड़ छुड़ाने के लिए पूरी ताकत लगायी। छटपटायी अनेक बार! लेकिन पकड़ खुलने के बदले और जकड़ गयी।

मधुलि का दम घुटने-सा लगा। सांस रुकने-सी लगी। आंखों पर धुंध-सी छाने लगी।

जब कुछ भी उसे सूझा नहीं तो उसने मरते-जीते कंसी की कलाई पर पैने दांतों की दड़क दे मारी। कंसी तिलमिला उठा। कुछ क्षण तक सहमा रहा। पर नसों के तारों पर पैने दांत की असह्य पीड़ा के कारण कमर पर पड़ा बांहों का फंदा कुछ ढीला हुआ कि मधुलि के पत्थर काटने वाले, लकड़ी तोड़ने वाले, मरे हुए शिथिल बांहों में बिजली-सी छू गयी। उसने दांत पीसते हुए झटका दिया। फिर झटका दिया। कलाई की पकड़ खुल पड़ी इस बार। बचते-बचते भी कंसी धक्के से चाय की रीती पेटी पर जा टकराया औंधे मुंह।

तभी उछलकर चावल की बोरी, तेल के दो-तीन कनस्तर एक साथ लांघने की कोशिश की मधुलि ने। फटी धोती में पांव उलझ गया और धड़ाम से धरती पर जा लुढ़की। दरवाज़े पर पहुंचते-पहुंचते माथा झनझना आया। आंखों के आगे जुगनू मंडराने लगे। लेकिन मरती-जीती, हांफती-कांपती, घुटना दबाती फिर किसी तरह कंसी के उठने से पहले उठ खड़ी हुई। चाय की भट्ठी से जलती लकड़ी उठा ली। द्वार पर खड़ी होकर चिल्लायी, 'अब आ तो! अब आगे बढ़ा तो मुख झुलस दूंगी...राकस... खबीस...! शरम नहीं आयी तुझे! मुझे बेबस, बेसहारा, गरीब समझकर तूने...! क्या तेरी बहन, क्या तेरी मां... मुसीबत की मारी तेरे पास आती, तब भी ऐसा ही करता?' मधुलि ने तन पर टंगे तार-तार हुए चीथड़ों की ओर देखा तो उसकी डबडबायी आंखों में आंसू नहीं, खून छलक आया इस बार।

उसके नथुने फड़क रहे थे। बाल बिखरे थे। जीर्ण-शीर्ण काली झीनी

धोती छीना-झपटी में बुरी तरह फट चुकी थी। हवा में चीथड़े उड़ रहे थे, रह-रहकर। घुटने में चोट लगने से लहू बह रहा था, लेकिन उसे किसी चीज़ की खबर न थी। हांफती-कांपती वैसे ही वह बढ़ रही थी, बढ़ी चली जा रही थी। किधर? कहां? कुछ भी सुध-बुध न थी। उसका हृदय अभी तक धौंकनी की तरह धड़क रहा था। शरीर अभी भी कांप रहा था – थर-थर! बुझी आंखें अभी तक धधक रही थीं – अंगारे की तरह।

बार-बार जी में आता आत्महत्या कर ले। चट्टान से कूदकर, नदी में डूबकर मर जाये। दुनिया के सारे झंझट, सारे पाप कट जायेंगे। ऐसे राकसों के बीच भला कैसे जिन्दा रहेगी? कैसे बचेगी? कब तक बचेगी? जब सिर पर किसी का साया नहीं, सहारा नहीं। लेकिन बच्चों का क्या होगा? वह जैसे दौड़ती-दौड़ती एकाएक ठिठक पड़ी। वे अभागे, बिना कपाल के कहां-कहां भटकेंगे?

दुधमुंही रत्ती, दुधमुंही घंटी, दुधमुंहे कलिया के अबोध चित्र रह-रहकर पलकों पर तैरने लगे।

तभी एक धमाका-सा हुआ, पास ही चट्टान के फटने से। अचकचाती हुई वह खड़ी हो गयी। होश आया तो देखा – सड़क बनाने वाले मजदूर छिछली चट्टानों पर जोंक की तरह चिपके हैं। कमर पर मोटी-मोटी रस्सी बांधे झूल रहे हैं – निराधार! सब्बल से खौंप-खौंपकर नयी सुरंगें बिछाने में मशगूल हैं।

'वह' भी तो ऐसे ही लगे रहते थे न!

उसका जी भर आया।

वह फिर घर की ओर भागने लगी। तभी देखा–ओवरसियर साहब मजदूरों के साथ दूर सड़क पर खड़े हैं। उसके मस्तिष्क में न जाने क्या कौंधा। वह फिर उसी दिशा में बावली-सी मुड़ गयी।

पैंट पहने, टोप लगाये, हाथ में फीता लटकाये, मजदूरों के बीच साहब खड़े हैं। मधुलि ने आशा से, रही-सही अंतिम आशा से उधर देखा। साहब के बूटों पर माथा टिकाकर फूट पड़ी, 'सरकार, माई-बाप! मेरे करम फूट गये...!'

साहब झटके से पीछे हट गये, 'क्या बात है? क्या है, जमादार?' आश्चर्य से बोले।

सभी चुप। एक-दूसरे का मुंह ताकते रहे।

'अरे, आखिर क्या बात है?' साहब ने झुंझलाकर चारों ओर निगाहें फैलायीं।

'हुजूर, यह तुलस्या की बहू है।' जमादार ने साहस समेटकर उसी आवाज़ में कहा।

'तुलसा कौन?' होंठो पर अंगुली धरी साहब ने।

'वही हुजूर, वही, जो बारह-तेरह दिन पहले पिछले मोड़ की चट्टान पर सुरंग के साथ उड़ गया था, जिसकी लाश की शिनाख्त नहीं हो सकी थी – सरकार...'

'ओ, दूर नीचे गोरि-गंगा में जिसकी लाश उतार लगी-सी लगती थी।' हुजूर ने दूरबीन से देखते हुए कहा था, 'समझा-समझा! तुम्हारा मामला ऊपर भेज दिया है परसों। साल-छह महीने तो रुको कम-से-कम। लाश शिनाख्त हुई समझी गयी तो कुछ रुपया मुआवजे में मिल ही जायेगा।'

'सरकार, सूरज छिपने को है...।' वह अधीर हो रो पड़ी।

'घबराओ नहीं। घबराओ नहीं! जवाब आते ही जमादार तुमको इत्तला कर देगा। ऊपर से हुक्म आने तक तो रुकना पड़ेगा, हर हालत में।' साहब ने अपनी असमर्थता प्रकट की।

'हुजूर... हुजूर...!' मधुलि का रुदन और बढ़ गया।

मजदूरों ने उस नासमझ, गंवार, अधनंगी, फूहड़ औरत की बांह पकड़कर साहब के सामने से हटा दिया। ज्यों-ज्यों वे उसे हटाते, त्यों-त्यों वह और ज़ोर-ज़ोर से रोती-चिल्लाती! चीखती!

पागलों की तरह बाल बिखरे थे मधुलि के। शरीर पर टंगे चीथड़े हवा में उड़ रहे थे। काल-भैरवी सी बनी वह बेतहाशा घर की ओर भागी जा रही थी।

सूरज उझक-उझककर सामने की पहाड़ी से झांकता हुआ डूब रहा था।

सारे गांव में तरह-तरह की बातें हो रहीं थीं। तरह-तरह की अफवाहें उड़ रही थीं, चर्चाएं छिड़ रही थीं जली-भुनी! कुछ को दुःख था, रंज था बड़ा। लेकिन कुछ मुंह छिपाकर हंस रहे थे। आपस में मिरच-मसाले लगाकर बातें कर रहे थे।

'अरे अंधेर हो गया! अंधेर! कैसी कलज़ुगी औरत है। डाइन ने जौं-तिल भी नहीं बहाये। पिंडदान तो दूर रहा।'

'तुझे पता नहीं, हरपतिया! तू नहीं जानता तिरिया चरित। कहते हैं डंकन ने अपने आप फूंक मारकर दीया बुझा दिया था। कुलच्छना किसी के साथ लगी होगी। फिर क्यों बहाने लगी कुश-तिल!'

मधुलि ने लड़खड़ाते कदम देहरी पर धरे ही थे कि देखा सारे बामन सराप देते हुए जा चुके हैं। शायद जिंदों का ही श्राद्ध कर गये हों तो बड़ी बात नहीं! हित-मित्र घर-बाहर के सब चले गये हैं। एकाध बामन कोने में खड़े, धोती कन्धे पर झपकाये, पोटली बगल में दुबकाये चलने को तैयार हैं – भूखे, प्यासे, खीझे। ठहाका मारकर हंस रहे हैं, 'अरे, क्या देर लगती है! कौन जानता है, इसी कुलच्छना के दुख से दुखी होकर तुलस्या ने आत्महत्या कर डाली हो! किसका पिंड देना, किसका तरपन! मुंह छिपाकर न जाने किसके साथ भाग गई! निठोर, बच्चे का तो ख्याल करती। दो-चार दिन तो रुकती। इतना भी धीरज नहीं। बेशरम! बेहया! छिनाल!'

मधुलि ने कानों पर हथेली रख दी। आंखें मीच लीं। धड़ाम से घर में घुसते ही किवाड़ बन्द किये और भीतर से कुंडी लगा ली।

न जाने कब तक अंधेरी कोठरी में पड़ी रही, सुबकती! सारी बस्ती, सारा गांव, सारा संसार जब सो गया तो उसने अंधियारे में डरते-डरते फाटक खोले। बच्चों का हाथ थामे नदी की ओर चल पड़ी।

काली अमावस-सी रात घिर आयी थी। सांय-सांय कर बर्फीली ठंडी हवा शरीर को छीलती हुई तेजी से सनसना रही थी। घरघराती गोरि गंगा नागिन की तरह झाग उगलती, फनफनाती, भनभनाती भागी जा रही थी – खड़िया की सफेद चट्टानों पर उछलती-उमड़ती। उसके श्मशान-से डरावने तट पर मधुलि खड़ी थी। अपनी-अपनी नन्हीं-नन्हीं अंजुरि में पानी लिए तीन अनाथ, अबोध नंगे बच्चे खड़े थे। सूखे तिनके की तरह जाड़े से कांपते हुए आंखें मीचे डूबे सूरज को जलधार चढ़ा रहे थे। तरपन कर रहे थे। माटी का पिंडदान दे रहे थे। माटी की गऊ की पूंछ थामे गोदान कर रहे थे।

'हे गंगामाई, तू ही देखना! तू ही विचार करना। ओ अनंत...ओ अंतरजामी...तू ही... तू ही ई...इ...' मधुलि ने अपने कांपते हुए हाथ जोड़ते हुए माटी की गय्या के खुर पर माथा टिका दिया।

छोटी 'इ'

सच नहीं लगा। हाथ में अटैची थामे वह सामने खड़ी थी। इस स्थिति में उसके यहां होने की कल्पना भी नहीं कर सकता था।

एक अजीब-सी चुनौती का भाव था चेहरे पर। शायद चौंकाना चाहती थी या कोई और विचार!

'अरे, पहचाना नहीं, उपे...न...!'

मैं देखता रहा। बोला कुछ नहीं। वह क्षण ऐसा था, जब मैं चाहकर अपनी खुशी व्यक्त कर सकता था। कुछ हिचकिचाता हुआ उसे 'आप' कह सकता था, 'तुम' या 'तू' भी। किन्तु पता नहीं क्यों मैं कुछ बोल न पाया।

उसने हमेशा की तरह आज भी मेरे उत्तर की प्रतीक्षा नहीं की और न कोई प्रतिक्रिया ही व्यक्त की। अटैची नीचे फर्श पर रख दी और पलंग की पाटी पर आंचल से मुंह पोंछती हुई बैठ गई।

'यह तुम्हारी दिल्ली या चिड़ियाघर!' उसने सहसा इस तरह से कहा कि मैं चौंक-सा गया।

'पता ही नहीं चलता। मुआ ऐसा कोई भी नेता नहीं, जिसके नाम पर 'नगर' न बसा हो। भगवान जाने क्या बनेगा इस देश का!' उसने हताश होकर कहा।

उसके अधर किंचित टेढ़े हो आए। जब-जब वह गुस्से में, उत्तेजना में होती है, उसके चेहरे पर तनाव की गहरी रेखाएं खिंचती हैं–तब-तब न जाने क्यों वह बहुत अच्छी लगती है।

उसकी आकृति-प्रकृति, हाव-भाव कुछ भी तो बदले नहीं। मैं अबोध भाव से उसके चेहरे की ओर टकटकी बांधे देखता रहा, तो कुछ 'सचेत' हो आयी।

'हां, तुम तो बिल्कुल नहीं बदली...छोटी 'इ'!' मेरा वाक्य पूरा हुआ था कि वह खिलखिलाकर हंस दी, 'सच्ची, तुमसे ये शब्द सुनने के लिए मैं तरस

गई थी, उपे...! कितने बरस बीत गए, बाप रे बाप! कितनी जल्दी बूढ़े हो गए हम!' बच्चों की तरह दोनों हाथों से ताली पीटती हुई वह फिर खिलखिला उठी।

सारे बादल जैसे छंट गए। कितनी हल्की लग रही थी अब वह।

छोटी इला, बडी इला–दो बहनें थीं। मैं उन्हें छोटी 'इ' और बड़ी 'ई' के नाम से चिढ़ाया करता था। कभी सुना था, बड़ी 'ई' ने शादी कर ली। पति के साथ कनाडा चली गई है और आजकल 'स्टेट्स' में है। किन्तु छोटी 'इ'..!

मुझसे छोटी नहीं, बड़ी थी छोटी 'इ'– बहुत बड़ी। खाली वक्त में कभी हमारे बरामदे की रेलिंग के सहारे खड़ी होकर मुझे 'टुंड्रा, टैगा, टैप्स' का भूगोल पढ़ा दिया करती थी। पिताजी के पोपले मुंह से 'जुगराफिया' शब्द सुनकर वह हंसती-हंसती दुहरी हो जाती। एक बार मैं मोहल्ले के लड़कों के साथ झगड़ता हुआ नाली में गिर पड़ा। सिर से पांव तक कीचड़ ही कीचड़! उसी हालत में वह मेरा कान पकड़कर सीधे पिताजी के ड्राइंगरूम में ले गई, '...अंकल, अपने इस जुगराफिया के हाल तो देखिए!'

पिताजी मेरा हुलिया देखकर उस समय तो हंस पड़े, लेकिन बाद में मुंह निचोड़ते हुए अम्मा से बोले, 'तोषी, यह डॉ. अस्थाना की बेटी कैसी है?'

अम्मा ने हमेशा की तरह सयानेपन से कुछ उत्तर दिया। वकील होने के नाते पिताजी को थोड़ी तो बहस करनी चाहिए थी! किन्तु पता नहीं क्या सोचकर वे चुप रह गए। बस, केवल एक बार उन्होंने प्रश्नसूचक दृष्टि से मेरी ओर घूरकर देखा भर था।

मैंने छोटी 'इ' को जब यह बतलाया, तो पहले वह खूब खिलखिलाकर हंसती रही, फिर सहसा गंभीर होकर बोली, 'जानते हो वे क्या कहना चाहते थे?'

मैंने निरीह भाव से उसकी ओर देखा।

छोटी 'इ' बहुत करीब आयी। मेरे दाहिने कान पर अपने होंठ छुआती हुई फुसफुसाई, 'कि लड़कियों के साथ न खेला करो। बिगड़ जाओगे!'

वह इतने जोर से फटकर हंसी कि मैं डर गया था। अब तक उन धधकते होंठों की छुअन याद है...!

जब भी उसे बाजार जाना होता या किसी सहेली के घर या कहीं और – वह मुझे छाया की तरह साथ-साथ लिये फिरती। उसकी कोई हमउम्र

सहेली छेड़ती तो वह धीरे से कहती, 'मैं' तो इसी से शादी करूंगी...! और खिलखिला पड़ती।

मेरे पेन अक्सर खो जाते थे। पिताजी की डांट से बचाने के लिए अपना पेन मेरे बस्ते में डाल जाती!... एक दिन स्कूल की किसी पार्टी से लौटी, तो चुपके से अपने पर्स में छिपाया एक लड्डू मेरे मुंह में ठूंस गई। बाद में कई दिनों तक सबके सामने मुझे चिढ़ाती रही कि वह उसका जूठा था...!

अब तक याद है उस जूठे लड्डू का स्वाद और याद है वह सांझ, जब मैं अकेला बैठा पढ़ रहा था। इम्तिहान के दिन थे। 'इ' चुपके से आयी। अपना दुपट्टा जाल की तरह उसने हौले से मेरे सिर पर फैलाकर फेंका और फिर देर तक सिर यों ही अनजाने भाव से सहलाती हुई बुदबुदाई, 'ये आंखें मुझे दे दे रे!... ये नाक मैं रख लूं! और फिर उपे...!' उसने फिर मेरी ओर अजीब-सी आर्द्र दृष्टि से देखा, 'क्यों?' मेरा सारा शरीर 'क्यों' के साथ-साथ झनझना आया। मैं अपने को छुड़ाकर भाग खड़ा हुआ और देर तक सोचता रहा कि 'इ' पागलों की जैसी बातें क्यों करती है?... कहीं पागल तो नहीं हो गई?

वही पगली 'इ' आज फिर सामने खड़ी है – एक लम्बे अन्तराल के बाद।

'पता कहां मिला?'

'थाने में फोटो जो टंगा था!' 'इ' हंस पड़ी, 'अरे, तुमने नहीं बतलाया तो क्या हुआ? हम तो खबर रखते ही हैं।' वह उलाहने-भरे स्वर में कह रही थी या सिर्फ स्नेह से!

कुछ रुककर फिर बोली, 'ताई गुजरी – तूने बताया? तुझे पता था न कि मैं पिछले कुछ सालों से कानपुर में हूं। एक बार तू आया भी। उन दिनों बीमार थी – हॉस्पिटल में। तू नन्दिता के घर ठहरा था। बता, नहीं ठहरा था?'

उसका स्वर कुछ तीखा हो आया था। बड़ी-बड़ी आंखे जलने-सी लगी थी। पर मैं उसे कैसे समझाता कि...।

चुप था मैं। वह भी थककर अब चुप हो गई थी। कुछ क्षण का सन्नाटा तोड़ती हुई बुदबुदाई, 'कसूर किसी का भी नहीं, उपेन...! अपनी तकदीर का है रे! सुना है अब तू बड़ा आदमी बन गया है। फिर भले मानुष, तू किसी को क्यों पहचानने लगा।'

वह अटैची खोलकर अपना सामान उलटने-पुलटने लगी।

हीटर में चाय का पानी धरने लगा तो वह बाज की तरह झपटी, 'न्ना! न्ना! मैं बनाऊंगी।'

कमरे की प्रत्येक वस्तु को 'इ' बड़ी अजीब-अजीब-सी दृष्टि से छू-छूकर देख रही थी।

'खाना कहां खाते हो?'

'होटल में...कभी...'

'घर पर क्यों नहीं बनाते?'

'बना तो सकता हूं, लेकिन परेशानी बहुत हो जाती है। तुम जानती ही हो अकेले का झंझट।'

'हां, हां। कहता तो ठीक है...।' उसने बड़े सयानेपन से कहा।

'अच्छा, रहने दो...।' उसने मेरी ओर देखा और हंसने-सी लगी।

प्रत्युत्तर में हौले-से मैं भी हंस सकता था। कुछ कह भी सकता था। किन्तु मैं न जाने क्यों चुप रहा...।

दरवाजे के पास रखे मेरे सफेद बाथरूम-स्लीपर उसने बड़े सहज ढंग से अपने पांवों में डाले और साबुन-तौलिया समेटकर बाथरूम में चली गई।

अटैची आधी खुली थी। सामान इधर-उधर बिखरा हुआ। अंग्रेजी के एक-दो नये उपन्यास, कॉलेज की फाइलें, दवा की छोटी-छोटी तीन-चार शीशियां और दैनिक उपयोग की कुछ दूसरी वस्तुएं...।

उपन्यास उलट-पलटकर मैं देखता रहा। और 'प्रिफेस' पढ़ भी गया कि वह नहा-धोकर लौटी। अब एकदम ताजी लग रही थी 'इ'। इस उम्र में भी चेहरे पर अनोखा निखार था। कूल्हे को छूते गीले बालों में से पानी की सफेद बूंदें निथर रहीं थीं और अकारण वह अपने-आप हंस रही थी...।

'हमारे पड़ोस में वह बंगालिन ताई थी न, उपे...न...!' उसने गीले बालों को यों ही चोटी की शक्ल में बदलते हुए बड़े उत्साह से कहा, 'पिछले साल ट्रेन में मिल गई थी। अरे, उसने तो हद्द ही कर दी! सबके सामने लिपट पड़ी। और रास्ते-भर न जाने कहां-कहां की बातें पूछती रही! याद है, तुम्हें कितना मानती थी!'

वह कितनी उत्सुकता से कह रही थी, पर मैं उसके चेहरे की ओर शरारत से ताकता मुस्करा रहा था अब...।

'शादी क्यों नहीं कर लेती, छोटी 'इ'! मैंने पूछा तो वह हंस पड़ी। फिर सहसा गम्भीर हो आयी। उसने कोई जवाब नहीं दिया। शायद उससे कोई भी जवाब न बन पड़ा। शायद उसने सहज भाव से टाल दिया...।

भोजन कहीं भी कर लेंगे, जहां भूख लगेगी – तय कर हम घर से निकले तो वह 'बहू' की तरह बन-ठनकर सिमटी-सिमटी-सी चुपचाप चलती रही। उसके साथ मोहल्ले से गुजरते हुए मुझे बड़ा अजीब-सा लग रहा था। न जाने क्या सोचेंगे! आस-पास की बहुत-सी खिड़कियां खुली थीं। कुछ चेहरे झांक भी रहे थे।

'सबसे अन्तिम बार हम लखनऊ में मिले थे न!' उसने मेरी ओर देखा, 'निमू की मैरेज में...!'

मैंने कोई उत्तर न दिया। केवल सामने देखता रहा।

'हां, कहां चलोगी?' चौराहे पर पहुंचकर मैंने सन्नाटा तोड़ा।

'कहीं भी। बस, कहीं निरन्तर चलते रहने की इच्छा है...।'

मैंने पास से गुजरता स्कूटर रुकवा लिया। दोनों बैठ गए। सामने लम्बी-चौड़ी सपाट सड़क दूर तक चली गई थी। स्कूटर छोटे-छोटे पहिए पटकता हुआ फट्-फट् भागता रहा...।

जब दूर निकल गए तो स्कूटरवाले ने स्कूटर मोड़कर धीमा किया और मुड़कर पीछे देखा, 'किधर जाना एऽ सा'बऽ?'

'बस, यहीं उतार दो।' मेरी प्रतिक्रिया की प्रतीक्षा किए बिना वह उछलकर उतर पड़ी।

'यहां क्यों...?'

'मन नहीं। अजीब-अजीब-सा लग रहा है। चलो, कहीं पैदल चलें!' और अब हम पैदल चलने लगे।

'शिमला किस काम से जा रही हो?'

'टीचर्स कॉन्फ्रेंस में।'

'कितने दिन...?'

'यही दो-तीन...नॉट मोर दैन थ्री डेज़।'

'लौटते समय यहीं होकर जाना...।'

'न्ना। कुछ और काम है।'

'जाना कब है?'

'आज शाम की ट्रेन से। क्यों, 'कालका-मेल' कैसी रहेगी?'

मैं चुप रहा। इस तरह आने की क्या जरूरत थी? एक दिन पहले भी आ सकती थी। एक दिन बाद में भी जा सकती थी...।

'रास्ता कैसे भूल पड़ी थी आज...?' मैंने छोटी 'इ' की ओर देखा।

'कभी-कभी रास्ता भूलना भी अच्छा लगता है न!'

हम दोनों के बीच का फासला अब काफी कम हो गया था। वह बहुत पास-पास चल रही थी। शायद वह उन दिनों के बारे में सोच रही थी, जो बचपन में हमने साथ-साथ बिताए थे और अब कभी भी लौटकर न आ पाएंगे।

बहुत छोटी लग रही थी 'इ' अब! अब तक याद है, दो-तीन बार उसने जाने या अनजाने में 'तुम' नहीं, 'आप' भी कहा था। क्यों कहा था?

जब हम एक दुकान के सामने से गुजरे तो, उसने नन्हीं बच्ची की तरह हठ करते हुए कहा, 'देखो, मेरे लिए कुछ खरीद दो न!'

'क्या?'

'जो चाहो?'

'मैं चाहूं...!'

'हां, हां। जो तुम चाहो। यों मेरे पास सब-कुछ है। किसी चीज की कमी नहीं।' उसने अजीब-सी दृष्टि से देखे हुए कहा, 'किन्तु मैं चाहती हूं कि तुम कुछ खरीदो!'

मैंने 'सेण्ट्रल स्टोर्स' से कुछ खरीदा। लगा, मेरा इस तरह से चीजों का छांटना, खरीदना, पैसे चुकाना उसे कहीं बहुत अच्छा लग रहा है।

होटल में भोजन के समय वह यदा-कदा मेरी थाली में से सब्जी के टुकड़े उठा लेती। मेरा पानी का गिलास अपने होंठों से लगा लेती। उसका चेहरा पता नहीं क्यों भावुक हो आया था! भोजन के पूरे समय वह मुश्किल से दो-चार शब्द बोली होगी। चुपचाप खाती रही...।

अब तक काफी चल लिये और अन्त में काफी थक गए, तो उसने 'पिक्चर' का प्रस्ताव रखा, जहां कुछ देर आराम से बैठकर विश्राम कर सकें।

हां, हॉल में भी तो वह उसी तरह भावुक मुद्रा में बैठी रही! मुझे लग रहा था कि कहीं भावावेश में वह कुछ कर न बैठे। मुझे याद आया, जब

मैं बहुत छोटा था, वह कई बार मुझे अपने साथ सिनेमा लिवा ले गई थी।.. और एक बार वह इतनी सटकर बैठी कि मेरा दम घुटने लगा था। कान गरम हो आए थे। तब मैं कुछ भी नहीं समझता था। पर आज उसकी निगाहें परदे पर टंगी थी और प्रतिमा की तरह वह निश्छल बैठी थी – यह देखकर मुझे कम अचरज नहीं हो रहा था।

'कैसी लगी पिक्चर?' बाहर आने पर मैंने पूछा तो उसने निरीह बच्चे की तरह मेरी ओर देखा, 'सच्ची, मैंने तो कुछ भी नहीं देखा। बड़ी पागल हूं मैं।' उसने एक गहरी सांस ली और फिर अकारण हंसने लगी। उस हंसी में कितनी वेदना थी!

बड़ा विचित्र-सा लग रहा था उसका व्यवहार। जब आयी तो कितना हंस रही थी! कितनी अच्छी लग रही थी!

घूम-फिरकर बहुत देर बाद घर लौटे तो काफी वक्त हो चुका था। वह अब जल्दी-जल्दी सामान बांध रही थी, 'सुनो, कभी उधर आओ तो हमारे यहां जरूर आना। हां, कभी पत्र ही भेज दिया करो, अच्छा लगता है। अकेलेपन का अहसास कुछ कम होता है।... जब से अम्मा-बाबूजी गुजरे...!' उसने डबडबाई पलकें ऊपर उठाकर देखा, 'कभी-कभी तो एकान्त काट खाने को आता है रे! सच्ची मैं कभी पागल हो जाऊंगी, उपेन...!'

उसका गला भर आया था। मैंने निकट जाकर देखा–'इ' नन्हीं बच्ची की तरह सिसक रही है। उसके चेहरे की झुर्रियां स्लेट पर खिंची खड़िया की लकीरों की तरह साफ झलक रही है और सिर के आधे से भी अधिक बाल सन की तरह सफेद हो आए हैं।

आदमी ज़माने का

पूरे तीस वर्ष की सरकारी नौकरी के बाद, सरकारी तौर पर बेकार घोषित होकर यानी कि सन्यास-आश्रम में प्रविष्ट होकर, बाल-बच्चों की छोटी बटालियन के साथ गांव लौटा तो घुग्घू बाबू के दर्शन सबसे पहले हुए। उन्होंने पहले ही पत्र भेजकर सूचित कर दिया था, चूंकि मैं उनका पुराना जिगरी दोस्त हूं, परदेस से घर लौट रहा हूं और उनकी देश-सेवा के बुरे-भले हर काम में, हर तरह का तहेदिल से, साथ देने का वादा कर चुका हूं – अतः वे मेरे स्वागत में खड़े रहेंगे। यही हुआ भी। प्रारम्भिक पाठशाला के आठ-दस अबोध बच्चों को लिए, लाठी में कोई फटा-पुराना झण्डा लटकाए बस के अड्डे पर बैठे थे। छोटे-मोटे हाथ हवा में उछालते हुए, फटे बांस की तरह गला फाड़ते हुए–'मिसिरा जी जिन्दाबाद' का गगनभेदी नारा लगाते हुए उन्हें देखा तो हैरान रह गया।

हृदय गदगद् हो उठा। पलकें गीली हो आईं। कसकर उन्होंने मुझे अपने सीने से लगा लिया। मेरे दोनों घुटनों को अपने सीने से कसकर जकड़े थे – जैसे बच्चा मचल रहा हो सम्भवतः इससे ऊपर वे पहुंच भी तो नहीं सकते थे।

मैं कोई राजनेता नहीं, विशाल शास्त्रवेत्ता नहीं, वनस्पति-विज्ञान का एक साधारण-सा गरीब अध्यापक। फिर घुग्घू बाबू की यह दरियादिली नहीं तो और क्या थी!

लम्बे सफ़र की लम्बी थकान के कारण लम्बा लेटा था। कुछ बहुत ज़रूरी कामों में मन उलझा था। तभी गांव-गिराम के आठ-दस 'भले' आदमी उन्हें घेरकर आ खड़े हुए।

मन मारकर उठना पड़ा। श्रीमती जी से चाय बनाने को कहा। गरम चाय से जली जीभ की नोक खिसियाकर इधर-उधर सरकाते हुए सभी

सज्जनों की अब तक भिंची, तालू पर चिपकी जुबान अब ऑटोमैटिक चर्खी की तरह चलने लगी–

–घुग्घू बाबू के परसाद से इलाका चमक उठा मिसिरा जी। गधेरे का पानी रुकवाकर सरमदान से सागर बना डाला पूरा पिचास हाथ लम्बा, यही कोई ब्यालीस हाथ चौड़ा-तलाऊं! समन्दर है! समन्दर! भैंस भी डूब जाती है। ऊधमी बच्चों को उधर जाने की मनाही है। वैसे औरत-जात भी उधर जाने से डरती है। घुटने-घुटने तक जाकर ही लौट आती है।

–'कन्या-रतन पाठशाला' भी इन्हीं की बदौलत है। इन्हीं की! एक ने उंगली खड़ी कर कहा – नहीं तो सरकार भला कहां पूछे! अफसर-हाकम से लड़-झगड़कर रातों-रात इमारत खड़ी कर दी। पर मुई दीवार बरसात से पहले ही लोट गई। भगवान का सुकर समझो। अगर जो कहीं भरपूर बरसात में गिरती तो राम जाने क्या होता! गांव में एक भी बच्चा बीज के लिए नहीं बचता। केवल 'हरेराम 'का की एक आलसिन गधी लड़की को चोट आई – केवल टांग टूटी। उसे लोग उसी समय हस्पताल ले गए। घुग्घू बाबू वहां तो जा न पाए, लेकिन अभागन अपने खोटे करम के कारण जब बची नहीं, मर गई तो अपने कन्धे पर उठाकर सबसे आगे लगकर इन्होंने ही मशान तक उसे पहुंचाया। अपने हाथों आग दी। अपनी कोख की कन्या की तरह जलाया।

–जो कोई गांव में बीमार होता है, वैद के साथ-साथ ब्राह्मण भी बुला लाते हैं घुग्घू बाबू! साढ़े तीन हाथ कपड़ा हर घड़ी घर पर धरा रहता है। कौन जाने कब जरूरत आ टपके। आखिर दाने-सयाने हैं न!

–अखबार-कागज़ वाले कहते हैं कि सरमदान से सवा तीन मील लम्बी सड़क, देश में पहले-पहल इन्होंने ही बनवाई थी – मिसिरा जी! आप तो दो आंख वाले हैं। देखते होंगे। कहते हैं उससे खुश होकर सरकार-दरबार ने इलाके की भलाई के लिए हज़ारों रुपये की मदद दी। उससे घुग्घू बाबू ने यों लम्बा-चौड़ा बगीचा, नौ पानी की डिग्गियां (पत्थर की छत में छंही – चारों ओर से बन्द पक्की बावड़ियां) और एक 'गांधी पंचाइत-घर' का निरमान किया।

घुग्घू बाबू के बारे में जब-तब कुछ सुनता रहता था, लेकिन

रचनात्मक कार्य में विनोबा जी की तरह इनकी गहरी पैठ होगी, इसका अनुमान न था। पाठशाला की इमारत गिर गई– इसमें उन बेचारों का क्या दोष! साधनों की कमी होगी! बड़े-बड़े 'हाथी-छाप' बांध बनाने की उनकी क्या वो! इतना भी किया तो कम है! ढोर-डंगरों को तो पानी मिल ही जाता होगा! बगीचा। पंचायत-घर। मन-ही-मन एक गरीब अध्यापक ने घग्घु बाबू जैसे परोपकारी पुरुष को प्रणाम किया।

एक के बाद एक पंचवर्षीय योजना के आंकड़ों की कागज़ी घुड़दौड़ की तरह बातों का सिलसिला भी बढ़ता रहा। सबके कहने का तात्पर्य ही था कि – चूंकि अब मैं बाहर ही विघ्न-बाधाओं से बचकर, परमेसर और रेल की कृपा से सकुशल, सुरक्षित घर लौटा हूं, इसलिए मुझे उनके काम में सहयोग देकर यश का भागी बनना चाहिए। यह मेरा सौभाग्य है कि मैं उनका बचपन का मित्र और अब पड़ोसी हूं।

बातों के इसी क्रम में आगे मालूम हुआ कि कल जो इलाके के महामान्य डिप्टी कमिश्नर – श्री जमील साहब दौरे पर पधारने वाले हैं, उन्होंने कार्यक्रम में बगीचा, पंचायत-घर आदि का निरीक्षण भी रखा है। जमील साहब चूंकि मेरे पुराने सहपाठी हैं। अभी तक वे मुझे भूले नहीं हैं – अतः वे हर घड़ी मुझे अपने साथ रखेंगे। इसलिए मेरा कर्तव्य है कि घुग्घू बाबू की सहायता कर, गांव की तरक्की की दो बातें उनके कानों तक भी पहुंचाऊ।

मुझे क्या आपत्ति!

वे चले गए तो मैं श्रीमती जी से बोला कि उनके सामने बैठे इस ठूंठ किताबी कीड़े से तो घुग्घू बाबू हज़ार भले हैं। इलाका रोशन कर दिया। अपना नाम रौशन कर दिया। क्या है! अपना पेट तो हर कोई भरता है!

सांझ के समय हम इन्हीं बातों में तल्लीन थे कि देखा – घुग्घू बाबू घबराए हुए बेतहाशा भागे जा रहे हैं, दुम-कटे खरगोश की तरह।... ज़मीन पर घिसटता हुआ पाजामा लेकर, लम्बे कानों पर लटकी टोपी संभालकर।

'मिसिरा जी, मैं आप ही के पास आया हूं।' अपनी पुरानी आदत के अनुसार नाक से बोलते हुए उन्होंने कहा। यों ही चार-छः बार, दो अंगुलियों के बीच नाक की नोक झटके से दबाकर बार-बार साफ की 'सीं-सीं' कर। फिर मेरा मुंह ताकते रहे।

लपककर मैं स्वागत के लिए आगे बढ़ा तो – 'नहीं-नहीं! हम गोबर के कीड़ों के लिए इत्ती-सी जगह बहुत है – मिसिरा जी!' नाक पर अकारण दो-तीन बार फिर हाथ फेरा और पाल्थी मारकर फ़र्श पर ही गढ़े खूंटे की तरह जम गए। मेरे करोड़ मना करने पर भी माने नहीं।

उन्होंने मुझे सूचित किया कि चूंकि मैं उनका गहरा दोस्त हूं। वे मुझे 'अपना' समझते हैं। इसी कारण मुझसे कुछ 'निजू' बातें करना चाहते हैं। अतः बच्चों को बाहर भेज दिया जाए।

किसी तरह नटखट बच्चों को बाहर धकेला तो उन्होंने इधर-उधर देखा–श्रीमती जी की ओर तिरछे अंगूठे से इशारा किया। वे भी बाहर चली गईं। फिर दरवाज़े बन्द करने का आदेश हुआ, वह भी पूरा किया। अन्त में बोले–कुण्डा मज़बूती से चढ़ा दिया जाए और लालटेन बुझा दी जाए।... क्योंकि उनके स्वर्गीय दादाजी कहा करते थे कि दीवार के भी कान होते हैं और कमबख्त दरवाजे भी देखा करते हैं।

वह भी यन्त्र की तरह हुआ तो हुक्म हुआ कि अब मैं बैठ जाऊं।

कुर्सी पर मैं बैठ गया। उन्होंने अंधेरे में मेरे पांव टटोले, जिन्हें मैंने पीछे हटा लिया। पास ही कुर्सी के नीचे पांवों के पास मेरे बरसाती लम्बे गर्म बूट पड़े थे। वे आपे से बाहर थे। उन्हीं पर माथा टिकाए, अधीर होकर फूट पड़े।

बोले – मैं उनका एकमात्र मित्र हूं। वे गले-गले तक डूब गए हैं मेरा परम धर्म है कि मैं उन्हें तिनके का सहारा दूं। सुदामा श्रीकृष्ण के दरबार में बिना मुट्ठी-भर चावल लिए, रीते हाथ आया है, आज प्राणों की भीख मांग रहा है।

मेरे आश्चर्य का ठिकाना न रहा। हज़ार बार मेरे पूछने पर भी वे कुछ बतलाने को राज़ी न थे। केवल बरबस आंसू ढुलकाए जा रहे थे।

मैं उठकर उन्हें फर्श पर से उठाने लगा कि उन्होंने कसकर मेरे दोनों पांव जमूरे की तरह जकड़ लिए। रुंधे कण्ठ से बोले कि मैं वचन दूं कि मैं उनकी बात मानूंगा और किसी से कुछ कहूंगा नहीं।

गोपनीयता के लिए मुझसे मेरे दुधमुंहे बच्चों की, रुग्णा धर्मपत्नी की, दिवंगत पूज्य पिताजी की और मेरे इष्ट-मित्रों की, जिनसे उनका कोई लेन-देन न था, बार-बार क़समें दिलाकर उन्होंने कहना प्रारम्भ किया –

'जमील साहब आपके दोस्त हैं न?'

'जी हां।'

'तो कल वे हमारे ग्राम-सभा के सहकारी-बगीचे में आएंगे न?'

मैंने सिर हिलाया।

'तो आपको वे अपने साथ रखेंगे न?'

'शायद!'

'तो आप चुप रहिएगा। बाकी हम देख लेंगे।'

'क्या? क्या?' अनायास मैंने उनकी ओर देखा।

'बस, आप चुप रहिए। पूछें तो गांव की तरक्की के दो शब्द कहिए। नहीं तो होंठ सिए बैठे रहिए। बस, बाकी हम खुद देख लेंगे।'

'घुग्घू बाबू!' परेशान होकर मैंने कहा – 'अपना दिमाग़ बोदा है। बात समझा नहीं – आखिर आप क्या देख लेने के लिए कहते हैं! बात क्या है?'

'बात भी कुछ हुआ करती है, मिसिरा जी! आप भी निरे नादां हैं?' उन्होंने मुझ नासमझ की ओर देखा। कुछ ठहरकर तनिक दूसरे स्वर में बोले–

'किससे कहूं! इन दो-पाए मूरख मृगों का हाल।' एक हाथ से उन्होंने अपना बन्दर का-सा दो अंगुल चौड़ा माथा थामा – 'बस, ये मेरे प्राणों पर उतर आए हैं, मिसिरा जी! मेरी खाल खींचने को आमादा हैं। इन्होंने मेरी तबाही रच दी है। कहीं का भी नहीं रख छोड़ा। बतलाइए। चुप क्यों हैं! आप ही बतलाइए न! मैं क्या करूं! कहो तो जहर खाकर कूच कर दूं-!'

मैं हैरत से उनकी ओर देखता रहा। भला मैं कैसे कहने लगा कि वे ज़हर खाकर कूच कर जाएं या न करें! 'आखिर क्या हो पड़ा ऐसा!' मैंने जिज्ञासा से फिर प्रश्न किया।

'बात भी कुछ हुआ करती है मिसिरा जी!' झुंझलाकर उन्होंने वही पुराना भरत-वाक्य फिर दुहराया इस बार – 'आप देख तो रहे हैं! कितनी मुसीबत में हूं! फिर मुझसे पूछकर, जानबूझकर मेरी दोनों आंखों में अंगुलियां घुसेड़ रहे हैं।

मुझे कुछ कहते न बना। उनकी ओर मैं ताकता रहा।

वे धीरे-से बुदबुदाए, हाथ नचाकर। अपना दीर्घकालीन सम्भाषण शंका के समाधान में उन्होंने प्रस्तुत किया, जिसका संक्षिप्त सार यह है कि उन्होंने सहकारी फलोद्यान के लिए अपनी ज़मीन दी। अपना सर्वस्व

लुटाया, लेकिन गांव वालों ने सब स्वाह कर डाला। उनके विरुद्ध सबने 'षड्यंत्र रचा – अकेला समझकर – और उनका 'मेरे' अलावा अब कोई भी नहीं है।

'कितने पेड़ लगवाए थे?'

'यह भी कोई पूछने की बात है मिसिरा जी! नाग-पंचमी के दिन परमेसर का नाम लेकर पहले सवा इक्कीस पेड़ लगाए – लेकिन मेरी अशोक वाटिका, इन मुए रावणों ने चौपट कर दी। कह दिया – मेरी गैया ने खाए थे। मैंने उखेड़कर किसी और को बेच दिए थे। वे क्या जानें। आगे फिर कैसे साहस करता! फलों के पौधों को यों नुचवाने में भगवान भी क्या कहते! इसलिए चुप रहा...!'

उन्होंने आगे बतलाया कि उनकी जगह मैं होता तो क्या करता! लाख दुष्टों के बीच अकेला भला आदमी कर ही क्या सकता है!

'तो अब क्या होगा? आपने तो कहा था – पांच सौ पेड़ लग गए हैं!' मेरे ओंठ खुल आए।

उन्होंने सोचते हुए कहा – 'वे इसीलिए तो मेरे पास आए हैं। अगर मैं कहूं तो वे फलों की तीन-चार सौ टहनियां तुड़वा लें और जमीन पर गाड़ दें। यह काम तो आसानी से निकल सकता है, लेकिन परेशानी ससुरी कुछ और है'

'सो क्या?'

मेरे अनेक बार पूछने पर उन्होंने बतलाया कि पानी की डिग्गियों में पानी नहीं आता।

'तो बनाई क्यों थीं?'

उन्होंने बतलाया कि प्रतिज्ञा पूरी करने के लिए। एक बार पानी के सम्बन्ध में गांव वालों से झगड़ते समय उन्होंने कहा था कि यदि गांव में नौ डिग्गियां न खड़ी कर दें तो अपने बाप की औलाद नहीं। सो अपने बाप की औलाद बनने के लिए, आगे बोले, अगर मैं कहूं तो वे उनमें रात को ही बाल्टियों से पानी भरवा लेंगें 'गांधी पंचायत-घर' से अपने बच्चों को अभी उठा लेंगे। भैंस आंगन में बंधी रहने देंगे। यदि मैं कहूं तो वे साहब से कह देंगे कि ग्राम-सभा की सहकारी भैंस है। गरीब बच्चों को मुफ्त दूध बंटता है।

वे कहते रहे, लेकिन मेरे मन में नाना प्रकार के नाग लोटते रहे। मैंने शंका उठाई – 'सुना है वे सुबह इन्सपेक्शन करेंगे। टहनियां पहचानी गईं तो!'

'नहीं, नहीं।' उन्होंने झटके से सिर हिलाया – 'साहब कल सुबह के बजाय रात को ही तशरीफ लाएंगे। वे सब ठीक कर लेंगे। उन्होंने पानी के पापड़ नहीं बेले हैं।'

यह सुनकर मेरा मन कांप आया। इस सबके लिए मैं तैयार न था।

'यह गोरख-धन्धा अपने वश का नहीं, आप कमिश्नर साहब के सामने अपना अपराध मान लें। बाकी छूट मैं दिलवा दूंगा और –।'

'अपराध!' फुंफकार कर उन्होंने देखा। मेरा अधूरा वाक्य बीच में ही काट डाला – 'ये आप क्या कह रहे हैं, मिसिरा जी?' अपनी छटांक-भर की छाती उन्होंने ठोंकी, 'आपका भेजा फिर गया है। मुझ जैसे आदमी से ऐसा कहकर भगवान् की मूरत के मुख पर आपने गोबर पोत डाला है।' उनका स्वर भर आया।

मैं चुप था। वे पैंतरा बदलकर फिर पांवों पर लिपट पड़े। बोले – इसे अपराध न कहो, मिसिरा जी! यह तो भूल है। गलती है। फिर आप सोचिए – मैंने देश के लिए कितना कुछ नहीं किया! फिर 'पंचायत-घर' में मैंने सिर टिका लिया तो कौन-सा अपराध किया! पंचायती भैंस का दो बूंद दूध कभी-कदास मेरे बच्चों के गले भी उतर गया तो कौन-सा अपराध हुआ! लोगों ने चांदी कर ली। घर भर लिए। मैंने दो जून खाने का सामान जुटा लिया तो कौन-सा अपराध कर डाला!...'

'लेकिन घुग्घू बाबू, मेरा मन इस सबके लिए तैयार नहीं...' कहकर मैं दरवाज़े की ओर लपका तो वे बाज़ की तरह मेरी ओर झपटे, पर इससे पहले ही मैं किवाड़ खोलकर निकल गया।

सुना कुछ देर तक वे भौंचक्के आंखें फाड़े देखते रहे। फिर बड़बड़ाते हुए, गाली देते हुए चले गए। सुना अपने आंगन की मुंडेर पर खड़े, हाथ हिला-हिलाकर कहते थे – मैंने देस में रण्डियों का व्यापार किया। उन्होंने अपनी आंखों से देखा। मैं दुराचारी हूं। दगाबाज़ हूं। उचक्का हूं। अब गांव में क्या आया, गांव तबाह हो गया समझो!

मैंने सुनी की अनसुनी कर दी।

रात को बिछौने पर लेटा ही था कि देखता हूं–दरवाज़े पर दरजन-भर बच्चों के साथ एक महिला खड़ी हैं – कह रही हैं कि वे मेरी भाभी हैं।.. मुझे वे अपने बड़े भाई से ज्यादा समझती हैं। लेकिन मैं उनकी मांग का सिंदूर पोंछने पर तुला हूं। यदि मेरे बड़े भाई साहब गुजर गए तो वे विधवा हो गईं तो मुझे ही उनके घर का भार उठाना होगा। चार जवान कन्याएं देहरी पर बैठी हैं – दहेज...दामाद...सब मेरे मत्थे।

मैं अपने मां-बाप का इकलौता हूं। मेरे कोई छोटे-बड़े भाई नहीं। इस चिरन्तन सत्य के बाद भी मुझे कहना पड़ा कि अपने बड़े भाई से मुझे पूरी हमदर्दी है। और मैं अपनी भाभी का सिन्दूर पोंछना नहीं चाहता।

मेरे इस कथन के बावजूद भी मेरी भाभी कहती रहीं कि अपने बड़े भाई साहब पर मैंने न जाने कौन-सा टोना चला दिया है! न जाने क्या खिला दिया है! जब से वे मेरे घर से गए हैं, आपे से बाहर हैं। पागलों जैसा हाल कर रहे हैं। जहर की शीशी बगल में दबाए जंगल की ओर भाग रहे थे। वह तो लोगों ने समय पर पकड़ लिया, नहीं तो परमेसर जाने क्या हाल होता!

मेरी भाभी रोने लगीं। मेरे दरजन-भर भतीजे-भतीजियां उनके सुर में सुर मिलाकर रोने लगे। मेरे होश हिरन हो गए। घर-भर के लोग जग पड़े। श्रीमती जी अपने कपाल पर दुहत्थी मारकर बरस पड़ीं कि मैं कितना हृदयहीन हूं! अकारण इन गरीब बच्चों को अपने घर पर बुलाकर दुःख दे रहा हूं – जो उनसे देखा नहीं जाता।

अपनी भाभी का रोना किसी तरह शांत किया। बच्चों को चुप किया।

'आखिर वे चाहते क्या हैं?' हताश होकर, गंजी खोपड़ी का पसीना पोंछते हुए मैंने पूछा।

यह तो मुझे ही मालूम होगा। हिचकियां भरते हुए उन्होंने कहा कि उन्हें साफ-साफ मालूम नहीं। वे तो इत्ता ही कहते हैं कि उनका छोटा भाई होते हुए भी मैं उनकी आज्ञा नहीं मानता। वे तो मेरा भला चाहते हैं। लेकिन कृतघ्नता मेरी ही ओर से है। वे तो इत्ता ही कहते हैं कि मैं कल साहब के साथ रहूं। चुप रहूं। वे जो पूछें – 'हां-ना' में ही उसका उत्तर

दूं बस। इस बात का वचन वे पहले भी चिट्ठी भेजकर ले चुके हैं कि उनका मैं हर तरह से साथ निभाऊंगा। सो अब मौके पर प्रतिज्ञा भंग कर मैं मुकर रहा हूं।

क्या करता! इस आधी रात में यह तमाशा! पिण्ड छुटाने के लिए मैंने 'हां' कह डाला और विदा किया।

सुबह पौ फटने से पहले ही दरवाज़े खटके।

अब घुग्घू बाबू सामने खड़े थे। गिलहरी की तरह मेरे पांवो पर लोटते हुए बोले कि मैंने इस कलयुग में भी कृष्ण-सुदामा की मित्रता निभाई है। मैं उनका पूर्व-जनम का सगा भाई हूं अब।

कुछ देर बैठे रहे। जाते समय कह गए कि यदि मैं कहूं तो इसी खुशी में साहब का खाना मेरे ही घर पर बनेगा, क्योंकि वे (साहब) मेरे पुराने सहपाठी हैं। चपरासी से उन्होंने कहला भेजा है। और मेरे कहने पर स्वयं उन्हें (घुग्घू बाबू को) भी मेरे घर पर भोजन पाने में आपत्ति न होगी।

मैं उनकी सूरत देखता रहा।

दोपहर ढल गई। श्रीमती जी भोजन तैयार किए ऊंघती रहीं, लेकिन साहब के आने के कोई भी आसार दीखते न थे।

मालूम हुआ है कि साहब का गधे की तरह सीधा घोड़ा, जिन्दगी में पहली बार खूंटा तुड़ाकर जंगल में भाग गया है। डिप्टी कलक्टर, पटवारी, पेशकार, तहसीलदार सब जंगल का पत्ता-पत्ता छान रहे हैं। अतः वे सांझ को ही पधारेंगे।

सांझ ढले वे आये तो घुग्घू बाबू ने गांव-भर के बच्चों की कवायद शुरू करवा डाली। 'कमिश्नर सा'ब की जै!... गांधी जी की जै!... नेता जी की जै!' के गूंजते नारों से सूनी घाटियां गुलजार हो गईं। जंगल के जानवर बिदकने लगे। तिरंगे द्वार, सजी झण्डियां! साहब को बुरी तरह फूलों से लाद दिया गया था।

इतना स्वागत-सत्कार देखकर साहब हैरत में थे। निरीक्षण के समय वे विभोर होकर चारों ओर देखने लगे। जैसे खोता नाव पर चढ़कर पानी की ओर कुतूहल से निहार रहा हो!

लाल फीता काटते हुए बोले – 'मिस्टर मिश्रा, आप तो बॉटनी पढ़े

हैं। बतलाइए ज़रा ये पौधे कब फल देंगे?' उन्होंने चिकनी पत्ती सहलाई।

घुग्घू बाबू के प्राण कांप आए – कहीं पौधा जड़ से ही उखड़ जाता तो?

साहब ने मेरी ओर देखा तो कहना पड़ा, 'यही चौथे-पांचवे साल।'

'इतने ही पौधे सब लगाएं तो मिस्टर मिश्रा, क्या हमारे पहाड़ स्विट्ज़रलैण्ड नहीं बन सकते! फॉरेन एक्सचेंज की शॉर्टेज दूर नहीं हो सकती! अन-एम्प्लायमैण्ट का प्रॉब्लम साल्व नहीं हो सकता?'

मैंने मौन सहमति दी।

बगीचे के दो द्वार थे। उत्तर का 'दयानन्द-द्वार' और 'दक्षिण का शिवानन्द-द्वार'।

कमिश्नर साहब ने इसमें संशोधन रखा। बोले – 'नॉर्थ का 'उत्तर द्वार' और साउथ का 'दक्षिण द्वार' होना चाहिए। इससे नेशनल-इन्टिग्रेशन को मज़बूती मिलती है। क्यों मिश्रा!'

मैं चुप सिर हिलाता रहा। बाप की कसम जो खा बैठा था कि जुबान खोलूंगा नहीं।

शंखनाद के साथ डिग्गियों की टूंटियां खुलीं। छल-छल पानी आया। कमिश्नर साहब मुग्ध भाव से देखते रहे। एक ही गांव में एक साथ पानी की नौ-दस डिग्गियां! नेशन कितनी तरक्की पर है! यह सब उनकी 'फाइव इयर्स प्लान' की वजह से है। साहब अपने आप बुदबुदाते रहे। बड़बड़ाते रहे। झूमते रहे।

'गांधी पंचायत-घर' का उद्घाटन दीपक जलाकर हुआ। बच्चों ने मास्टर जी के साथ रोज़ की पाठशाला की प्रार्थना दुहराई – उठ जाग मुसाफ़िर भोर भई...

इस पर दूर खड़े किसी कमअक्ल, नासमझ ने ऐतराज़ किया कि यह रात का समय है!

दखल देते हुए इस पर साहब बोले – 'नहीं! नहीं! यही चलना मांगेगा! यही! 'उठ जाग मुसाफिर' मार्निंग-सांग नहीं है। यह तो नेशनल-अवेकिंग है! खैर...!'

फिर वन्देमातरम् का गम्भीर गीत भी गूंजा।

'भैंस की स्कीम' साहब को बेहद पसन्द आई। अपने हाथों उन्होंने गरीब बच्चों को दूध बांटा और नेशनल-'हैल्थ के बारे में भी कहा।

लोग खुश थे। बच्चे तालियां पीट रहे थे। लेकिन मेरा माथा फटा जा रहा था। मुझसे खड़ा न रहा जा सका। अतः साहब से क्षमा-याचना कर घर आकर किवाड़ मूंदकर लेट गया।

मालूम हुआ कि रात को लगातार बरखा की बौछारों के बावजूद तीन घंटे तक भाषणों का दौर चलता रहा। बेचारे फटे-हाल गांव के गरीब लोग भीगते रहे। पर पल्ले कुछ न पड़ा। केवल वक्ता के मुंह की ओर ताकते रहे। सबने तालियां पीटी तो चट्-चट् गाली पीट देते।

घुग्घू बाबू को साहब ने 'ज़माने का आदमी' बतलाया और उसके आदर्श चरित्र के अनुकरण की बच्चों को विशेष रूप से सलाह दी और कहा कि आने वाली पीढ़ियां उनका नाम श्रद्धा से लेंगी, क्योंकि मरकर भी जो मरते नहीं, अमर रहते हैं, उन बुनियादी सच्चे जन-सेवकों में से हैं वे।

फिर घुग्घू बाबू का भाषण हुआ। उन्होंने कमिश्नर साहब को देश के प्रमुख आदर्श प्रशासकों की श्रेणी में रखा और उनकी कार्य-कुशलता अनुकरणीय बतलाई। उनके कर्मठ जीवन से प्रेरणा लेने की बात कही।... फिर आंखें मूंदकर गांव की गरीबी का वर्णन किया। इतना मर्मस्पर्शी, करुण कि साहब की पलकें भीग आईं। घुग्घू बाबू ने अन्त में दोनों हाथ पसारकर, सरकारी सहायता के लिए झोली फैला दी।

दूसरे दिन उठा नहीं कि श्रीमती जी ने झकझोरा। कहा कि मैं हमेशा का लापरवाह हूं। उनकी बात सुनता नहीं। सुना, घुग्घू बाबू की स्कीमों के लिए साहब ने पन्द्रह हज़ार की सहायता दिलवाने का वचन दिया है। घुग्घू बाबू के लड़कों को नौकरी दिलवाने का आश्वासन भी मिला है। सुना, जाते समय साहब नकद इनाम में सौ रुपये उनके हाथ पर धर गए।... चारों और घुग्घू बाबू की वाहवाही हो रही है और मैंने तो ज़िन्दगी यों ही बेकार की। व्यर्थ का वनस्पति-विज्ञान लेकर न जाने कहां-कहां घास छिलता रहा!

इस बार फिर बर्फ़ गिरी तो

इस बार फिर गिरी तो जीना दूभर हो आया। चारों ओर जहां तक दृष्टि जाती – बर्फ ही बर्फ।

पेड़-पौधों पर बर्फ। खेत-खलिहानों पर बर्फ। सामने का वह सारा पहाड़, जैसे एक ही रात में, सारा-का-सारा सफेद हो आया हो – सफेद चादर की तरह।

नदी के किनारे जम गए हैं।

बीच में केवल एक धारा है – काई लगे पत्थरों से टकराती। छलछलाती।

जाड़ों में धूप निकलने पर कभी-कभी यहां से धुंआ-सा उभरता है-आकाश की ओर, जिसे कुहासा भी कहा जा सकता है।

यही कुहासा वर्षों से उसकी आंखों पर छा गया है। इसलिए उसे सब धुंधला-धुंधला दीखता है। हर तरफ सफेद झीनी चादर-सी। कभी-कभी जो पारदर्शी भी हो आती है, प्रकाश जब कुछ अधिक होता है।

उसे लगता है, अब प्रकाश भी कहीं धुंधला-सा गया है। दिन भी उसे, दिन का जैसा अहसास नहीं देता। रातें भी रात जैसी नहीं लगतीं। एक धुंधला-सा सैलाब है – सैलाब ही सैलाब – उसमें उसकी क्षीण काया डूबती-उतराती-बहती चली जा रही थी।

उसने परिस्थितियों के साथ जूझना अब छोड़ दिया है। अपने हाथ-पांव शिथिल छोड़ दिए हैं। विवश भाव से वह नदी की तरह बह रही है – बहती चली जा रही है। किधर? कहां? उसे कुछ भी अब अहसास नहीं।

'इजा, कुछ खाओगी...?' कभी बाहर का कोई स्वर टकराता है तो उसके हाथ-पांव किंचित् हिलते हैं।

'हूं ऊं ऊं...!' मां केवल इतना ही कह पाती है – दो-तीन बार पुकारे जाने के बाद।

मुंह के ऊपर से रजाई हटाकर कोई अपना मुंह उसके और निकट ले जाकर फिर चिल्लाने के जैसे स्वर में पूछता है, 'कैसा महसूस कर रही है इजा...'

'हूं... ठीक हूं...बेटा!' वह हांफने-सी लगती है। उसका दम जैसे उखड़ रहा हो।

वह अंधेरे में हाथ-पांव हिलाती है – छटपटाती हुई।

'कुछ खाया तुमने?'

'नहीं–'

'तो ऐसे कैसे जियोगी...?'

'अब बचकर क्या करना है बेटा... ये पापी परान निकाले निकलते भी तो नहीं... अब और क्या देखना शेष रह गया है...!' वह रुआंसी हो जाती है।

उसके स्वर की गहरी निराशा उसे कहीं कुछ परेशान कर डालती है। अम्मा ऐसा कहे, उसके लिए अब असह्य हो जाता है।

'ऐसा न कहो, अम्मा! इतना भरा-पूरा परिवार है। बच्चे हैं। बहू है। सब-कुछ तो है, फिर...फिर...।'

वह कहता है तो चारों ओर सहसा सन्नाटा-सा छा जाता है। अम्मा भी कुछ कह नहीं पाती। वह भी गूंगा-सा देखता रहता है।

तभी पत्नी गरम चाय का गिलास लाती है, कटोरी से ढंककर।

'इजा, चा पियोगी?' वह पूछता है।

'हं...।' इससे अधिक वह कुछ बोल नहीं पाती।

सोई हुई मां को वह बंधी गठरी की तरह उठाता है। दीवार के सहारे कमर टिकाकर बिठाता है – फटे तकिये के सहारे। फिर गरम चाय को कटोरी में डालकर, मां के होंठों के पास ले जाता है।

चाय बहुत गरम है, जिससे कटोरी भी गरम हो गई है। सूखे होंठों पर गरम चाय के छूते ही अम्मा झटके के साथ किंचित् पीछे हटाती है।

'कित्ती गरम चा उठा लाई, खौलती डेगची से!' वह झुंझलाकर कहता है तो पत्नी कुछ कसरा-सी आती है।

'इन्हें ऐसी ही गरम-गरम चा चाहिए... ठंडी तो पीती ही नहीं...।' पत्नी अभी कुछ कह ही रही थी कि वह बरस पड़ता है, 'अरी भागवान्, इजा गरम चा पीती है, यह ठीक है, पर उबलती हुई तो नहीं न! इत्ती उमर है! मुंह में छाले उभर आए और अम्मा को कहीं कुछ हो गया तो, हम क्या करेंगे?... कहीं के भी नहीं रहेंगे...।'

कुछ और भी कहना चाहता था वह उसी बहाव में, परन्तु कहता-कहता अटक जाता है।

अम्मा को मालूम है–एक अर्से के अंतराल के बाद हमेशा ऐसा ही होता रहता है। बेटा बार-बार हाल-चाल पूछता है। अपनी ममता जतलाता है। पत्नी को झिड़कता है। बच्चों को डांटता है कि वे अम्मा का ख्याल नहीं रखते।

अम्मा तब घबरा जाती है। अपने दोनों हाथ जोड़ती है, कांपती हुई कहती है – 'रेवा बेटे, ऐसा न कह। बच्चे कितना ध्यान रखते हैं मेरा, तुझे क्या पता? तू तो बाहर ही रहता है सारा दिन।'

वह जानता है, मां उसका मन रखने के लिए ऐसा कह रही है।

मां चुपचाप चाय पीती चली जाती है – सुड़-सुड़ करती। न जाने कित्ते अर्से के बाद पी रही है!

एक तरह की आकुलता है, जल्दी-जल्दी सब सुड़क जाने की।

मां को चाय बहुत पसन्द है। खाना न मिले, कोई बात नहीं, पर गरम पानी कभी-कभी मिलता रहे, तो बूढ़ी सांस सुगम गति से चलती रहती है।

एक-एक बूंद चाय के लिए कभी-कभी वह तरस जाती है। किससे कहे, कोई सुनता नहीं, सब सुनी की अनसुनी कर देते हैं। बार-बार जोर से बोलने की शक्ति नहीं। बोलने का प्रयास भी करती है तो सांस उखड़ आती है।

बहू को बाल-बच्चों, गाय-बछिया और खेतों से ही समय कहां?

पहले जब शरीर में कुछ शक्ति थी, मरती-जीती काम पर जुटी रहती थी। परन्तु जब से गठिया-वात का प्रकोप हुआ है, अब हाथ-पांव भी चल नहीं पाते। चाहने के बावजूद कुछ कर पाने में समर्थ नहीं हो पाती।

तब एक तरह की विवशता का भाव घिर आता है – एक तरह की

गहरी निराशा का। तब देह में रही-सही ताकत भी जाती रहती है। वह अपने को और भी अधिक शक्तिहीन अनुभव करने लगती है। और भी असहाय।

'इजा, कैसा अनुभव कर रही हो?' वह अम्मा से पूछता है।

'ठी-क... हूं...अब चला-चली की बेला है बेटा...क्या मानना...क्या खाना रह गया है...?' वह कराहती हुई कहती है तो उसका दम भी बैठने लगता है।

'ऐसा न कहो अम्मा! तुझे अभी बहुत जीना है...!'

वह इस तरह से, विवश भाव से कहता है, जैसे कहना चाह रहा हो, 'हमें अभी बहुत जीना है!'

वह मां के पास बैठा है। सामने पत्नी खड़ी है। बच्चे खड़े हैं। सबकी निगाहें वृद्धा पर टिकी है।

क्षण-भर सन्नाटा रहता है।

वह एक पल बाद, कुछ सोचता हुआ, बड़ी मुश्किल से कह पाता है– 'अम्मा, चम्पावत तक जा पाओगी...?'

मां सुनकर भी जैसे सुन नहीं पा रही है।

चाय की जूठी कटोरी पास ही रखती हुई कहती है, 'कोशिश करूंगी बेटे! जाऊंगी क्यों नहीं...?' वह चुप हो जाती है। फिर जैसे सहसा नींद से जगी हो। पूछती है, 'क्या कहा च-म-पा-व-त!'

'हां, इजा, हां...तहसील में...।' वह बड़े सहज उत्साह से समझाता है, 'समय हो गया है न! बाद में जाने पर नुकसान होगा...।'

'वहां क्यों जाना है, क्यों जाना है बेटे...?' वह जैसे स्वयं से पूछ रही हो।

'अरे, अम्मा, इस तरह गते को पूरे तीन महीने हो गए...बाबू की पेंशन नहीं लानी क्या?'

'हां, बेटे, हां! मेरी तो मति ही मारी गई है। अक्ल पर ही पत्थर पड़ गया है। मैं तो भूल गई थी कि तेरे बाबू के नाम की पेंशन भी लानी है। कोशिश करूंगी। क्यों नहीं जाऊंगी भला...!'

बेटे का चेहरा खिल उठता है।

पत्नी का भी।

उन्हें लगता है, इस उपेक्षिता का भी कोई अस्तित्व है, जिसे उन्होंने मात्र पोटली या सांस लेती गठरी मान लिया था। उसकी भी उपयोगिता है।

इसी गठरी या पोटली को एक दिन उठाकर वे चम्पावत की तहसील में ले जाते हैं और उसी तरह लाकर, उसी अंधियारे कोने में धर देते हैं, ताकि बाद में कभी फिर उठाकर ले जाने में कठिनाई न रहे।

एक-दो दिन तक देख-रेख अच्छी होती है, परन्तु बाद में फिर वही सिलसिला!

एक दिन वृद्धा तंद्रा की-सी स्थिति में जागती है। अभी-अभी जो कुछ देखा, सच नहीं लग रहा है उसे।

बेटा बहू को डांट रहा है। बहू रो रही है। बच्चे भी रो रहे हैं। सब रो रहे हैं।

वृद्धा देखती है, वह मर गई है। उसे सफेद कपड़े से ढंककर आंगन में लिटाया है। चारों ओर लोग घेरे खड़े हैं, उदास-से चेहरे लिए।

रेवा का सिर उस्तरे से घुटा हुआ है। वह कुश-तिल लिए मां का गोदान कर रहा है। गाय खड़ी है।

बेटे की ऐसी उदास आकृति उससे देखी नहीं जाती। जो कुछ आंखों के सामने घटित हो रहा है, उसे सहा नहीं जाता। वह छटपटाती हुई चीखती है।

बेटा दौड़ा-दौड़ा आता है।

बच्चे भी।

'क्या हुआ अम्मा? कोई बुरा सपना देखा क्या?' वे पूछते हैं तो वह मात्र पसीना पोंछने लगती है। उसकी सांस धौंकनी की तरह चल रही है। वह सूखे पत्ते की तरह थर-थर कांप रही है।

रेवा कहता है – 'मैं तो घबरा गया था। कहीं अम्मा को कुछ हो तो नहीं गया? तू मर गई तो मां... !'

अम्मा कुछ सोचती हुई कहती है, 'रेवा, इधर आ बेटे! मैं तो उसी दिन

मर गई थी, जब तुम्हारे बाबू गुजरे थे।...अब तक इसीलिए यह सांस चलाए रही कि तुम्हारे बच्चों का क्या होगा?... पर वे अब दूध के भात हो गए हैं। अब अपने पांवों पर खड़े होने में समर्थ हो जाएंगे शायद... मैं अब चली भी जाऊं तो दुख नहीं बेटे...!'

'अम्मा, यह क्या कह रही हो...।'

अम्मा की गरदन लुढ़क आती है...।

वे भागकर वैद्य को बुलाते हैं।

वैद्य नाड़ी देखता है। जांचता-परखता है।

कहता है – 'बुढ़िया को मरे तो अर्सा हो गया। देख नहीं रहे हो, इसकी देह बर्फ की तरह ठंडी है...!'

सफ़ेद सपने

आज सारा दिन वह इतनी उदास रही! अब तक की जिंदगी में यह उसका इस तरह का पहला ही अनुभव नहीं था। इतना कुछ देख, सुन लिया था कि उसी के सहारे शेष जिंदगी गुजारी जा सकती थी।

वह खिड़की पर कुछ और झुकती है। कुहनियों पर भार कुछ अधिक पड़ता है। देखती है सामने – बादल का एक ऊनी टुकड़ा भीगी छतरी की तरह आसमान पर झुक गया है...

हवा में बिखरे बाल! दो उजली स्वच्छ आंखें! प्रायः हर शनिवार को वह चित्र की तरह काउण्टर पर खड़ा हो जाता–

'कोई हैण्डलूम की, प्रिंटेड छींट दिखलाएं...!' वह जैसे सिनेमा का कोई डायलॉग दुहरा रहा हो।

वह पूरी-की-पूरी गड्डी उसके सामने कुतुबमीनार की तरह खड़ी कर देती। सामने दीवार पर लगे शीशे में निगाहें टकराती हैं। लगता, उम्र आधी ढल चुकी है।

वह रंगीन कपड़े के टुकड़े उलटता-पुलटता है।

'किस परपज के लिए चाहिए?' वह कुछ सम्हलकर पूछती है।

'ऐसे ही। सिर्फ एक मीटर।'

'क्या ब्लाउज बनाना है?'

वह सामने काउण्टर पर झुकी महिला की ओर, नहीं-नहीं, लड़की की ओर देखता है। फिर कुछ घबराया हुआ-सा थूक निगलता है और किंचित् हलका होने का प्रयास करता है, 'जी हां।'

दोनों की निगाहें मिलती हैं और फिर कपड़ों के टुकड़ों पर उलझ आती हैं।

'तो बतलाइए, किसमें से दूं?'

'कोई भी!' वह सामने की ओर देखता है।

तीन-चार टुकड़े छांटकर, वह आगे की ओर बढ़ाती है।

उनमें से भालू के पंजे जैसी डिजाइन वाले कपड़े को वह सबसे ऊपर रखता है।

उसकी अबोध आकृति की ओर वह देखती है, सहज आत्मीयता से, 'यह तो अच्छा नहीं लगेगा!'

'तो आप ही दीजिए न अपनी पसंद का...!'

'जिनके लिए चाहिए, उन्हें ही ले आते न! स्वयं छांट लेतीं...।' उसकी आवाज में स्वाभाविकता के साथ-साथ कुछ शरारत भी है, किन्तु वह उसी भोले भाव से उत्तर देता है, 'मैंने कहा तो था, पर मानी नहीं। कहती है – साथ-साथ चलने से बदनामी होती है।'

वह हंस पड़ती है। कपड़ा नापती हुई कहती है, 'एक मीटर तो अधिक रहेगा। क्या उमर है उनकी?'

'बस्स, समझ लीजिए, मुझे अपने लिए चाहिए। हम दोनों का कद करीब-करीब बराबर है...।'

वह और जोर से हंसती हुई कपड़ा फाड़ती है।

इतने ब्लाउज के टुकड़ों से वह क्या करेगा, उसे सूझता नहीं।

एक दिन लंच के बाद वह काउण्टर पर आई ही थी कि देखा, वही लड़का छोटी मोहरी की पैंट पहने खड़ा है और समीप ही एक लड़की – उसी के बराबर।

'देखिए, एक अच्छा-सा पीस...!'

वह ढेर सारे कपड़े बिखेर देती है।

'आपने जितने भी दिए, इन्हें एक भी पसंद नहीं आया...इसलिए आज खुद ही ले आया हूं...। कल रात की ट्रेन से ये शिमला जा रही है, अपने पापा के साथ। इसलिए इनके लिए एक अच्छा-सा पुलओवर भी खरीदना है।' बड़े सयानेपन के साथ वह अपने कर्तव्य का बोध कराता है।

साथ आई लड़की को यह अच्छा नहीं लगता कि किसी से इस तरह अपनी व्यक्तिगत बातें कहें पर उसे जैसे चिन्ता नहीं, वह उसी गति से कहता है, 'सुनिए, एक अच्छी-सी साड़ी भी खरीद दीजिए।' वह सामने की ओर देखता है, 'इनका रंग गोरा है न! काली या स्लेटी रंग की खूब फबेगी।'

लड़की कुछ देर तक चुप रहती है। फिर कुछ सोचती हुई अपना मुंह लम्बा करती है। हौले से उसकी अंगुलियां दबाती है। फुसफुसाती है, 'पैसे हैं या... !'

'पैसे की तुम्हें क्या?' वह छोटा-सा, जिसकी दाढ़ी के बाल भी अभी उगे नहीं, बड़े आत्मविश्वास के साथ, तुनककर कहता है।

काउण्टर वाली महिला को विचित्र-सा लगता है। कुतूहल भी होता है। इतना छोटा होने पर भी इसका व्यवहार!

साड़ी भी खरीदी जाती है। पैसे भी चुकाए जाते हैं। साथ आई लड़की की बांहों को सहारा देकर वह बाहर जाता है और सिगरेट सुलगाकर जोर का कश खींचता है...

हवा का तेज झोंका-सा। उसकी झुकी हुई कुहनियों में दर्द होने लगता है – एक तरह की झनझनाहट-सी, जैसे असंख्य सुइयां एक साथ चुभ रही हों।

खिड़की के पर्दे हौले से नीचे लटका देती है। पलंग पर थकी-थकी-सी औंधी गिर पड़ती है और देखती है, वह फिर काउण्टर पर खड़ी है और वह फिर सामने!

एक तस्वीर-सी उलझती है। वह फिर देखती है। फिर–

उसके बाल बहुत अस्त-व्यस्त हैं। कपड़े भी ऐसे ही। आकृति में गहरी उदासी का भाव। चेहरे के भूरे रोएं और लम्बे हो आए हैं।

'क्या चाहिए था?' वह जिज्ञासा से देखती है।

'कुछ नहीं!'

अपने रूखे होंठों को वह चबाता है। बड़ी तल्खी से काउण्टर पर बिखरे कपड़ों को देखता है। वास्तव में उसका ध्यान कहीं और है। वह देखकर भी कुछ नहीं देख पा रहा है।

'सुनो!' वह अपना मुंह आगे बढ़ाता है। शायद बेहद परेशान है –आपे से बाहर।

वह उत्सुकता से देखती है–

'शाम को छुट्टी के बाद 'वोल्गा' या कहीं मिलो। तुमसे कुछ जरूरी काम है...।' वह साधिकार कहता है, जैसे किसी बच्ची पर हुक्म चला रहा हो।

उससे इस तरह के अप्रत्याशित प्रश्न की आशा नहीं थी उसे।

प्रत्युत्तर में वह कुछ कहे, बोले, उससे पहले ही वह अपनी बात आगे बढ़ाता है, 'मैं बाहर कॉरीडोर में खड़ा हूं।' सिगरेट का धुंआ वह जैसे भीतर-ही-भीतर निगल लेता है। फिर आंखें गड़ाकर देखता है, 'वहां से हम दोनों साथ-साथ चलेंगे।'

वह कुछ कहे, उससे पहले ही वह चला जाता है।

शाम को छुट्टी के बाद हाथ में पर्स झुलाती बाहर आती है। देखती है, सचमुच वह रेलिंग के सहारे खड़ा है। रेल के इंजन की तरह सिगरेट का धुंआ चारों ओर बिखेर रहा है...

'चलो!' लपककर वह पास आता है और उसके उत्तर का इंतजार किये बिना साथ-साथ चलने लगता है।

कुछ भी वह कह नहीं पाती। केवल हैरान-सी होकर रह जाती है।

एक किनारे की सीट पर वे बैठते हैं। एक ही सांस में वह पानी का गिलास रीता कर देता है। ठण्डे गिलास के बाहर ओस की सी कुछ बूंदें झलक रही हैं।

अंगुलियों के बीच दबी तीन-चौथाई सिगरेट वह ऐश-ट्रे में डुबो देता है और फिर रूमाल से होंठों को पोंछता हुआ गम्भीरता से कहता है, 'देखा, मैंने उसके लिए कितना कुछ नहीं किया, किन्तु शिमला से लौटने के बाद...।'

वह आंखें मिचमिचाकर देखता है। यों ही देखता है, 'अब वह अपने लेक्चरार के साथ घूमती है – दिन-रात उसी के साथ। कहती है, वह उसका भविष्य बना रहा है...।'

स्वर टूटा-टूटा सा। मायूसी का जैसा भाव। वह फिर अपनी जीभ अपने होंठों पर फेरता है, 'मैंने इधर बहुत 'ड्रिंक' किया। देखो न, मेरी आंखें कितनी सूज गयी हैं! कितनी ही रातें मैंने पार्कों में पड़े-पड़े गुजार दीं। पढ़ने में भी अब मन नहीं लगता, कहीं भी तो नहीं। कितनी बार सोचता हूं, आत्महत्या कर लूं। मैं बुरी तरह टूट गया हूं।'

उसका हाथ वह अपने हाथों में लेता है। नन्ही-नन्ही अंगुलियों को सहलाता है। फिर अपना माथा उन पर टिका देता है...

वह सशंकित भाव से इधर-उधर देखती है। कहीं कोई देख तो नहीं रहा! उसकी समझ में नहीं आता, यह क्या कर रहा है!

'पिछले तीन महीने से मैंने किताब के पन्ने तक नहीं पलटे।' वह जैसे अपने से कह रहा हो, 'कॉलेज की फीस तक के पैसे उस पर खरच डाले। अपने सूट के रुपये उस पर लगा दिए, पर उसने कहीं का भी नहीं रख छोड़ा मुझे। अब कहती है, मुझमें बचपना है। ढंग से प्यार करना नहीं आता मुझे...।' वह कहीं भी न देखकर पलकें मूंद लेता है।

कॉफी आती है। कुछ खाने के लिए भी।

'घरवाले इस सबसे तुम्हें रोकते नहीं?' वह कुछ सोचती हुई कहती है।

'है ही कौन घर पर...।' उसका स्वर बड़ा वैसा हो आता है। 'अम्मा को गुजरे अब बारह साल हो गये। बड़ी दिद्दी शादी के बाद ससुराल चली गईं। पिता जी बिजनेस टूर पर बाहर रहते हैं। उनकी सारी आशाएं मुझ पर केन्द्रित हैं। वास्तव में मेरे लिए ही उन्होंने दूसरा विवाह नहीं किया। मेरे अलावा परिवार में अब है ही कौन...?' वह कहते-कहते जैसे हांफने-सा लगा।

कुछ समय तक सन्नाटा रहता है। पास ही किसी कमरे से पाश्चात्य संगीत की हलकी-हलकी धुन!

'तुम्हें देर तो नहीं हो रही–?'

'न्ना!' वह कहती है।

'इन चक्करों में पड़ते ही क्यों हो?' वह मन-ही-मन कुछ दुहराती है। सोचती है। कहती है, 'पढ़ने में लगे रहो। इन व्यर्थ की बातों में क्या लाभ...?'

सामने रखे रीते गिलास को वह बड़ी तल्खी से देखता है, 'मैं कहां पड़ा! उसी ने मेरे साथ जबर्दस्ती घूमना शुरू किया। किताब का बहाना बनाकर हमारे घर आई। पहले ही दिन मेरी 'रिस्टवॉच' पहनकर ले गयी। लोग कहते हैं, वह तो पहले से ही बुरी थी। अपने हाथों जोर देकर मुझे 'बीयर' पिलाती थी और फिर बुरी तरह नोचती थी...।' अपने सफदे गाल पर उसने काला-सा खरोंच का निशान दिखलाया।

'अब भी क्या बिगड़ा है...?' वह कहना चाहती है, पर कह नहीं पाती। शायद कुछ सोचकर चुप हो जाती है।

'तुम्हारे कॉलेज खुल गये?'

'हां।'

'अटैण्ड करते हो?'

'कभी-कभी।' वह उसकी ओर देखता है, 'हायर सेकेन्डरी में मेरी पहली पोजीशन थी, पर अब पास होना ही कठिन हो गया है।'

बैठे-बैठे बहुत समय गुजर जाता है। वह घड़ी की ओर देखती है।

लड़का खोया-खोया-सा है। पता नहीं बिल के कितने पैसे चुकाता है। बाहर पान वाले से सिगरेट का बीस वाला पैकेट खरीदता है।

दोनों चुपचाप चलते रहते हैं।

'आज सुबह से मेरा मूड ऑफ था।' वह जैसे स्वयं को सुना रहा हो, 'विचित्र-सी बेचैनी अनुभव कर रहा था। मुझे सूझता नहीं था कि क्या करूं? किधर जाऊं? पर अब पहले से बैटर फील कर रहा हूं।'

वह कुछ नहीं कहती।

बस-स्टॉप पर अब कोई भी नहीं। लगता है, अधिक समय बीत गया है। इतनी रात तक भी कहीं बसें चला करती हैं?

'तुम कैसे जाओगी?'

'कुछ मिल जाएगा।'

'क्या अकेली जाओगी?' वह गुस्से से कहता है। सामने भाग रहा एक खाली स्कूटर रुकवाता है, 'बैठो!'

वह बैठ जाती है। और वह भी एक किनारे पर धंस पड़ता है, 'तुम्हें छोड़कर इसी से वापस आ जाऊंगा...।'

पुराना स्कूटर सूनी सड़क पर लड़खड़ाता, खड़खड़ाता बूढ़े खरगोश की तरह उछलता हुआ भागने लगता है...

मोड़ पर हवा के झोंके के साथ वह सम्हलता है, 'मेरी बात का तुम बुरा तो नहीं मानती?' वह जैसे किसी दुधमुंही बच्ची को समझा रहा हो।

'नहीं तो-!'

'तुमसे कुछ ऐसा-वैसा कह बैठा हूं तो फील न करना। मैं तुम्हें केवल

एक मित्र के रूप में लेता हूं...।' वह दूर से आती गाड़ी की ओर देखता है, 'वास्तव में उस लड़की ने मुझे पागल बना दिया है। उसके लिए मैंने क्या-क्या नहीं किया, कोई कल्पना भी नहीं कर सकता।...सच, अब मेरे पास कुछ भी तो नहीं है।' उसकी आवाज़ जैसे भंवर में डूब जाती है।

मोड़ पर स्कूटर का झटका उन्हें और पास ले आता है। उसके दुबले-पतले हाथों को अपनी गोद में रख लेती है। उसके बिखरे बालों को अपनी अंगुलियों की कंघी से सहलाती है, 'तुम्हारा माथा तप रहा है! 'फीवर' तो नहीं?' अंधियारे में उसके चेहरे के भावों को परखने के लिए वह अपनी पलकें फैलाती है।

'सच, न जाने क्या हो गया है मुझे!' वह जैसे उसी परिधि पर अब तक घूम रहा है, 'कभी-कभी तो अपने से ही डर लगने लगता है। घर लौटने का मन नहीं। सोचता हूं, कुछ खा लूं और–!'

वह उसके होंठों पर अपनी हथेली धर देती है। उसे पास खींचती है। और वह सिमटकर और छोटा हो आता है।

'ऐसा नहीं कहते, हां!' वह उसे सम्हालती है।

वह कुछ नहीं कह पाता।

घर से पहले ही उतर जाती है वह। पर्स से पैसे निकालने लगती है, तो वह मना कर देता है।

लगभग दो सप्ताह तक फिर वह कहीं दीखता नहीं। एक दिन छुट्टी के बाद बस-स्टॉप पर खड़ी रहती है तो देखे का अनदेखा कर वह सामने से निकल जाता है।

पहले के मुकाबले वह चुस्त-दुरुस्त नज़र आता है। कपड़े संवरे। दाढ़ी बनी। हाथ में सदा की तरह सुलगती सिगरेट। दो-तीन हमउम्र दोस्त और हलकी-हलकी हंसी। निर्दोष! निश्चिन्त!

उसे बड़ा भला लगता है। अभी उमर ही क्या है! जिसने जिधर बहका दिया!

थोड़ी देर बाद उसे लगता है, कोई उसके सामने खड़ा है। मुस्करा रहा है।

'मैंने पहले ही देख लिया था तुम्हें, पर दोस्तों के बीच कैसे बातें करता! उन्हें 'रीगल' तक छोड़ आया हूं...कहो, ठीक तो हो न?'

वह बड़े सरल भाव से हंसता है। संगमरमर से सफेद दांतों की पाटी चमकती है।

वह कुछ नहीं कह पाती। उसकी ओर अपलक देखती मुस्कराती रहती है।

'यहां खड़े-खड़े घंटा बीत गया। तुम्हें कब से ढूंढ़ रहा हूं। सुनो, मेरे लिए कुछ कपड़ा-वपड़ा खरीद दो न! तुम्हारी 'चॉयस' बड़ी अच्छी है।'

'तो वहीं चले आते – 'भवन' में।'

'वहां!' वह उसकी ओर देखता है, 'वह भी कोई कपड़ा खरीदने की जगह है! 'वह' कहती थी न, यह बूढ़े लोगों की दुकान है। इसीलिए शायद उसने मेरा खरीदा कोई भी ब्लाउज कभी नहीं पहना...।'

वह मात्र मुस्कराती है।

'चलो न!' वह साधिकार कहता है।

उसे आज जल्दी घर पहुंचना था। कोई मेहमान आने वाले थे, परन्तु वह मना नहीं कर पाती। साथ-साथ चलने लगती है।

लगभग तीस-चालीस कदम वे चलते रहे, चुपचाप। कोई कुछ नहीं बोला। बस-स्टॉप की सीमा-रेखा को पार करने के पश्चात् वह हौले से, उसकी ओर देखता हुआ बोला, 'मैंने अब सारे चक्कर छोड़ दिए हैं। पिताजी कहते हैं, मेरी तन्दुरुस्ती गिर गयी है। इस साल मैंने फिर 'टॉप' करने का निश्चय किया है। पिताजी ने कहा है कि दो वर्ष यहां पूरे करने के पश्चात् वे मुझे 'फॉरेन' भेज देंगे...।'

उसे खुशी होती है कि अब वह समझदार हो रहा है।

अब वे कनॉट सर्कस के भीतर वाले गोल दायरे में हैं। हौले-हौले चल रहे हैं, दूकान की खोज में। जब कि वे भली-भांति जानते हैं कि दूकानें कब की बंद हो चुकी हैं। फिर कपड़ा कहां से खरीदेंगे! फिर भी चल रहे हैं। चलते चले जा रहे हैं।

'तुम्हें क्या 'पे' मिलती है?'

'लगभग तेरह सौ।'

'कब से हो यहां?'

'कोई पांच साल से।'

'खद्दर बेचती-बेचती बुढ़िया हो जाओगी एक दिन...।' वह हलके ढंग से कहता है।

'हो तो गई हूं!' वह हंस पड़ती है।

वह 'काफी हाऊस' की ओर मुड़ता है। वह भी मौन भाव से चलती रहती है।

दोनों भीतर जाकर कुछ हल्के से हो आते हैं। वह छोटे बच्चों की तरह उसे समझाती है कि इस कच्ची उमर में इस ओर नहीं बढ़ना चाहिए। शुरू-शुरू में अच्छा लगता है। लगता है, यही सब-कुछ है, पर धीरे-धीरे ये सारी वस्तुएं एक व्यसन बन जाती हैं...। काम करने वाली कुंवारी लड़कियों की तो आजीवन विवशता होती है – कभी प्यार की, कभी रोजी-रोटी की...। बाद में उमर ढलने पर एकान्त की। एक अवस्था ऐसी आती है जब आदमी बहुत अकेलापन अनुभव करता है। उम्र बढ़ जाती है। शादी की सम्भावनाएं समाप्त हो जाती हैं। तब औरत की जिन्दगी कैसी-कैसी हो जाती है, कल्पना भी नहीं कर सकते! मेरी उम्र भले ही अभी उतनी नहीं...मुझे ही देख लो...।' उसकी ओर न जाने किस भाव से वह देखती है।

सामने मेज पर दोनों कुहनियां टिका देती है।

आज दोनों को जल्दी है। दोनों ही अधिक बैठने के मूड में नहीं। बाहर निकलकर वह चलते-चलते कहता है, 'कभी घर आना। मां के फोटोवाला अलबम तुम्हें दिखलाऊंगा! समय मिला तो करोलबाग से कुछ कपड़े खरीद दोगी? मेरे पास अब एक भी अच्छा कपड़ा नहीं।'

वह सिर हिलाती है।

'परसों 'सन-डे' दोपहर। खाना साथ-साथ लेंगे।'

'...'

'तुम्हें घर ढूंढ़ने में परेशानी होगी... मैं ले आऊंगा...।'

किसी निश्चित समय के साथ किसी निश्चित बस-स्टॉप का नाम लेकर वह चली जाती है।

सचमुच बस-स्टॉप पर उस दिन वह प्रतीक्षा में खड़ी रहती है। दोनों साथ-साथ घर आते हैं।

बहुत बड़ा घर, खुला-खुला सा। ऐसे मकान दिल्ली में रहने के लिए कितनों को मिल पाते हैं! वह बड़े कुतूहल से हर वस्तु को देखती-परखती है।

वह बाथरूम में नहाने के लिए चला जाता है।

हमेशा की तरह मात्र तौलिया पहने बाहर आता है।

'खाली बैठी-बैठी क्या कर रही हो! जब तक मैं कपड़े पहनकर तैयार होता हूं, तुम अलबम देखो।' वह जल्दी-जल्दी अलमारी से अलबम निकालता है।

'ये देखो ये...बचपन में मैं ऐसा था...' वह जल्दी से एक-दो पृष्ठ पलटता है। परन्तु वह चाहकर भी अलबम पर दृष्टि टिका नहीं पाती। उसके कुंवारे सुकोमल शरीर से गन्ध-सी फूट रही है। नहाने के बाद वह और ताजा लग रहा है।

वह स्वप्नमयी आंखों से देख रही है। उसके होंठों पर कितनी पवित्र मुस्कान खेल रही है।

वह कह रहा है – 'सात साल की अवस्था तक भी अम्मा मुझे गोटेवाली टोपी पहनाया करती थी...अच्छा, तुम देखो।' उसे जाने की जल्दी है।

'जरा ठीक से भी समझाओ न! जल्दी में कुछ दीखता नहीं!' वह शिकायत से कहती है।

और वह कुछ उत्तर दे, उससे पहले ही फिर बोल पड़ती है, 'ये तुम्हारी माताजी हैं न! और वह बगल में पानी की बाल्टी में नंगा बैठा... !' वह शरारत से हंसती है, तो वह झेंप जाता है।

'पहले मैं कपड़े तो बदल लूं... !'

'अलबम तो पूरा दिखलाया नहीं, जिसके लिए बुलाया था...'

'तुम देख लो न!'

'न्ना, ऐसे नहीं!

'तो?'

'तुम दिखलाओ न पास बैठकर! हमें बिना बतलाए क्या पता चलेगा

कि कौन क्या है?' वह उससे और सटकर बैठ जाती है। उसका दिल कुछ और धड़कने लगता है। गन्ध कुछ और बढ़ जाती है।

वह उठने लगता है तो उसका हाथ पकड़कर वह और समीप खींच लेती है! बनावटी गुस्से से देखती है, 'ऐसी भी क्या जल्दी है!'

वह विवश होकर वैसा ही बैठा रहता है, जल्दी-जल्दी पन्ने पलटता हुआ।

पर उसे कुछ दीखता नहीं। केवल पन्ने। एक के बाद एक। और फिर दोनों हथेलियों में अपना मुंह जोर से छिपा लेती है। उसकी सांस रुकने-सी लगती है...

तभी पट्टू दरवाजा खटखटाता है। वह अचकचाकर जैसे नींद से जागती है। देखती है – अम्मा दूध की लस्सी का गिलास थामे खड़ी है, 'अरी, क्या सारा दिन सोती रहोगी?'

वह कुछ कह नहीं पाती!

'अभी बाजार भी तो चलना है। राशन खरीदने...।'

'पांच भी तो अभी बजे नहीं। छह-सवा छह तक चलेंगे। तब तक तुम भी तैयार हो लो।

अम्मा पट्टू को घसीटती हुई ले जाती है। उसे लगता है, जैसे शीशे का-सा सुन्दर, पारदर्शी सपना अम्मा ने पत्थर फेंककर तोड़ दिया हो। लस्सी का गिलास एक ही सांस में पीकर फिर निढाल हो जाती है।

पर विचारों की कड़ी फिर देर तक जुड़ नहीं पाती... वह फिर पलकें मूंद लेती है, गंदले पानी में झांकती, कुछ अकारण टटोलने लगती है...

एक झोंका-सा आता है।

उसे लगने लगता है, जैसे वह सामने खड़ा है। उसकी ओर न जाने किन निगाहों से ताक रहा है।

उसकी दाढ़ी बढ़ी है। आंखों के कोर सजल हैं। कपड़े भी पागलों जैसे।

एक किनारे ले जाता है वह।

'वह लड़की फिर आई थी मेरे पास। सच, वह जार-जार रो रही थी। कहती थी, वह मुसीबत में पड़ गई है। बड़ी बदनामी हो रही है। सबको पता चल गया है। इसलिए अबॉर्शन की भी सम्भावना नहीं। बस, आत्महत्या के अलावा अब और कोई रास्ता नहीं...।'

'बतलाती किसका है?'

'पता नहीं। वैसे उसका इशारा लेक्चरार की तरफ था...।'

'तो वह क्या कहता है?'

'सुना है, चुप है। कहता है, उसका कोई सम्बन्ध नहीं। वह तो पहले से ही बाल-बच्चों वाला है...।'

'तो फिर-?'

'यही कि कल लेक्चरार मेरे पांवों पर गिरकर कह रहा था कि यदि मैं कह दूं कि यह दोष मेरा है, तो सारी समस्या सुलझ जाएगी। वह मेरे लिए कुछ भी करने को तैयार है। कहता था, उसके मामा 'एम.पी.' हैं। कहीं अच्छी नौकरी दिलवा देगा। घरवाले निकाल भी दें तो कोई बात नही। लड़की की देख-रेख वह पहले की तरह अब भी करेगा। लड़की भी यही कहती है। एकान्त में ले जाकर, मुझसे लिपट-लिपटकर रोती थी। कहती थी – वह तो केवल मुझे ही प्यार करती रही है। लेक्चरार ने तो कुछ लालच देकर मात्र बहका दिया था। ऐसा कोई दिन नहीं, जब उसने मुझे याद नहीं किया हो और याद करके खूब रोई न हो।'

'तो फिर?'

'क्या करता! मैंने बात मान ली।'

'क्यों?'

'आखिर मेरा उसके प्रति प्यार तो रहा ही है न! क्या प्यार का ही दूसरा नाम 'सेक्रिफाइस' नहीं?' उसे लगा, उसने जैसे पुस्तक में लिखा कोई वाक्य दुहरा दिया हो।

'तुम्हारे घरवाले क्या कहते हैं?'

'कहते क्या हैं! पिताजी ने खाना-पीना सब छोड़ दिया है। कहते हैं, उनकी लाश पर ही यह सब होगा...।'

'इस बुढ़ापे में उन्हें कष्ट दे रहे हो! उन्हें खुदा न खास्ता कुछ हो गया तो तुम क्या करोगे? तुमसे इत्ता बड़ा कारोबार सम्हाला जाएगा? एक ही दिन में भिखारी बन जाओगे लल्लू मियां...!'

'तो क्या करूं?' विवश होकर वह किनारा टटोलता है।

'...।'

'पिताजी कहते हैं...' वह कुछ सोचता हुआ दुहराता है, 'कि मैं यहां से बम्बई चला जाऊं और वहीं मझली बुआ के पास रहकर पढ़ूं।'

'फिर तुमने क्या सोचा?'

'सोचना क्या है?' वह झटके के साथ सिर हिलाता है, 'क्या करूं'? वहीं चला जाऊं? सच, पिताजी का दुख देखा नहीं जाता। इस बुढ़ापे में बच्चों की तरह रोते हैं। कहते हैं, मैंने उन्हें कहीं का भी नहीं रख छोड़ा।'

वह देखती रहती है, यह भी कैसा व्यक्ति है! जिसने जो कहा, उसे ही ठीक मान लेता है।

दोनों देर तक चुप रहते हैं।

वह सहसा सन्नाटा तोड़ती हुई कहती है, 'उसका तो खैर कुछ न कुछ हो ही जाएगा, पर मेरा क्या होगा?'

'क्यों, तुम्हारा क्या होना है?' वह आंखें मिचमिचाता है, आश्चर्य से।

'मेरा क्यों कुछ नहीं होना है?' वह कुछ गुस्से से कहती है, 'मेरे साथ तुमने जो कुछ किया है, उसका भी कुछ प्रबन्ध करोगे या सीधे बम्बई भाग जाओगे? मेरे पास तो कोई ऐसा लेक्चरार भी नहीं है, जिसका नाम ले सकूं। तुम्हें ही उसका कुछ करना है...।'

'हे भगवान!' वह जैसे सातों आसमान से नीचे गिर पड़ता है।

'सच कह रही हो?' उसकी आवाज बैठ जाती है। रक्त जमने-सा लगता है। उसके होंठों पर वह अपनी हथेली धर देता है, 'परमात्मा के लिए ऐसा न कहो! लोग सुनेंगे तो क्या कहेंगे! पिताजी तो वहीं पर दम तोड़ देंगे!' उसका गला सूख आता है। वह हांफने-सा लगता है।

वह ठहाका मारकर हंस पड़ती है, 'अरे, मर्दों के एक नहीं, इक्कीस विवाह होते हैं। फिर तुम दो-चार में ही घबरा जाओगे तो कैसे चलेगा लाला!'

वह कुछ कह नहीं पाता।

उसके पांव लड़खड़ाने लगते हैं।

सामने पार्क की हरी दूब पर दोनों बैठ जाते हैं।

'बेबी का नाम क्या रखेंगे?'

'...।'

'बम्बई चलो तो दो टिकट खरीदना। मैं भी बुआ के पास रहूंगी...।'

उसके हाथों को वह कसकर दबाता है। दबाता चला जाता है, जैसे गला घोंट रहा हो।

'अर र.. ये क्या? लोग देखेंगे तो क्या कहेंगे! सोचेंगे, पता नहीं ये क्या कर रहे हैं!' अपने को छुड़ाती हुई वह जोर से हंस पड़ती है। अंधियारे में देखती है, 'बस, घबरा गये!' वह मुस्कराती है, 'अच्छा बाबा, जाओ माफ किया! जो होगा, हम खुद भुगत लेंगे। तुम आराम से जाओ बम्बई...।'

उसकी सांस में सांस आती है।

'वहां जाकर खूब मेहनत से पढ़ोगे न?'

'हां।'

'कभी दिल्ली नहीं आओगे?'

'हां।'

'मुझे बम्बई नहीं बुलाओगे?'

'क्यों?'

'क्यों क्या, सुना वहां बहुत बड़ा समुद्र है। डूब मरने में सहूलियत होगी!

गाल पर वह यों ही हलकी-सी चपत लगाता है। उसे लगता है, उसका गाल अभी तक भी झनझना रहा है। अभी तक भी लाल है। वह फिर कलाई पर बंधी घड़ी की ओर देखती है। सोचती है – बम्बई जाने के रास्ते पर उसकी ट्रेन अब कहां तक पहुंची होगी!

संपेरा

संपेरा आया है। चौपाल में बीन बज रही है। बच्चे-बूढ़े, औरत-मरद सब उसके चारों ओर घेरा बनाए बैठे हैं। तरह-तरह के सांप हैं संपेरे की पिटारियों में। बीन बजती है, चौड़ा फन फैलाए सांप झूमता है। संपेरा आंखें मूंदे झूमता है...लोग झूमते हैं... एक समां-सा बंध जाता है।...

पास ही एक झीने घर में बुढ़ऊ रामकेर पालथी मारे, ठोड़ी-घुटने मिलाए, आंखें मूंदे पत्थर की तरह बैठा है। संपेरे की बीन से केवल एक सांप झूम रहा है, पर उसे लगता है, कितने ही विषधर लपक-लपककर फन हिला रहे हैं, जीभ लपलपा रहे हैं और वह जहर की हर चोट को, हर घाव पर मन मसोसे सह रहा है।...

'कौन, संपेरा आया है?...' पत्नी की आवाज से उसकी तन्द्रा-सी टूटी। अचकचाते हुए उसने इधर-उधर देखा और फिर चुप हो गया... बहरा-गूंगा-सा...

इसी तरह गांव में एक संपेरा आया था। एक बार... याद आया उसे... हरे-हरे चमकीले सांपों से पिटारियां भरी थीं। मालाओं की तरह लिपटे कितने ही भुजंग उसके गले में सनसना रहे थे। यह नीलगिरि का बेतिया हरा सांप, यह आसाम के वनों का। यह नेपालराज की तराई का, यह विलायती गहरा हरा-काला और यह पीला मन्दिरों का नाग...!

कुछ दिनों तक संपेरा उसी के औसारे पर रहा, धूनी जमाए। चारों ओर के गांवों में धूम मचती रही। दिन-रात बीन बजती रही...

'बाबा, मैं भी संपेरा बनूंगा...बीन बजाऊंगा। सांप नचाऊंगा। क्यों बाबा, आपको अच्छी नहीं लगती बीन...?' सुच्चन ने एक दिन कहा था। तब वह क्रोध से देखता रहा था पलकें फाड़े...

'निगोड़े, दाढ़ीजार, संपेरा बनेगा मुंहजरे!' कड़ककर इतने ऊंचे स्वर में गरजा था कि सुच्चन का नन्हा-सा तन कांप आया था।

और उसी शाम उसने संपेरे को बुलाकर फटकारा, 'संपेरे, यह अपना ताम-झाम कब उठा रहा है यहां से? क्यों उस मुंहजरे को बिगाड़ रहा है? आज कहता था निगोड़ा...संपेरा बनूंगा। गाय-डंगरों के चारे-पानी का खयाल तो रखता नहीं! मैं बूढ़ा, चल-फिर भी नहीं पाता। मां दुखियारी अन्धी...अकेली औलाद! उस पर तू जादू चला रहा है! घर पर ठौर दी। क्या उसी का यह अहसान'... कहते-कहते क्रोध भर आया। फिर झुंझलाहट-भरे आवेश में बोला – 'जा, निकल जा घर से! अभी निकल जा! इसी वक्त निकल जा...' सांपों की पिटारियां, बीन, झोली सब बाहर पटककर परे रख दीं।

संपेरा गिड़गिड़ाता रहा। देर तक मिन्नतें करता रहा कि कसूर उसका कुछ भी नहीं है। वह क्यों किसी बालक को बहकाने लगा। कौन-सा अच्छा धंधा है यह जिसके लिए वह बहकाए। बीन बजाना, गली-गली घूमना, भीख मांगना, सांपों को नचाना, इससे भी घिनौना काम कुछ हो सकता है, वह सोच भी नहीं सकता। फिर वह भी परबस है। क्या करे! दो टुकड़े पेट में ठूंसने के लिए सब-कुछ करना पड़ता है...

पर बुढ़ऊ रामकेर ने एक न मानी। एक न सुनी। सांझ घिरते ही किवाड़ मूंद दिए और फिर भूलकर भी बाहर की ओर झांका नहीं।

सुबह देखा कि संपेरा पिटारियां बांधता हुआ जा रहा है।

जब वह ओझल हो चला तो उसने वह आंगन अपने हाथों गोबर से लीपा-पोता और तुलसी जल छिड़ककर साफ किया।

सुच्चन को गाय-डंगरों के चारे-पानी का और खलियान से भूसी उठाने का काम सौंपकर वह निश्चिन्त चौपाल में बैठा चिलम गुड़गुड़ाता रहा।

रात को वह देर से लौटा तो अंधियारे में, आंगन के पास से फिर बीन की दबी-सी आवाज सुनाई दी तो वह सहज ही चौंका।

'कौन?' अंधेरे में मुंह फाड़े रामकेर गरजा।

पर, दूसरी ओर से बीन बजती रही। बजती रही। स्वर में कुछ भी उतार-चढ़ाव न आया। तब वह लपककर हाथ से जमीन टटोलता कुछ और आगे बढ़ा,... 'कौन?'

इस बार भी प्रत्युत्तर न मिला।

कुछ और आगे बढ़ा, 'कौन है तू?'

'मैं-एं-एं...!' एक सहमी-सी दबी आवाज आई और बीन जमीन पर जा गिरी।

'सुच्चन!'

सुच्चन को काटो तो खून नहीं।

बूढ़े ने दांत पीसते हुए अपने सूखे पंजे से उसकी गर्दन धर दबोची, 'जारजात... कमीने...कुत्ते...!' दनादन कूटना-पीटना शुरू कर दिया। आंखें मूंदे, पागलों की तरह चिल्लाता हुआ, दोनों हाथ हवा में उछाले मुक्के, चांटे, घूंसे बरसाता रहा।

शोर-गुल सुनकर पास-पड़ोसी इकट्ठे हो गये। पत्नी भागती हुई, आटे से सने हाथों को लिए, किसी तरह रास्ता ढूंढ़ती बाहर निकल आई।

'क्या हुआ? क्या हुआ?' कहते हुए, हड़बड़ाए सभी भागते चले आए।

देखा, बुढ़ऊ के बाल बिखरे हैं। मुट्ठियां भिंची हैं। गुस्से से सारा शरीर कांप रहा है। अंगारे की तरह आंखें धधक रही हैं। दूसरी ओर मुंह छुपाए सुच्चन सिसक रहा है। कपड़े फटे हुए हैं। पांवों पर बीन टूटी पड़ी है।

'देखा, यह ब्राह्मण की औलाद...यह चाण्डाल...संपेरा बनने को कहता है!' चिल्लाकर रामकेर ने कहा, पर कोई कुछ भी उत्तर न दे सका। अवाक् सभी देखते रहे।

'क्यों बे, कहां से लाया बीन?' सिसकते सुच्चन के कान खींचते हुए कहा।

सुच्चन पहले तो कुछ न बोला। फिर बार-बार पूछने, फिर चांटा जड़ने पर हिचकियां भरते हुए बोला, 'जाते समय संपेरा दे गया था।'

'और क्या दे गया था?'

'कुछ नहीं।'

'फिर पिटेगा...फिर झूठ बोलेगा...चमड़ी उधेड़ दूंगा।'

'...'

'बोल न! और क्या दे गया था?'

'यह जड़ी...।' उसने पत्ते में लिपटी दो-चार सूखी गांठें जेब से बाहर निकालीं।

'यह क्या है?'

'सांप को बस में करने की जड़ी। मन्तर।'

'और क्या कह गया वह हरामजादा?'

'कुछ नहीं। कुछ नहीं...।'

'अब तो नहीं छुएगा बीन?'

'ना!' सुच्चन खड़ा न रह सका। माथा दबाए बैठ गया।

उस रात नींद न आई बुढ़ऊ को। अपने टूटे करम को कोसते हुए न जाने क्या-क्या भला-बुरा स्वयं से कहता रहा।

दूसरे दिन पत्नी ने दिखलाया, सुच्चन की एक अंगुली सूजी हुई है। इधर-उधर रबर की तरह जिधर चाहो आसानी से मुड़ जाती है।

सुच्चन की वह टूटी अंगुली फिर कभी ठीक नहीं हुई। यद्यपि मटियारी मिट्टी थोपी। हल्दी-नमक की सेंक लगाई। पर सब व्यर्थ रहा।

कुल दो दिन बीते थे इस घटना के। संपेरा पता नहीं कहां चला गया था। सुच्चन अधिकतर घर पर ही पड़ा रहता। किसी से कुछ भी अधिक बोलचाल न रखता। खाना सामने रख दिया तो खा लेता। शेष कुछ भी 'हां', 'ना' न करता।

तीसरे दिन आधी रात को फिर बीन की आवाज सुनाई दी आंगन में। सुनते ही रामकेर का सारा शरीर क्रोध से फुंक आया। अपने कानों पर देर तक विश्वास ही न हुआ उसे।

हौले से पत्नी को जगाया, 'सुनती हो, वह मुंहजरा सचमुच बौरा गया है। किसी दिन यों ही अब मेरे हाथों मर-मुकने वाला है।'

पत्नी अचरज से देखती रही, 'हां, आवाज तो बीन की जैसी लगती है।'

'जैसी नहीं, बीन ही है। अभी बताता हूं। बताता हूं।' बड़बड़ाता वह आवेश में उठ खड़ा हुआ। पत्नी ने हाथ जोड़े, रोका, पर असर कुछ पड़ा नहीं।

दालान पर पहुंचकर देखा – सुच्चन का बिछौना खाली पड़ा है।

लपककर धीरे से आगे बढ़ा और लाठी की एक गहरी चोट अंधियारे में धर जमाई।

'ओह...' चीखने का स्वर हवा में गूंजा।

'कौन, सुच्चन के बच्चे! कमीने!' कड़ककर वह कह ही रहा था कि सुच्चन आधी नींद से जागा आंखें मलता पीछे से आ खड़ा हुआ, 'क्या हुआ बाबा? क्या हुआ?'

'तू कहां था?' 'भुस की कुठरिया में बैठा था। वहीं आंख लग गयी।'

हतप्रभ-सा बुढ़ऊ फटी आंखों से देखता रहा। दीये के उजियाले में संपेरा कराहता हुआ छटपटा रहा है। माथे से रक्त की धार बह रही है।

'संपेरे! संपेरे!'

संपेरा कुछ भी न बोल पाया।

गले में पानी की कुछ बूंदे उतरीं तो देर बाद कुछ होश आया। संपेरे ने आंखें खोलीं।

'यहां फिर क्यों चला आया, जब एक बार तुझसे मना कर दिया था तो?' उसने संशयभरी आवाज में पूछा।

'एक सांप पिटारी से निकलकर पता नहीं कब कैसे यहां रह गया... उसे ही ढूंढ़ रहा हूं...अगर वह खो गया तो मैं लुट गया। मेरी रोजी चली गयी...' कराहता हुआ संपेरा बोला।

'कौन है घर पर तुम्हारे?'

'पत्नी है। दुधमुंहे बच्चे हैं।'

'सांप कैसा है?'

'पीला, मन्दिर का जैसा। पर है खतरनाक।'

रामकेर ने उसके घाव धोए। पट्टी बांधी। उठाकर दालान पर लिटाया और बिछौना बिछाकर आराम से सुला दिया।

संपेरे ने कुछ दिनों तक दिन-रात बीन बजाकर सांप की तलाश की। पर, फिर कहीं भी वह मिला नहीं। अतः निराश एक दिन चला गया।

कुछ महीने बीत गए। बात आई और चली गई।

सुच्चन ने उसके बाद फिर कभी भी बीन और सांप का नाम लिया नहीं।

बुढ़ऊ ने एक दिन देखा – एक रेशमी डोरे-सा पतला, पीला सांप सीढ़ियों पर से फिसलकर तेजी से झाड़ी की ओर भागा जा रहा है...

उसके सीने पर सच ही सांप लोट गया। अप्रत्याशित आशंका के भय से वह कांप उठा। पर, बोला कुछ भी नहीं।

कुछ दिनों पश्चात् दो-तीन बार वह फिर दिखाई दिया। एक बार पूजाघर में कुण्डली बांध, फन छिपाए, सूत की गोली की तरह उलझा बैठा था। थोड़ी-सी आहट पाकर देखते-देखते तनकर लपलपाता हुआ बाहर की ओर निकल भागा। पर उसका धीरज सीमा तोड़कर उस दिन टूटा, जब वह फन हिलाए बिछौने के ऊपर लपकते दिखा। उसके बाद घर पर पांव धरते ही भय लगता। अंधियारे में देखते ही डर लगता। रात को तनिक-सी आहट मात्र से जग जाता। आंखें फैलाए इधर-उधर देखता, देखता रह जाता..

सांप आखिर सांप है। चाहे छोटा हो या बड़ा, काला हो या सफेद, घर का हो या वन का, उसका भरोसा क्या?

'बाबा, इसे आसानी से भगाया जा सकता है।' सुच्चन ने बूढ़े बाबा की अधीरता भांपते हुए एक दिन कहा।

'कैसे रे...?'

कुछ पल सोचता हुआ सुच्चन बोला, 'यदि किसी संपेरे को बुला लाएं तो आसानी से पकड़ में आ जाएगा और रोज-रोज का संशय भी टल जाएगा।'

बाबा ने कुछ न कहा। मौन को ही स्वीकृति मानकर सुच्चन इधर-उधर घूमा। पर, संपेरा एक जगह बैठा हुआ कहां मिलता?

लेकिन सुच्चन ने भी हार न मानी, 'बाबा, इसे मैं पकड़ लूं...?' डरते-डरते पूछा।

'कैसे रे?'

'बीन बजाकर। फिर कभी भी बीन छुऊंगा नहीं। कसम खाकर कहता हूं।'

'नहीं, नहीं, सुच्चन, तू रहने दे! कहीं कुछ और विचपात मचेगा। सांप का भरोसा क्या?' इतना कहकर वह चुप हो गया। पर मन में धीरज ठहरता न था। बार-बार वही सांप सामने सरकता साफ दीखता – आंखें खोले – आंखें मूंदे।

एक बार देहरी पर पांव पड़ते-पड़ते बचा तो रोंगटे खड़े हो गये।

'बाबा, मैं सांप भगा दूं? आप परेशान क्यों होते हैं? मुझे कुछ भी वह

करेगा नहीं। मन्दिर का सांप है। एक बार कम-से-कम आप मुझे कोशिश तो करने दें। घर पर पांव रखते ही आपका चेहरा भय से स्याह पड़ जाता है। रोज-रोज का यह झंझट कटे तो हरज भी क्या...?'

सुच्चन ने अपने हाथों बीन बनाई।

आंगन में रीता घड़ा लिए, लाठी बगल में दबाए बीन बजाने लगा। घंटों तक बजाता रहा, पर एक नन्हीं चींटी तक न रेंगी।

घर में फिर बहुत दिनों तक सांप दिखलाई न दिया।

एक दिन सांकल पर उलझा छत की ओर लिपट रहा था कि थोड़ी-सी आहट सुनते ही न मालूम कहां दुबक गया। सुच्चन फिर बीन बजाने लगा। बहुत समय बजाने के पश्चात् फन हिलाए, हवा में झूलता, वह रेशमी डोरे-सा सांप लपककर हौले-हौले बढ़ आया...

सुच्चन ने सफाई से उसे देर तक नचाकर, थकाकर, घेरकर घड़े में बन्दकर दिया और कपड़े से मुंह बांध दिया।

सुपुत्र की इस करामात पर बुढ़ऊ को सहज ही खुशी हुई। बीन उसने फिर छिपा ली और घड़े को दूर कहीं फेंक आने को कहा। मन्दिर का जैसा सांप मारना उचित भी तो नहीं लगा।

सुच्चन ने शाम को बतलाया कि वह नदी पर घड़े को बहा आया है।

बुढ़ऊ एक दिन घास के ढेर में दबी रस्सी ढूंढ़ रहा था तो वहां बन्द मुंह का वही घड़ा छिपा दीखा।

स्वयं ही वह क्रोध से बड़बड़ाया। सुच्चन को ढूंढ़ा। मिला नहीं तो खुद ही घड़ा थामे निकल गया। दूर एक खाई में उसने घड़ा जोर से पटका, पत्थर से टकराकर जो चूर-चूर हो गया। पर सांप कहीं भी दिखलाई न दिया।

बुढ़ऊ ने सोचा कि सांझ को खलिहान से लौटकर वह सुच्चन के बच्चे से फिर दरियाफ्त करेगा। कहीं उसने कोई और शरारत कर ली हो...

पर, घर आकर देखा तो देखता रह गया – सुच्चन अचेत पड़ा है। होंठों पर बीन लगी है। बीन पर पीला सांप लिपटा है और गले में नीला-काला दाग पड़ा है और सारा शरीर पत्थर की तरह ठण्डा है...

'सु...उ...च्चन!'– सूखे कण्ठ से सच ही कराहता हुआ स्वर छटपटाया तो पत्नी भागती हुई आई। बुढ़ऊ का सारा शरीर पसीने से भीग आया था।...

'क्या हो गया है आपको?' पत्नी ने चौंककर कहा।

'कुछ नहीं। जरा पानी..।'

पानी पीने के बाद बुढ़ऊ को कुछ होश आया।

'सुनती हो! चौपाल पर बीन बज रही है न आज! सुना, संपेरा आया है। तभी कुछ याद-सी हो आई थी उस निर्दयी की। पता नहीं कभी क्या हो जाता है...' बुढ़ऊ ने उदास स्वर में कहा।

पत्नी ने हाथ थामा, सहारा दिया और भीतर ले गयी, 'आओ, किवाड़ मूंद लें। फिर आवाज नहीं सुनाई देगी...।'

किवाड़ मूंदने पर भी स्वर साफ सुनाई देता रहा। धीरे-धीरे शोर कम होने के बदले उलटा बढ़ता रहा, बढ़ता रहा। अन्त में लगा जैसे कोई द्वार पर ही बीन बजा रहा हो।

बाहर सांकल खटखटाने की भी आवाज आई।

बुढ़ऊ ने बड़ी मुश्किल से द्वार खोला। देखा – बहंगी में पिटारियां बांधे संपेरा बीन बजाता हुआ पैसा मांग रहा है। पीछे से एक बच्चा बीन थामे, एक कटोरी पकड़े खड़ा है।

बच्चे की ओर वह देखता रहा।

'संपेरे, यह बालक तुम्हारा है न?' बुढ़ऊ ने न मालूम क्या सोचते हुए पूछा।

'हां।'

'क्या उम्र होगी इसकी?'

'यही सात-आठ साल।'

'ऐसा ही एक बच्चा हमारा भी था।' बहके स्वर में बुढ़ऊ ने कहा – 'पर भगवान् ने छीन लिया।'

संपेरे के मन में सहज ही संवेदना जागी। कुछ रुककर उसने पूछा–'कितने बरस हुए हैं?'

'कोई सात-आठ बरस।'

बुढ़ऊ ने आगे बढ़कर देखा – उसके गले में वैसा ही काला दाग है। हाथ की एक अंगुली टूटी हुई है – रबर की तरह जिधर चाहो, मुड़ जाती है...

'यह दाग जनम से है न?'

'हां।'

'यह अंगुली भी?'

'यह भी।'

अवाक् बुढ़ऊ देखता रहा–

'क्यों रे – तू मुझे जानता है रे!' बूढ़े ने उसे गोदी में भरते हुए भर्राये स्वर में पूछा।

बच्चा अजनबी की तरह देखता रहा – 'नहीं तो!'

'बीन बहुत अच्छी लगती है तुझे?'

'हां।'

'बीन बजाना आता भी है तुझे?' कुछ रुककर उसने फिर पूछा।

वह कुछ बोले, उससे पहले ही संपेरा बोल उठा, 'मालिक, यह तो मुझसे भी अच्छी बीन बजाता है। ऐसी कमाल की बीन बजाने वाला हम संपेरों की जमात में लोग कहते हैं, कोई आज तक पैदा नहीं हुआ। बजा तो रे, जरा सुना तो मालिक को!'

बच्चा घुटने मोड़े, गाल फुलाए, बीच आंगन में बैठ गया। बीन बजती रही, लोग झूमते रहे...

बीन कब थमी, उसे पता नहीं। केवल सजल पलकों से वह शून्य में देखता रहा।

संपेरे ने पैसे मांगे, तो उसने मुट्ठी में दबाए – बूंद-बूंद संजोए – ढेर सारे पैसे उसके हवाले कर दिए।

जब वे जाने लगे तो बुढ़ऊ का धीरज टूटने लगा। उसने प्यार से बालक का मुंह चूमते हुए भीगे स्वर में पूछा – 'क्यों रे, अब कब आएगा इधर? यों कब तक सताएगा? निर्दयी! ऐसा कौन-सा अपराध हुआ जिसकी यह सजा दे रहा है...' कहते-कहते उसका स्वर टूट आया।

बच्चे ने कुछ भी उत्तर न दिया। मौन भाव से एक बार उसकी ओर देखा और फिर चला गया।

अन्तराल

ज़मीन पहले से कुछ अधिक कट गई है। जंगल रूठकर दूर चले गए हैं। पुराने मकानों की जगह सेब के नये पेड़ उग आए हैं। कई वृक्ष अब बड़े-बड़े मकानों में बदल गए हैं...

अपनी आंखों पर मुझे विश्वास नहीं हो पा रहा – जिन कच्ची, छिछली सड़कों पर पहले घोड़े तक नहीं चढ़ पाते थे – अब उन्हीं पर बड़ी-बड़ी मोटर गाड़ियां दौड़ रही हैं...

कहते हैं – पासी पण्डल गत वर्ष गुजर गए। मरते समय उनकी अवस्था एक सौ चालीस साल की थी...

बचपन में जिस पाठशाला में कभी हम पढ़ते थे – आज उसे देखने गया तो वहां गेहूं के पौधे लहलहा रहे थे। टूटी हुई इमारत के पत्थरों को बटोरकर किसी दूरदर्शी अनुभवी आदमी ने देसी दारू की दुकान खोल ली थी...

इस सारे कस्बे में पहले कुल मिलाकर सात-आठ दुकानें थीं – डाकखाने और पाठशाला की अलग-अलग इमारतें! पर अब देखता हूं – सारा-का-सारा नक्शा बदल गया है...

कस्बे के बीच एक तिमंज़िला मकान तनकर खड़ा हो गया है – सीमेंट और लोहे की छड़ों वाला – सफेद। ऐसे मकान यहां सब जगह नहीं, बल्कि कहीं-कहीं दिखलाई देते हैं – विशेषतः बड़े कस्बों में। लोग कहते हैं यह मकान आन्देव का है...

आन्देव कभी गायें चराता था। तम्बाकू भरता था। पिताजी के साथ घोड़े खरीदने भोट-तिब्बत जाता था। बाद में कहते हैं – उसने चाय का खोखा खोला था। फेरी लगाकर कालि-पार (नेपाल) कपड़ा बेचता था और लगे हाथ 'काली बूटी' का काला व्यापार आरम्भ कर दिया था।

काली बूटी ने बहुत-से बड़े-बड़े गुल खिलाए। फिर बेचारे आन्देव के लिए भी वह फलीभूत हो गयी, तो इसमें आश्चर्य क्या!

कल मैं परम 'का के घर गया था। पहले विश्वयुद्ध में उन्होंने इटली के मोर्चे पर 'विक्टोरिया-क्रॉस' जीता था। बड़े ही मिलनसार। खुशमिज़ाज। उन्हीं के प्रोत्साहन पर मैं इतना पढ़ पाया था...

देवदार के वृक्षों से घिरे उनके आंगन में पहुंचकर, उन्हें पुकारने लगा तो पास-पड़ोस की बहुत-सी खिड़कियां सहसा खुल पड़ीं। कुछ लोग घर से बाहर निकलकर विस्मय से मेरा मुंह ताकने लगे। एक अधेड़-सी औरत, पत्थर की चौड़ी सीढ़ियां टटोलती मेरे पास आयी और सुरकने वाले कपड़े के बन्द बटुवे-सा मुंह खोलती हुई बोली, 'क्या हो गया है तुम्हें?'

मैं हैरत में! इसमें 'क्या' होने जैसी कौन-सी बात है!

'परम 'का का घर यही है न!'

'हां! हां!' दूसरी ओर से झुंझलाई आवाज़ आयी।

'वे घर पर हैं? मुझे मिलना है...'

'अरे, तुम यह क्या कह रहे हो?' औरत चीख-सी पड़ी, 'कौन हो तुम? क्या किसी नयी जगह से आए हो? अरे, उन्हें मरे तो अब पन्द्रह साल से भी ऊपर हो गए हैं...!'

हतप्रभ-सा मैं देखता रहा, जैसे किसी ने मुझे हवा में उछालकर, औंधे मुंह धरती पर पटक दिया हो!

मैंने प्रत्युत्तर में क्या कहा, अब याद नहीं। हां, मैं बड़ा परेशान-सा लौट आया था। चौबटिया के पास पहुंचकर मैंने किसी राह चलती वृद्धा से, अंगुली से पीछे की ओर इशारा करते हुए पूछा था, 'वोऽ, जो अपने आंगन की मेंड़ पर खड़ी है – वोऽ अधेड़-सी औरत कौन है?'

तरस खाकर उसने देखा, 'च्चऽ! तुम नहीं जानते?' उसके शब्दों में उपेक्षा का-सा भाव था, 'परमा थे न पहले! लाम वाले! उनकी छोटी लड़की है – तुली! जब से विधवा हुई – यहीं रहती है।'

वह चली गई। मेरे सिर के भीतर, आर-पार पारे की ठंडी लकीर की तरह तैरता कुछ निकल जाता है। हां, जिस साल मैं पढ़ने के लिए अल्मोड़ा गया था, उसी साल परम 'का की किसी एक लड़की के विवाह की बात चल तो रही थी...

उस फूल-सी कोमल, दूधिया लड़की की, इस 'रूप' में मैं कल्पना तक करने को तैयार न था। अतः मैं सोच लेता हूं – वह कोई और होगी।

जिस दिन शाम घर पहुंचा था – एक बूढ़ा व्यक्ति हमारे आंगन की मेंड़ पर बैठा नारियल गुड़गुड़ा रहा था। भोट के ऊनी पट्टू का वैसा ही लम्बा कोट था, वैसा ही ढीला चूड़ीदार पाजामा, वैसी ही सफेद घनी मूंछें – ठीक वैसी ही – जैसी पिताजी की हुआ करती थीं।

क्षण-भर के लिए हवा थम गई! धरती रुक गई! ठिठककर मैं सोचने लगा – कहीं पिताजी तो नहीं।

दूसरे ही क्षण भ्रम तार-तार बिखर जाता है। पिताजी का देहान्त तो मेरी आंखों के सामने हुआ था। श्मशान से जब लौटे तो खूब बारिश हुई थी। ठुल' दा के साथ-साथ मैंने भी सिर मुंडाया था। उस भयंकर सर्दी में, हम लगातार दस-बारह दिन तक, नदी के बर्फीले पानी में ठिठुरते हुए नहाये थे...

'किसे ढूंढ रहे हो, भईऽ?' मुझे कोई बटोही समझकर, सामने से, बिखरी हुई आवाज़ आती है।

आवाज़ सुनते ही मेरे सारे शरीर में बिजली की-सी लहर दौड़ जाती है। मुझे पहचान पाने में फिर समय नहीं लगता।

लपककर मैं चरण छूने लगता हूं, तो वे पीछे हट जाते हैं, 'मैंने पहचाना नहीं! आंखें कम...देखता हूं...ऽ!'

'अरे मैं तुला हूं...ठुल' दा।'

'तु-ला...!' अविश्वास से वह मेरी ओर देखते हैं, टटोलने की दृष्टि से–'कौन, तू हमारा तुला... है...!' वह विस्फारित नेत्रों से देखते हैं और फिर बच्चों की तरह लिपट पड़ते हैं। उनकी भूरी आंखों से खुशी के आंसू छलक पड़ते हैं।

बहुत देर तक उन्हें सच नहीं लगता कि मैं तुला हूं। जीवित हूं। उनके सामने खड़ा हूं।

एक छोटा-सा बच्चा भागता हुआ भीतर जाता है और मेरे बैठने के लिए फटा काला कम्बल लाता है।

'इत्ता अर्सा हो गया – पूरा एक जुग! पर तूने कभी कुसल-पत्तर तक नहीं...!' बड़े भैया भाव-विह्वल होकर कहते हैं।

'अम्मा ने मरते समय तक तेरे ही नाम की रट लगा रखी थी। मृत्युशैया पर पड़ी–उनकी आंखें दरवाजे पर टिकी रहीं! जो कोई आता, उसी का हाथ झकझोरती हुई पूछतीं – तूने हमारा तुला तो नहीं देखा...!'

'लोग कहते थे कि तू मर...।' ठुल' दा का गला भर आता है।

इस ठंड में मात्र फटी ठंडी कमीज टांगे एक बच्चा, हुक्के में तम्बाकू भरकर लाता है – बहती नाक से सुलगते कोयलों के ऊपर फूं-फूं करता हुआ।

अंधेरा कुछ बढ़ गया है। घरों में दीए जलने लगे हैं। लोग खेतों से उठकर, घरों की ओर आ रहे हैं। सामने बटिया से एक अधेड़ औरत गुज़रती है। एक हाथ से बछिया के गले में बंधी रस्सी, दूसरे से सिर पर धरा हरी घास का भारी गट्ठर थामे! इस उमर में भी इतना लम्बा घूंघट!

ठुल' दा सामने निगाहें पड़ते ही, उसी विह्वल स्वर में चहक पड़ते हैं – 'हं, ओ नन्दा की इजा! तू पहचान रही है? अरे, हमारा तुला आ गया है!... देख, मैं कहता था न कि वह जरूर आएगा...!'

भाभी के पांवों की ओर झुकता हूं तो वे सकपका-सी जाती हैं।

उनके सिर के आधे से भी अधिक बाल सन की तरह सफेद हो गए हैं। चेहरे पर अनगिनत झुर्रियां। काली-काली झाइयां। अधफटे मैले कपड़े। कभी वह कितनी सुन्दर थीं!

भीतर सिगड़ी में आग सुलगने पर, हम सब जने उठते हैं। भैया पास-पड़ोस में गुड़ बांटते हैं, कि उनका तुला जिन्दा है। बीस वर्ष बाद घर आया है।

एक कोने में आग का पीला-पीला प्रकाश! किसी एक कोने में, कहीं देवताओं के पास, एक छोटा-सा टिमटिमाता दीया। शेष सब जगह अंधेरा, बाढ़ के ठंडे पानी की तरह फैला।

जब तक पिताजी जीवित थे, इस घर में कैसी रौनक लगी रहती थी! पेशकार, अमीन सब हमारे ही घर ठहरते थे। दिन-रात मेला लगा रहता था...

'गंगा घर का काम सम्भालेगा। तुला पढ़-लिखकर पटवारी बनेगा।' पिताजी अक्सर अम्मा से कहा करते थे, 'जिसके दो लड़के खाने-कमाने वाले हो गए, उसे और क्या चाहिए! तू बड़ी भागवान है – गंगा की इजा, बैठी-बैठी राज रचेगी।'

सामने रस्सी पर झूलते चीथड़े और पीली मिट्टी से पुती टूटी दीवारों की ओर देखने मात्र से समझता हूं – अम्मा ने कैसा राज रचाया होगा!

जिस साल मैं घर से भागा था – अम्मा जीवित थीं। और पहली पत्नी के गुज़र जाने के बाद, ठुल' दा की दूसरी शादी हुई थी...

टहलता-टहलता अपने गौशाला वाले घर की ओर बढ़ता हूं। पता चलता है–वह घर अब हमारा नहीं, किसी और ने खरीद लिया है। नीचे गोठ में किसी की गायें हैं – जहां कभी हमारे भोटिए घोड़े बंधे रहते थे!

रात के भोजन के बाद, हाथ धोने के लिए, सीढ़ियों की बग़ल में, पाटी की ओर पांव बढ़ा ही रहा था कि औंधे मुंह नीचे गिर पड़ा।

ठुल' दा चीड़ का जलता छिलका उठाए बाहर की ओर लपके–'अर-र्-र्, कैसे गिर पड़ा, तुला?'

मैं उन्हें कैसे समझाता कि पहले यहां कभी हाथ-मुंह धोने और धूप तापने के लिए चीड़ के तख्तों की चौड़ी पाटी होती थी। मुझे क्या पता था कि अब वह नहीं है!

पिछवाड़े की ओर दो दरवाज़े थे, जो अब दीवारों में बदल गये हैं। आंगन पहले इतना छोटा नहीं था, न इतनी सीढ़ियां ही!

मैं तार 'दा के घर जाता हूं। पता चलता है कि उन्हें गांव छोड़े अब आठ साल हो गए हैं। उन्होंने तराई-भाभर में अपना 'फारम' बना लिया है। सब वहीं रहते हैं। यहां केवल उनकी बूढ़ी मां हैं – घर की रखवाली के लिए।

कहते हैं – गांव में पीने के पानी की समस्या हल हो गई है। नया नौला बन गया है। उसी के पास जंगल से लीसा ढोने की नयी सड़क। मैं भाभी से पूछता हूं, 'हमारे आंगन के किनारे एक 'कागजी अखरोट' का पेड़ था न!'

भाभी की समझ में नहीं आता कि मैं यह क्या कह रहा हूं, 'यहां तो अखरोट का पेड़ कभी नहीं था..!' वह बुदबुदाती हैं।

'सबसे बड़ा नन्दा है', ठुल' दा बतलाते हैं, 'खेतीखान के हाईस्कूल में पढ़ता है। उससे छोटी लछमी, ब्याह के बरस ही गुजर गई थी। चन घर का काम देखता है...'

मैं देखता हूं – सबसे छोटा ठुल' दा की गोद में सो रहा है। उससे बड़ा, अपने भाई की मात्र फटी कमीज पहने, दरवाजा पकड़े, सहमा-सहमा-सा मेरी ओर देख रहा है...

भैया कहते हैं, 'अम्मा और बुआ का देहान्त एक ही साल हुआ था। बुआ केवल एक दिन बीमार रहीं। किसी के हाथ का भरा पानी तक नहीं पिया।... हमारा नन्दा उसके दूसरे साल पैदा हुआ था।

छोटी बहन माधवी के विषय में पूछता हूं तो भैया मेरा मुंह ताकते हैं। बतलाते हैं – 'हरकिशन मामा भी अब नहीं रहे।... विपिन के पिताजी गुज़र गए! जिनुवा दर्जी ने जोग ले लिया!... मरने के लिए हरिद्वार चला गया था...ठाकुर के तीनों लड़के कच्छ के रन में मारे गए।...रामजी अपनी जमीन मरते समय स्कूल के नाम कर गया था। रूपदेव टी.बी. से मरा था। उसका छोटा भाई विक्रम पानी में डूबकर!...हरिबल्लभ की कोई आन-औलाद नहीं रही। अब वह अपने भतीजे के पास चला गया है। कहते हैं – वह पागल हो गया है।'

मुझे आश्चर्य होता है कि एक साथ ये सब लोग कहां चले गये हैं? मेरे जाने से पहले के प्रायः सभी बूढ़े मर-खप गए हैं। बहुत-से अधेड़ लाठी का सहारा लेकर, रुक-रुककर चलते हैं। शीशे के गिलास के पेंदे से भी मोटा शीशा पहनते हैं। जिन्हें मैं हट्टा-कट्टा जवान छोड़ गया था – उनकी मूंछों तक के बाल सफेद हो आए हैं। जो अब जवान, बाल-बच्चे वाले दीख रहे हैं – वे तब शायद पैदा भी नहीं हुए थे!

बहुत-से लोग – नाते-रिश्ते वाले मिलने आते हैं, उनमें से शायद ही किसी को मैं पहचान पाता हूं।

आज सुबह बिस्तर से उठ ही रहा था कि झबरैली दाढ़ी वाला, एक जवान लड़का, खाकी नेकर पहने, मुझे झुककर नमस्कार करता है। कहता है, 'ताऊजी, आपको पिताजी ने याद किया है।'

मैं असमंजस में पड़ूं इससे पहले ठुल' दा मेरी विवशता ताड़ जाते हैं।

कहते हैं, 'हमारे कृपाल 'दा हैं न! छोटे चाचाजी के घर में – उनका बड़ा लड़का है महेश। बी.ए. पास करके अब यहीं मास्टरी कर रहा है...।'

बी.ए. पास करके मास्टरी करने वाला लड़का मुझ अजनबी को एक नये घर में ले जाता है। देहरी के भीतर घुसते ही ढेर सारे बच्चे टिड्डियों की तरह घेर लेते हैं।

लम्बा, लाल घूंघट काढ़े एक नव विवाहिता मेरे पांवों की ओर झुककर प्रणाम करने लगती है तो कृपाल 'दा कहते हैं, 'अरे तुला, तू इसे नहीं पहचान रहा है? यह हमारे किशन की बहू है। इसी फागुन में तो शादी हुई है। तेरी भाभी की तन्दुरुस्ती अब ऐसी ही रहती है यार! तेरी तरह खिला परदेस में ही रहने का आदी हो गया है। बरेली में है। कभी उसे चिट्ठी भेजना! परदेस में अपनों का ही सहारा होता है...!'

कृपाल 'दा यह क्या कह रहे हैं? किशन कौन है? खिला कौन? मेरी समझ से सब परे की वस्तुएं हैं। मुझे सूझता नहीं, मैं कहां आ गया हूं? कस्बे के नाम के अलावा अब पुराना कुछ भी तो नहीं, जिसे परिचित कह सकूं!

मैं सोचता था – सहसा मुझे सामने खड़ा देखकर अम्मा कितना खुश होंगी! बुआ बार-बार मेरा मुंह मसारकर रोने लगेंगी। माधवी के घर जाऊंगा तो वह फूली न समाएगी। ताऊजी मेरे आने की खुशी में 'सत्य नारायण' की कथा करवाएंगे। परम 'का अपनी बड़ी-बड़ी मूंछें उमेठकर मुझसे चीन और पाकिस्तान की लड़ाई के बारे में पूछेंगे या इटली के मोर्चे की साहस-भरी कहानियां सुनाएंगे। परम 'का को इस बात का कितना गर्व था कि उन्होंने नेताजी से हाथ मिलाया था!

मेरा मन उमड़ आता है। एक दिन गुजार पाना भी असम्भव-सा लगता है। अपने साथ जो सामान लाया था, सब इधर-उधर बिखेर देता हूं।

यहां तुला नाम का कोई आदमी कभी रहता था, सब भूल-भुला गए हैं। बहुत बार बतलाने पर, तरह-तरह से परिचय देने के पश्चात् बहुत कम लोग सिर हिलाकर पहचान पाने का अभिनय करते हैं।

एक दिन मैं चलने लगता हूं तो बच्चे उदास हो जाते हैं। ठुल' दा दूर तक छोड़ने आते हैं। कहते हैं, 'यहीं क्यों नहीं रुक जाता? दोनों मिलकर काम करेंगे तो गुजारा और भी आसानी से चल जाएगा! अरे, भाई का सहारा कुछ कम

होता है?' ठुल' दा का गला भर आता है। इससे आगे वह कुछ नहीं कह पाते चबैने की पोटली मेरी ओर बढ़ा देते हैं...

बस-स्टेशन के पास, खोखे में चाय पीने लगता हूं तो दुकानदार स्वयं गिलास धोकर लाता है। मैं देखता हूं – चाय के ऊपर ढेर सारी मलाई तैर रही है...

बस में बैठता हूं। कंडक्टर टिकट नहीं देता। कहता है, 'हद्द हो गई! अपनी गाड़ी में आपको लेने दूंगा? आप नहीं पहचान रहे हैं तुल 'का, मैं देवा का छोटा भाई हूं।... पिताजी ने कहा है कि आपको टनकपुर में रेल गाड़ी में बिठला आऊं।... अपने आदमी के दरसन कब-कब होते हैं...?' मेरा हाथ पकड़कर वह जबरदस्ती ड्राइवर की बग़ल वाली सीट पर बिठला देता है...

बस चलने लगती है तो मैं पीछे मुड़कर देखता हूं–मुझे ठीक वैसा ही लगता है, जैसा बीस साल पहले, घर से पहली बार निकलते समय कभी लगा था...

अन्ततः

बावला है बिरजू, निरा बावला! जब से गोसाईं बाबा गए, बूढ़ी बिनियां ने अपने मुंह के टुकड़े से पाला-पोसा! पर टूटे करम की रेख मिट न पाई। बरम-देवता की धूनी पर जा उसने कम मान-मनौती न की। तीरथ-बरत के लिए टका कहां! लेकिन ऐसा कोई दिन नहीं, छिन नहीं, जब उसने हरजी के थान में जा अपनी विपदा न सुनाई। परमेसर तो सबकी सुनते हैं, पर उसी के भाग फूटे – तो क्या!

सबके लड़के लौ-लगन से मिहनत-मजदूरी करते हैं। रूखा-सूखा कुछ तो पेट को मिलता ही है। किन्तु बिनियां का बिरजू कुछ नहीं करता। दिन-भर ठाला फिरता है। कहीं कूड़े के ढेर से जली-बुझी बीड़ी के टुकड़े बटोर लिए। किसी के फटे-पुराने से तन ढांप लिया। जूठा-मूठा कहीं कुछ मिल गया तो ठूंस लिया, नहीं तो राम का नाम भज, फटी चादरिया तान ली।

बुढ़ापे के भार से बिनियां की कमर झुक आई। बाल सन की तरह सफेद हो गए। मुरझाए मुखड़े पर अनगिनत रेखाएं घिर गईं। आंखों की जोत भी अब उतनी न रही। फिर भी दिन-रात मिट्टी से सनी रहती। बरखा-घाम, सांझ-सकारे की कुछ भी परख न थी उसे। दो दुध-मुंहे, अनाथ धेवते खांव-खांव कर घर आते ही चिपट जाते। बिरजू झाड़-पोंछकर सब दिन में ही साफ किये रहता। सबके घर दिन में दो बार चूल्हे जलते हैं! पर अभागी बिनिया अपनी रीती हंडिया में क्या उबाले! उपलों की आंच में क्या सेंके! चूल्हा तो रोज ही जलता, लेकिन अधिकतर केवल धुंए का गुबार उमड़कर रह जाता।

'फूल डोल' के मेले में इस बरस नौटंकी आई है। किसन महाराज

की लीला है।... गांव-भर के छोटे-बड़े सभी छोकरों में दिनों से सूं-सां हो रही थी। अन्त में जब सच ही दसमी का दिन आया, सच ही सब मेले गए तो बिरजू भी अपने को जाने से रोक न पाया। वह भी पीछे-पीछे चल पड़ा। सभी ने दो पैसे, आने, दो आने के टिकट खरीदे। ठाठ से अन्दर घुसे, पर बिरजू के पास पैसे कहां! टिकट कहां! फिर उसे अन्दर जाने भी कौन देता? अतः द्वार पर ही झिड़ककर परे धकेल दिया।

गैस-बत्तियों की रोशनी, गाने-बजाने की आवाज, बाहर-भीतर की चमक-दमक उसे बड़ी भली लगी। बहुत रात तक वह टिन की चादरों की ओट से, इधर-उधर से, छेद-सूराखों से ताक-झांक करता रहा।

आधी रात गए, बड़ी मुश्किल से घर लौटा। किसन महाराज की लीला छोड़ने का मन न होता, लेकिन जब कोई जबरदस्ती धकेलकर ले ही चला तो क्या करता!

रास्ते में ही कभी वह एक पांव पर खड़ा होकर बंसुरिया बजाने का स्वांग भरता, कभी रास-लीला का। कभी कहीं पेड़ की लटकती जड़ दीखती, उसी को दोनों हाथों से कसकर जकड़ लेता और नाग-मर्दन की तरह देर तक हवा में इधर-उधर घुमाता रहता। फिर किलकता, उछलता-कूदता। ग्वाल-बालों की तरह चौकड़ी भरता। और फिर कभी ठिठक पड़ता। बिरहिन गोपिकाओं की तरह हाथ हवा में उछाल-उछालकर सीने पर पटकता और अनायास अकारण रो पड़ता।

लोग ये करतब देखकर, ठहाका मारकर हंसते, लेकिन बिरजू को क्या!

घर लौटकर सोया, पर नींद कहां!

दूसरे दिन भोर उगते ही अम्मा से बोला – 'माई, हम भी गैया-बछिया चराएंगे। कनाई महाराज बनेंगे। बस, एक बंसुरिया ला दे। बोल, रोज माखन-मिसरी देगी न!

'किसकी...गैया चराएगा? घर मा खूंटी भी गड़ी है एक?' खीजती हुई बुढ़िया माई बोली, 'माखन-मिसरी ही भाग मा होती तो ये फुटहा करम लेके झुपड़िया मा जनमतो ही काहे को?'

बिरजू चुप बैठने वाला कब था! सुबह उठते ही पड़ोसिन मनियां की गाय-भैंस खोलने लगा तो हाथापाई तक की नौबत आ गई, गाली-गलौच से–'निगोड़े, दाढ़ीजार, हब हींने सीख लिहौ.....!' सबने फटकारना शुरू किया।

तब दिन-भर चदरिया कन्धे में झपकाए सारे गांव का चक्कर काटता रहा। पर इस पागल के हवाले अपने ढोर-डंगर करता कौन! अन्त में अमराई के उस पार नजर पड़ी। देखा – बिसनुवां के दो बैल चर रहे हैं। लाठी लिए उधर बेसुध भागा और उन्हें ही जंगल हांक ले चला।

शाम को ठीक समय पर वापस भी लौट आया। बिसनुवां के आंगन में उन्हें खड़ा कर बोला – 'कनाई महाराज खड़ा है, बिसनुवां! देओ माखन-मिसरी!'

बिसनुवां झुपड़िया से बाहर आया। देखा कि बैल आज अघाकर गरगज बने हैं। अचरज से बोला – 'बिरजुवा, बैलन को जंगल ले गयासि रे!'

'बिरजुवा बोलत है गंवार!' तुनककर बिरजू बोला, 'महाराज कनाई बोल! देओ, माखन-मिसरी! महाराज जात हैं।'

बिसनुवां की बहू किवाड़ की ओट खड़ी झांक रही थी। गुड़ की डली लाती हुई मुस्कराकर बोली – 'लेओ लल्ला! गैया चराय के मिलत है माखन-मिसरी, बैल चराय के नहीं। अगहन मा परमेसर ने सुनी तो गैया खरीदेंगे, तब मिलेगी महाराज को माखन-मिसरी।'

इतने पर ही बिरजू सन्तुष्ट होकर चला गया। जब-तब यही उसका नेम नियम हो चला। बिसनुवां के बैल अघाकर हाथी हो गए। एकाध डली गुड़ कनाई महाराज को भी मिलती रही। उसी पर वे मगन रहे। हाथ में निगाले की बांसुरी, माथे पर मोर-पखना, पीठ में काली कमलिया लिए फिरते रहे...

इस साल खबर उड़ी कि हरिनपुरा में राम-लीला होगी। सात-आठ दिन तक रहेगी। खूब रौनक-रंग, धूम-धाम मचेगी। तब वह भी एक बंसुरिया, मोर-पखना लिए जा धमका। चौधरी चाचा कमेटी के परधान, करता-धरता थे। अतः उनके पास जा, विनती के, किसी हद तक शिकायत के सुर में बोला–'कुमनियां, हरीस को तो राम-लछिमन को पाठ दिहों और कनाई महाराज की कौनो खबर नहिं!'

चौधरी चाचा क्या करते! क्या कहते इस बावरे से! कुछ सोचकर, टालते हुए बोले–'रामलीला मा तो राम-लछिमन ही होते हैं, किसन-कनाई नहीं। जब महाराज की लीला होगी तो कनाई का पाठ तुम को ही दिया जायेगा।...जाओ, मोर-पखना सम्हालिके धरो। बकत पर काम आवेगा।...'

बिरजू की सहज बुद्धि ने सहज ही इसे भी स्वीकार कर लिया। ठीक ही तो कहते हैं काका! राम-लछिमन की लीला में महाराज का पाठ कहां से आएगा!

लेकिन फिर भी वह रोज, बिना नागा लीला देखने जाता। सीता-हरन और दसरथ-मरन के दिन तो वह सच ही फूट-फूटकर रोने लगा। भरत की भ्रातृ-भक्ति पर उसकी अगाध आस्था थी, किन्तु उससे भी अधिक प्रभावित था–बजरंग से। अयोध्या की चमक-दमक, जनकपुरी का वैभव-विलास, कुछ भी उसे अपनी ओर खींच न पाया। बस, लम्बी पूंछ वाले राम-भक्त हनुमान का ही पुजारी बन बैठा वह। लंका-दहन के दिन तो और भी बावला हो उठा। 'बजरंग बली की जै...जै...जै...।' कहता हुआ स्टेज की तरफ आंखें मूंदे लपका तो दो-चार स्वयंसेवकों ने रोक लिया। अनेक तरह से समझाया-बुझाया, नहीं तो न जाने क्या कर बैठता।

दूसरे दिन से वह रोज़ बजरंग-देवधर दद्दा के घर जाकर बड़ी श्रद्धा से प्रणाम करता। बजरंग की छाप उसके अबोध हृदय पर ऐसी पड़ी कि मोर-पखना, बंसुरिया, बिसनुवां के बैल सब भूल गया। अपने को ही होने वाली लीला का बजरंग समझने लगा अब।

लोद की टेढ़ी-मेढ़ी लकड़ी की लम्बी पूंछ बना ली। मुगदर पर फटे-पुराने चीथड़े लपेटकर हनुमान की गदा भी बन गई। दिन-रात उन्हीं के साज-श्रृंगार में लगा रहता। जो कोई भी मिलता, उसी से कहता–'येई साल बजरंग जल्दी ही लंका जराय डारेंगे। सीता माई के हरन ते पहले ही रावन राकस मारि डारेंगे...।'

दिन-भर फिरकर अन्त में सन्ध्या को घर आता। आते ही चट् पूछता–'माई, आज तू किसके खेत मा काम करने गई?' माई के मुख से, कहीं भूल से सुमेर पधान का नाम निकल पड़ता तो उसकी सारी देह फुंक जाती। दांत पीसकर क्रोध से कांपते हुए चिल्लाता वह–'राकसनी है तू!

फिर रावन के खेत मा काहे गई? राम-लछिमन के खेत मा जाओ! भिभीसन-सुगरीव महाराज के खेत मा जाओ। जनक महाराज के खेत मा जाओ! मुला, रावन के खेत मा गई तो बजरंग तोरी झुपड़िया जराय डारेंगे! कमर तोड़ि डारेंगे!...' वह आवेश में मुगदर घुमाने लगता। लीला के बजरंग की तरह हाथ-पांव नचाना शुरू कर देता।

एक दिन न जाने क्या लहर चढ़ी। परेशान-सा सीधा भगीरथ मुदरिस के घर जा धमका। शायद सारी रात सोया नहीं। आंखों में लाल डोरे साफ झलक रहे थे। लीला के हनुमान की तरह राम को दण्डवत् प्रणाम किया। घुटनों के बल खड़ा, दोनों हाथ जोड़ता हुआ फिर बोला – 'महाराज, बात तो बताओ!... बजरंग ने लंका जराई। महाराज अपने हाथों रावन मारि हों! पर रावन तो हम रोज हि देखते हैं महाराज!'

'कहां?' सहज विस्मय से भगीरथ ने पूछा।

'तिमंजिला मा बैठि के तिजारत करत है!' बिरजू उसी रफ्तार से बोला, 'गांव को पधान बनत है। आवत बार बुलावत रहा। 'तमाखू खाओ बिरजुआ' बोलत रहा। हम थुक् के धुतकार देहन – 'हम बिरजुआ नहीं, बजरंग हैं। हम महाराज के घर जात हैं। रावन, तू देखत का है! तोरि लंकापुरी अब के हम जराय डारेंगे!...'

'हिं...स!...स...!' जीभ काटते हुए भगीरथ बोले, 'यह क्या! सुमेर पधान का घर जलाने को कहता है! कहीं सुन लिया तो खाल उधेड़ देंगे तेरी। जानता नहीं, महाजन है। दो गांव के पधान! सच, बिरजू, तू बौराय गया है रे!'

सांप की तरह फुफकारता बिरजू बोला – 'कहत का हो! महाराज होकर डरत हो! तुम राज-पाठ करो। हम जराय डारेंगे लंका सारी!'

'चुप-चुप' कहते हुए भगीरथ चुप कराने लगे, लेकिन दूसरी ओर आग पर घी छूट रहा था – 'लीला में तो धनुष लै के रावन मारत हो! यहां चुप-चुप करात हो! महाराज होकर का तुम भी डरत हो?'

'लीला तो लीला है बिरजू! ऐसी बातें नहीं बकते। मेरी मुदरिसी खतरे में पड़ जाएगी। तेरा क्या है! तू तो रोज का फिरवा है...मैं बाल-बच्चे वाला...!'

बिरजू उबल पड़ा–'तो हमें बताओ...झूठ-मूठ लीला गढ़ देते हो! पण्डत होके झूठ लीला रचत हो! पाखण्ड करत हो!'

भगीरथ क्या कहे। क्या कह के समझाएं-बुझाएं। 'लीला तो लीला

है। उसकी बात और है, बिरजू...! यह तो घर की बात है...!' खिसियाने स्वर में बोले।

'असत् बोलत हो! डरत हो राकस से! झूठ लीला रचत हो! निगोड़ा! रावन मरिके उठत है! जिन्दा होई जात है! तिमंजला मा बैठि तिजारत करत है! ढोर, गंवई-गंवार समझ के हमको ठगत हो! धोखा देत हो! झूठे राम बनत हो!... पहले अब रावन की लंका नहीं, झूठे राम – तोरि अजुध्या जराय डारेंगे।...फूंक डारेंगे दुनिया सारी। चाण्डाल...ठगत हो हमें...!'

आवेश में वह मुगदर नचाता हुआ बाज़ की तरह झपटा। लोगों ने किसी तरह बीच-बचाव किया और उससे पल्ला छुड़वाया।

हारे सिपाही की तरह हताश, निराश बिरजू घर लौटा। क्रोध से उसका पागलपन आज चरम सीमा पर था। मूंगरी उसी समय उसने आग में झोंक दी। पूंछ तोड़-मरोड़कर फेंक डाली और चौपाल पर हाथ-पांव पसारे बेसुध लेट गया।

सांझ के समय नींद खुली। जागा। अपनी फटी चदरिया लपेटकर घर पहुंचा। उदास बोला – 'माई, इस गांव मा हमारि गुजर नाहिं। सब झूठे दाढ़ीजार बसत हैं हिंया। हम जात हैं...!'

उत्तर की प्रतीक्षा किए बिना ही बिरजू बाहर निकल पड़ा। कन्धे में चदरिया, हाथ में लकुटिया लिए उस अंधियारे में न मालूम कहां खो गया! बूढ़ी माई चीखती-चिल्लाती रोती रही, पर बिरजू लौटकर न आया।

महीने बीत गए। बिरजू का कोई पता-पानी न मिला। कोई हरिनपुरा की तरफ, तो कोई दैवागर की तरफ बताता। कोई कहता – बिरजू अब पूरा पागल हो गया। कोई कहता–बिरजू ने बैराग ले लिया। बिनियां आंचल में सिर गड़ाए फूट-फूटकर अपने फूटे करम को रोती रहती।

मान-मनौती फिर शुरू की। हरजी के थान में और जोर से फरियाद पहुंची। लेकिन कहीं कोई आसार झलकते न थे...!

सन्ध्या के समय एक दिन दरवाज़े पर आवाज़ सुनाई दी–'मा...ई...!'

हड़बड़ाती हुई वह द्वार की ओर लपकी–'कौन, बि...र...जू!'

दरवाज़ा खोलकर देखा – दुर्बल हड्डियों का ढांचा खड़ा है। हाथ में लाठी, एक फटा चीथड़ा कमर में लपेटे। दूसरा कन्धे में। बनावटी ऊन की,

बकरे की-सी दाढ़ी है। आंखों पर गोल-गोल छल्ले-से पड़े हैं – चश्मे की तरह।

'कौ...न! हमार बिरज़ुवा है रे तू?' धुंधली आंखों को बुढ़िया ने फिर मला।

'बिरज़ुवा-हिरज़ुवा हम नाहिं जानत हैं माई! हम तो दाढ़ी बाबा हैं। जमीन मांगत हैं, दान मा। धेला-टका मांगत हैं।... देओ, जमीन! गांधी महाराज का हुकुम है...'

'बिरजू, बिरजू...!' मां लिपट पड़ी। 'इत्ते रोज को अब आयो! का सच ही बौराय गयो बिरजू! रोत-रोत हम अन्धा होई गइन! अब घर मा बैठो। लोनी-मिनिया करके हम खवावहिं बि...र...जू...!'

बिरजू वैसा ही खड़ा रहा, जैसे कुछ भी सुना-समझा न हो। वैसे ही बहके स्वर में बोला – 'बिरज़ुवा-मिरज़ुवा नहीं! देओ माई, कुछ तो जमीन देओ!'

'बिरजू, जे का कहत है!' हताश बुढ़िया ने कहा, 'जर-जमीन हमरे लगे कौन धरी है! दूसरा के खेत मा काम करत हैं। बैठो बिरज़ुवा। हाड़ दीखत हैं। बीमार भी है का?'

कुछ भी बोल न पाया वह। देर तक खड़ा रहा। फिर मुड़ता हुआ भीगी आवाज़ में कहने लगा – 'मुलक-मुलक मा जाना है माई! हमरे लगे कहां कउन ठौर धरी है।'

गांव-गांव, घर-घर यही अब उसका नियम हो चला। सुना था, हरिनपुरा में एक बार ज़मीन मांगने के लिए एक बाबा आए थे। उनकी बातों का बस, ऐसा रंग कि उस दिन से उन्हीं का चेला बन बैठा। वैसी ही दाढ़ी, वैसा ही रूप-रंग बनाकर भटकता रहता–घर-घर, द्वार-द्वार दीन-दुखियों का मसीहा बनकर अलख जगाता।

एक लम्बे अर्से तक बिरजू की फिर कोई खबर न लगी। बाद में पता चला कि वह दैवागर में बीमार पड़ा है। ज़मीन मांगने के सिलसिले में झगड़ा हो गया। किसी पुराने ज़मींदार के खूंखार, मुंहलगे लठैतों ने उस निहत्थे को लाठी मार दी। शिवाले में वह अधमरा पड़ा है। कोई पानी के लिए भी पूछने वाला नहीं।

अभागिन बुढ़िया क्या करे! सारे पड़ोसियों की देहरी-देहरी जाकर अपना दुखड़ा रोई। किसी तरह गांव की बदनामी या लोक-लाज के डर

से रमिया के कक्का, सिब्बन के नाना, पदिया के ताऊ और पण्डत छबीराम के भानजे माघेराम तैयार हुए। रातों-रात दैवागर पहुंचे। देखा – बिरजू अचेत पड़ा है। कपड़े तार-तार फटे हैं। जगह-जगह रिसते घाव हैं। ओंठ सूखे हैं। बाल बिखरे। रह-रहकर कराहने की आवाज़ आ रही है– 'देओ...जमीन-देओ...।...गांधी...महाराज को...। बाबा को...जमीन देओ...।'

डांडी पर लादकर बिनियां घर लाई। रात-दिन टहल-टुकड़े में लगी रही। दायां हाथ टूट गया। सारा शरीर ज़ख्मी था। हर छिन कसकता-दुखता रहता। कितनी जड़ी-बूटी, झाड़-फूंक की, पर दस से नौ न हुई।

सुनियां-धीरू एक दिन मकई भून रहे थे। अभी तक इतनी रात गए नानी लौटी न थी।

'मामा, मकई चबात हो?' भूख से कुलमुलाती सुनियां ने कहा।

देर तक बिरजू देखता रहा। देखता रहा। जैसे किसी दूसरी दुनिया में डूबा हो। कुछ सोचता हुआ फिर बोला– 'नाहिं, मकई नाहिं...झाड़-फूंस सब हिंया बटोर के लाओ।'

सुनियां ने अपनी नन्हीं हथेली से समेटकर सब सामने रख दिया। उनमें से भुवा बिरजू ने बटोर लिए। सुतली से गूंथकर दाढ़ी बना ली। फिर कराहता हुआ, वैसे ही अकड़कर बोला– 'सुनो, सुनो! बाबा भाखत हैं। सुनो...।'

फटी गुदड़िया के ऊपर उसने अपना दुबला तन रखा। किसी तरह पाल्थी मार ली। चदरिया का फटा टुकड़ा बाबा की तरह कन्धे पर लपेट लिया। खोखला चश्मा दिनों पहले मार-पीट में न जाने कहां चला गया था! देर तक सोचता रहा। विधान न बना। अन्त में हार मान ली। वैसे ही बोलना शुरू किया। दोनों बच्चों को निकट ला, हाथ जुड़ा के बिठला दिया।

'मुलक-मुलक मा गरीबी है। भुखमरी है। जमीन जिगरे लगे ज्यादा है, दूसरे गरीबन को दिहो। जर-जमी सब परमेसर की है। हवा-पानी सब परमेसर की है। बाबा अपने तांहि नाहिं भाखत है...हाथ जोरि, पांव परि के कहत हैं...देओ...जमीन...धेला-टका देओ...!'

दोनों बच्चे अवाक् हाथ जोड़े बैठे थे। सब देख-सुन रहे थे, पर समझ में कुछ आ न पाता। पिटाई के डर से दम साधे बैठे थे – हंसी रोके। इतने में खलिहान से नानी लौट आई। दरवाज़े पर खड़ी की खड़ी देखती रह गई।

'सुनत नहिं बड़की माई...भाखत हैं। हाथ जोरि के बैठो...!' धीरू ने धीरे-से तुनककर कहा। बुढ़िया भी ठगी-ठगी सी, सच ही हाथ जोड़कर बैठ गई।

'...मुलक-मुलक मा चक्कर काटि के आवत हैं।' उसी रफ्तार से बिरजू कहता रहा–'देओ...! नहीं तो लड़ाई होई...मारा-मारि होई...बाबा जुगत देख के कहते हैं। जिनके लगे जौन हैं देओ। बाबा की झोरि भरि देओ!

...पांच पूत तोहके हैं। छटा एक हमहिं मान लिहो। हमार हिस्सा हमें देओ।

...देओ नां!...बोल-बोल रे, छोरे, तू का देत है! छोरी, तू का देत है!

...माई...बोल री माई, तू का देत है...बाबा...जात...हैं...जा...त...हैं...'

बिरजू की आवाज़ लड़खड़ा आई। स्वर टूट गया। अपनी टूटी हथेली उसने आगे पसार दी और अचेत होकर गिर पड़ा।

'बिरजू, बिरजू...!' बुढ़िया माई उसकी ओर लपकी...'का होई गया, बिरजू! जे का कहत है!' गला भर आया बुढ़िया का – हमरे लगे पांच पूत नहिं। एको तू ही! तू ही! सब तोर है। ये हि गुदड़ी कम्बल जौन चाहत है, ले जाओ।...सब ले जाओ बिरजू...! सब...स...ब!'

पर बिरजू ने न सुना। न देखा। सदा के रीते हाथ इस बार भी रीते थे।

बुढ़िया सुबक-सुबक कर रोती रही। बार-बार उस टूटी हथेली को उलट-पुलट कर देखती रही। चूमती रही।

'नाहिं...नाहिं...बिरजू...नाहिं...!' उसने मुट्ठी भर ओस से भीगी गीली माटी ज़मीन से उठाई। उस रीती टूटी हथेली में रख दी और माथा टिका दिया...'बिरजू...!'

पर दूसरी ओर से कोई आवाज़ न आई!

अपने ही क़स्बे में

इतने वर्षों बाद घर पहुंचा हूं। हां, घर ही कहूंगा...एक ऐसी जगह, जिससे अलगाव होने पर भी, दूर का धुंधला-सा लगाव है अब तक! कुछ-कुछ अपनापन, एक बिखराव-सा लिये। पानी पर पड़े तेल की तरह मैं अजीब-सा, अपने को अलग-सा अनुभव करता हूं। कभी-कभी मुझे एहसास होता है, मैं यहां क्यों आया!

धूल भरी कच्ची सड़क...काठ और लोहे के टुकड़ों का चरमराता ढांचा...तमाम गर्द-गुबार...बालों पर राख-सी पुत गयी है – जैसे चूने के ढेर में से अभी-अभी निकलकर आया हूं...।

मुट्ठी में दबाकर बजने वाला हॉर्न सुनते ही, बस के पीछे लटकने को आतुर बच्चे टिड्डियों की तरह इकट्ठे हो गए हैं...सड़क पर गुजरती 'कोई' पानी का घड़ा लिये ठिठक गई है...गांवों की ओर मुंह किए राशन ढोने वाले घोड़िए रुक गए हैं...कैसू मास्टर बाबा आदम के जमाने की, टूटी हत्थी की सिंगर मशीन से उठकर, कटे कपड़ों की कतरने झाड़ता हुआ, चूड़ीदार पाजामा जिसके पीछे पान के आकार का बदरंग पैबन्द लगा है, सम्हालता, शीशे के गिलास के पैंदे के बराबर मोटे चशमे को आंखों पर से हटाकर, माथे पर टिकाता हुआ विस्मय से देख रहा है...सब घेरा बनाकर, अचरज में डूबे, इस तरह से खड़े हो गए हैं, जैसे सामने मोटर नहीं, रंगीन हाथी खड़ा हो गया हो...!

इस इलाके में गत ग्यारह-बारह वर्षों से निरन्तर बस चल रही है, लेकिन अभी तक यही हाल है।

मुझे कंपकंपी छूट रही है...दिल्ली में इतनी सर्दी तो नहीं होगी...पहाड़ों में भी बसों का किराया बहुत बढ़ गया है...जब से चीन ने आक्रमण किया, पहाड़ कुछ बदल-से गए हैं...मुझे लगता है – तापमान घट गया है।

दिन-भर अकेलापन...! रीता...! फीका...!

'बरसात में टूटी खेतों की उन मेंड़ों को भी अम्मा चिनवा देती हैं, जो अब अपने नहीं, साहूकारों ने कब के नीलाम करवा लिए हैं...!' घर का पुराना नौकर परमा बड़े विराग से दोहराता है। समय के साथ-साथ पक्षियों की तरह सब उड़ चले हैं, किन्तु किस अटूट आस्था के बल पर, यह अब तक टिका है, मुझे नहीं सूझता!

दीवारों पर पीला पलस्तर जगह-जगह से उखड़ गया है। दरवाज़ों का वार्निश धुंए से काला पड़ गया है। दीवार पर टंगी पिताजी की रंगीन तसवीर की जगह केवल सफेद चौखटे का आकार मात्र रह गया है।

सीढ़ीनुमा खेत – ऊसर धरती। हवेलीनुमा – पुराने घर के जंगले, टूटे पुल की तरह लटक आए हैं... सामने वाली दीवार पर दरार पड़ गयी है – ऊपर से नीचे तक, काली पेंसिल से किसी ने जैसे कांपती रेखा खींच दी हो...चारों ओर कुहासा-सा बिखरा है। ठंडा। नम। रात को ऐसा लगता है, जैसे यह कोई भुतहा घर हो – जहां अब चहल-पहल नहीं, एक मातमी खामोशी, अंधियारे में भटकी चील की तरह मंडरा रही हो।

'जब से तू आया, घर घर-सा लग रहा है।' अम्मा दूध का गिलास कुर्सी की बांह पर टिकाती है, मेरी ओर देखती हैं।

खिड़की आज सुबह से खुली है। ठंड से ठिठुरते बांज, खरसू के दरख्त बौने-से लग रहे हैं। दूर तक आसमान में सिर उठाए, हवा में झूलते चीड़ के पेड़...सुई-जैसी नुकीली पत्तियों का गहरा हरा रंग तुषार से जल गया है।

अम्मा के बाल बर्फ की तरह सफेद हो गए – मुझे पहली बार आभास होता है। प्राइमरी पाठशाला की इमारत टूटकर 'घुड़साल' बन गई है...मनराम की दुधमुंही बच्ची, अपनी दुधमुंही बच्ची का हाथ थामे, घूंघट किए जा रही है। उसके पीछे-पीछे उसी के पड़ोस के दो आवारा लड़के एक-दूसरे को कुहनियां ठोकते, बात-बात पर एक आंख दबाते, बड़े रहस्य से पीछा कर रहे हैं। ज़माना कितना बदल गया है!

मैं खिड़की बन्द कर लेता हूं।

जब हम रहते थे, इस गांव के क़स्बे में, कितनी माताएं-चाचियां,

बहन, भाभियां रहती थीं। पड़ोसियों से घर का-सा नाता रहता था – भले ही वे किसी जाति के क्यों न हों! पर अब!

'जिस दिन पटवारी सरकारी नीलाम का कागज़ लाया, क़स्बे में जमघट-सा लग गया!' पास ही गांव से आयी बूढ़ी बुआ कहती हैं, 'जिसे जरूरत न थी, कटे पर नमक छिड़कने के लिए उसने भी बोली लगाई। सब मदारी के तमाशे की तरह चारों ओर से घिरकर खड़े हो गए थे...इलाके में ऐसा कौन है, जिसके बच्चे हमने न ढंके हों! जिसकी कन्या के ब्याह में मदद न की हो! जिसे अपनी दुकान से उधार न दिया हो! हजारों बिखेरकर भी वक्त पर... !' बुआ का गला भर आता है – 'हमारे गांव-गिराम के ही काका-ताऊ गाल फुलाते थे। कहते थे–पितरों की जमीन भी आज बोली पर लग गयी। बड़े बनते थे...' बुआ सचमुच बच्चों की तरह रोने लगती है।

बहुत दिनों तक आसमान गंदले तालाब की तरह मटमैले बादलों से ढंका था, पर आज पीले फूल-जैसी धूप खिल आयी है। सुबह कुछ मेंह भी बरसा। फिर छंट गया।

पिताजी के खादी के ओवरकोट में लिपटा मैं बाहर निकलता हूं।

क़स्बे के पुराने 'नाम' के अतिरिक्त सारा वातावरण बदल गया है। हमारे घर के ऊपर, मोटर का स्टैण्ड पीछे हट गया है, जिसके आसपास चाय के खोखे खड़े हो गए हैं। पंचायत घर, बीज-गोदाम, गल्ला-स्टोर, 'कावेरी क्लीनिक' – चूरन और त्रिफला की नयी दुकानें खुल गयी हैं। वैद्यराज रिक्त समय में बीड़ी के बण्डल भी बेचा करते हैं। कम उम्र की गर्भवती कन्या की तरह बौने क़स्बे का पेट बड़े भद्दे ढंग से बढ़ गया है।

'हमारी जमीन पर टीकम ने अपना यह खोखा खड़ा कर लिया है।' परमा पीछे-पीछे चलता है। शिकायत से कहता है, 'सेब की डालियां तक काट डालीं। और बिना कुछ कहे ही लाठी उठाकर मारने को आता था...।'

मैं कुछ नहीं बोलता। अतः देर तक वह भी चुप रहता है।

'मुंह के सामने कोई कुछ नहीं कहता, पर पीठ-पीछे सब हमारी ही बुराई किया करते हैं। सबको अब सन्तोष है कि हम भी उन्हीं की तरह हो गए.. .छोटे बाबू, अब यहां रहने को मन नहीं करता। अम्मा को आप साथ ले जाइए। मैं भी अपने गांव चला जाऊंगा।'

वह क्या कह रहा है – मैं जैसे सुन नहीं पाता।

चलते-चलते सड़क की सीढ़ियों से ऊपर पहुंच जाता हूं...

चन्द्रा का पत्र आज आना चाहिए था – मैं अंगुलियों में कुछ जोड़ता-घटाता हिसाब लगाता हूं। फिर उस लड़की के बारे में सोचता हूं, जिससे अम्मा मेरे ब्याह की बात करती थी, कभी। सुना है, उसके दो बच्चे हो गए। पति पाठशाला की अध्यापकी छोड़कर पलटन में चला गया है और उसके बाप ने इसी पिछली गर्मियों में आत्महत्या कर ली है।

गल्ला-स्टोर पर आदमियों की भीड़ है। लोग बच्चों की रेल की तरह एक-दूसरे के कपड़े का छोर पकड़े, कतार बनाए खड़े हैं – दो-दो सेर अनाज के लिए, बीस-बीस मील दूर से आकर। औरत के जेवर, घर के बर्तन और जानवर बिक गए हैं। लोग कहते हैं, 'ऐसी भुखमरी यहां कभी नहीं हुई। इसी बरसात में एक समूचा परिवार बाढ़ आयी नदी में कूद पड़ा था...।'

मेरी आंखें विस्मय से बड़ी नहीं होती। मैं गूंगे की तरह चुप रहता हूं।

किसी परिचित दुकान के आगे धरी तिपाई पर बैठता हूं। धूप सेंकता हूं। हफ्ते-भर पुराना 'ताजा' अखबार पढ़ता हूं। जानता हूं – ग्राहकों के छंटते ही दुकानदार बड़ी जिज्ञासा एवं मिश्री-मिली आत्मीयता से भीतर बिठलाएगा। मेरे मना करने पर भी सात नये पैसे की एक अद्धी चाय मंगवाएगा। फिर चांदनी चौक में कपड़े का भाव पूछेगा। मेरी अनभिज्ञता पर उसे निराशा ही नहीं हैरानी भी होगी। मैं दिल्ली में रहकर कपड़े का थोक और खुदरा भाव तक नहीं जानता। हापुड़-मण्डी के गल्ले के भाव के बारे में तो मुझे हर हालत में जानना ही चाहिए था, क्योंकि मैं पढ़ा-लिखा हूं... किन्तु अब तक चाय की अद्धी आ चुकी होगी... वह फिर भी अपनी सहन-शक्ति का परिचय दिए बिना न रहेगा। गज नापता-नापता बीच-बीच में टोकता रहेगा – 'हां, तो 'खुरुसचेव' का क्या हुआ...?' फिर कपड़े की तह करेगा, 'कहानियां छपने से पैसे-वैसे भी मिलते हैं...?'

ग्राहक जब चले जाएंगे, तो एक हाथ पर दूसरा हाथ धरे बड़े आत्मविश्वास के साथ चिलम गुड़गुड़ाएगा, 'तुम आलू की आढ़त या सड़कों पर रोड़ी बिछाने

का ठेका क्यों नहीं ले लेते? मोटर रोड और बनने वाली है। हमारा धर्मिया दर्जा दस पास करके यही कर रहा है। जंगलात की पीलपाइयों पर पलस्तर और चूना भी लगा लेता है...।'

अखबार मैं परे रखता हूं। पांच-सात पास-पड़ोस के अपने ही संबंधी घिर आते हैं। मेरे जूते और कपड़ों से मेरी तरक्की का मूल्यांकन करते हैं। आत्मीयता जतलाते हुए सहानुभूति के साथ जायदाद बिक जाने का आंखों देखा हाल सुनाते हैं। उन्हें भीतर-ही-भीतर इस स्थिति में कहीं बहुत बड़ा सुख मिलता है। मनुष्य-स्वभाव ही ऐसा है, वे भी क्या करें!

शाम को मैं अकेला ही चीड़-वन के निचले ढलानों की ओर घूमने निकल जाता हूं। अंधियारे में हाई स्कूल के अधकचरे अध्यापक परस्पर अपनी छात्राओं के अश्लील संबंधों की चर्चाएं करते हैं। बीड़ी पीते हुए बड़े, भद्दे ढंग से रस लेकर हंसते हैं।

चाय की भट्ठियों के इर्द-गिर्द, ठंड से ठिठुरते लोग, चीलों की तरह बैठे रहते हैं। भीतर के कमरे में, भभकती ढिबरी के उजियाले की ओट, पेशेवर जुआरी ताश के पत्ते फेंटते हैं...।

सामने ही काठ के खोखे के भीतर बूढ़े जटाधारी सुखसंकर – दुकानदार की नव-परिणीता – 'पारबती' अधउघड़े, झीने टाट के पर्दे की ओट, अधउघड़े कपड़े बिखेरे, गुड़ की भेली की तरह – हर तरफ से मीठी होकर बैठी रहती है। और बाहर की टूटी बेंच पर झूलते, बीड़ी फांकते, पटर-पटर मैले दांतों से मूंगफलियां तोड़ते कितने ही 'रसिक-बिहारी' आंखें सेंकते रहते हैं और बांज की गीली लकड़ियों का धुंआ घुटता रहता है...।

इतनी रात ढलने पर भी अम्मा जागती रहती हैं – कुछ-न-कुछ काम में हमेशा जुटी दीखती हैं। बड़ी जिज्जी और सुमी के घर, पहले की तरह हर साल कुछ-न-कुछ भेजती हैं – एक-एक जोड़ा कपड़ा और ढेर सारे चिउड़े। चैत और पूस के महीने की 'रोटी' अलग। पिताजी के गुज़र जाने के बाद भी कहीं कोई कमी नहीं आयी। बहू-बेटियों के लिए पता नहीं अम्मा कैसे जुटा पाती हैं! घर-खर्च के लिए शायद ही कभी मैंने नियमित

कुछ भेजा हो। जो मेहमान पहले आते थे वे अब भी आते हैं। किंतु घर से कोई भूखा लौटा हो, किसी ने कभी सुना न होगा...।

पिछली बार जब घर आया था, अम्मा ने जाती बेर चांदी का अपना कोई पुराना ज़ेवर चुपके-से मेरी मुट्ठी में दबाते हुए कहा था – 'रास्ते में अपनी जिज्जी के घर रुकेगा। इसे सोनार से भुनाकर ले जाना। इत्ते वर्षों बाद जा रहा है, लोग भी क्या कहेंगे...।'

इस बार पता नहीं क्यों मुझे लगता है, अम्मा अब एक-दो साल से अधिक जिएंगी नहीं। अन्तिम दिनों में भी सुख नहीं...।

मैं लालटेन बुझाकर सोने का प्रयत्न करता हूं, केवल प्रयत्न – नींद नहीं आती।

चाय की चुस्कियों के साथ खोखे पर बातें हो रही हैं – उपाधिया के घर में लोग कहते हैं, पिछले महीने से जो नयी ग्राम-सेविका रहती है, वह विधवा है। कल दौरे पर बी.डी.ओ. आया था। पांच आदमियों समेत वहीं रुका। ठरुवा शराब की पीपियां भी खुलीं। सुना है, सुबह वह कपाल पर हाथ रखे रो रही थी।

लोग पहले वाली ग्राम-सेविका की सराहना करते हैं। कहते हैं, वह इससे हज़ार गुना अच्छी थी। सरकारी काम धेले का भी नहीं करती थी, फिर भी अफसर लोग उससे खुश थे। जब वह लिपस्टिक लगाए, गांवों की ओर जाती थी, इंस्पेक्टर उसके पीछे-पीछे थैला उठाए फिरता था।

'फैमिली-प्लानिंग' का इंस्पेक्टर, लोग कहते हैं, सबसे सुखी है। औरतों को बड़ी तल्लीनता से सब-कुछ समझाया करता है। अभी वह कन्या पाठशाला में, मुफ्त में 'कुछ' बांटता हुआ लौट रहा है। क़स्बे के मिडिल स्कूल में पढ़ने वाली लड़कियां भी अब सब-कुछ जानती हैं। कैसी अजीब बात है...।

बाहर बर्फ गिरने का-सा अन्देशा है आज! हवा धार की तरह छील रही है...देस से लायी मिठाई अभी तक भी बंट रही है। अम्मा ने शायद यहीं बाज़ार से खरीदकर और मिला दी हो! मैं तो थोड़ी-सी लाया था – यों ही।

सुमी आयी है अपने घर से। अम्मा को सुनाती है – 'भैया के अखबार

हमारे गांव भी पहुंचते हैं। एक दिन घर के लोग आंगन में बैठे पढ़ रहे थे। कहते थे – यह नाम तो किसी पहाड़ी का जैसा लगता है। मैंने बतलाया–हमारे भैया का है। वे ही लिखते हैं। तो सब देखते रहे। कहने लगे – बांस की खूंट पर बांस ही उगेगा...लड़का होनहार निकला, तो सबके दुख दूर हो जाएंगे।'

न जाने क्यों मैं बार-बार कुछ दुहराता हूं, चुप हो जाता हूं। मेरी आकृति इस्पात की तरह कठोर हो जाती है।

'खाना वहां कैसे खाता है? रहने की जगह कैसी है? बहुत बार बतला चुकने के बाद भी अम्मा जब-तब दुहराती रहती हैं, 'तू घर की चिन्ता न किया कर। खाने-पीने का गुजारा चल ही जाता है। अधिक बटोरकर भी क्या करना है...तू अपनी तन्दुरुस्ती का भी ख्याल नहीं करता। देख, तेरे सिर पर कितने सफेद बाल चमक रहे हैं...अभी तो तू बच्चा है।'

मिलिटरी का, ऊंचे मचान-सा, मोटे पहियों वाला खाकी ट्रक जंगल से ढेर सारी लकड़ियां बटोरे ले जा रहा है। पिछले दो 'प्राईवेट-कैरियर' ठेलों में लीसे के रीते कनस्तरों का पहाड़ चिना है। बेनाप ज़मीन के मुकदमे वाले कचहरी की ओर मुंह लटकाए झुण्ड में इस तरह से जा रहे हैं, जैसे शवयात्रा में जा रहे हों!

अम्मा की पलकें भारी हैं। कल से उन्हें हल्का-सा बुखार है। मुझे आज हर हालत में चला जाना है।

'तुझे मोटर मिल जाएगी न?'

'हां...हां।'

'कल रात ड्राइवर से कह दिया था?'

'हां।'

'अपने लिए ढंग के कपड़े क्यों नहीं सिलवा लेता? कपड़ों से ही आबरू रहती है...।'

परमा ईंटों की तरह स्टैंड में सामान चिनवा देता है, अम्मा वर्ष-भर से मेरे लिए बटोरे सूखे फल झोले में भर देती हैं। जो भी मिलता है, सबसे कहती हैं – 'चंदर आज चला जाएगा।' चंदर के चले जाने से जैसे सारा-का-सारा क़स्बा खाली हो जाएगा और यहां कोई भी नहीं रहेगा...।

जिस तरह पिताजी कहीं बाहर जाते थे, जितनी तैयारियां होती थीं, वे ही आज दुहराई जा रही हैं। जाते समय, आस-पास के बच्चों में मेरी

ओर से बांटने के लिए कुछ रेज़गारी अम्मा ने सुबह ही अपने आंचल के छोर में बांध ली थी...सवा रुपया पुरोहित को दिया और पानी का भरा घड़ा आंगन में रखवा दिया था...।

'मोटर की अगली सीट पर बैठना अच्छा है...।' अम्मा फिर मेरी ओर देखती हैं।

'लो, ये दो रुपये जाते समय परमा के हाथ पर रख जाना। उसके लिए तू ही बड़ा बाबू, तू ही छोटा बाबू है। तेरी चिट्ठी-पतरी देखने के लिए, बरखा-घाम में भी बेचारा रोज डाकखाने भागता है। उन अखबारों को पतंग की तरह नचाता, सबको दिखलाता फिरता है, जिनमें तेरा लिखा छपता है।

मोटर-स्टैंड में मेले की जैसी भीड़ है। बच्चों की जैसी उत्सुकता से सब बस देखने के लिए अधीर खड़े हैं। पिताजी के खादी के भूरे ओवरकोट में लिपटा मैं सामान के समीप, किनारे पर खड़ा हूं – जैसे अकेले ही बाढ़ आयी नदी पार करनी है...।

सड़कों के पाट सचमुच चौड़े हो गए हैं। विधवा ग्राम-सेविका दो-तीन आदमियों के साथ कहीं बाहर जाने की जल्दी में है। शायद आज फिर कोई बी.डी.ओ. आने वाला हो!

गल्ले की दुकान पर आज भी इतने सवेरे वैसी ही अनंत कतार है...किसी घर के आगे फटे चीथड़े चमगादड़ों की तरह तार पर लटके हैं...ताश के पत्ते और इधर कुछ वर्षों से गांव-गांव बनने वाली कच्ची 'संकट-मोचन' का पव्वा! फटे कंबल में लिपटा बूढ़ा जुआरी ठहाका मारकर हंस रहा है...जंगल की ओर गाय-डंगरों के दौड़ने से धूल उड़ रही है...।

पहिए घूमने लगते हैं। अम्मा मोटर के पीछे-पीछे चलती हैं। फिर पीछे-पीछे भागती हैं – 'घर की फिकर न करना... चलती गाड़ी से हाथ बाहर न निकालना... चंदर, पहुंचते ही चिट्ठी देना, हां...'

मोटर का पिछला पहिया कहीं मेरे सीने में धंस गया है। मुझे लगता है – सड़क कागज़ के फीते की तरह, जगह-जगह से मुड़-तुड़कर कट गयी है। सामने बर्फीली नदी का चौड़ा पुल धनुष की तरह मुड़ गया है... मैं झटके से देख रहा हूं – क़स्बा सचमुच पीछे छूट गया है...

बदला

अभी कल तक जो चिड़िया की तरह चहकती थी – सामने निष्प्राण पड़ी है। दूधिए मुंह पर एकाध हठीली मक्खियां भिनभिनाती हैं और उड़ जाती हैं। जीवन भी क्या है! बालू की भीत की तरह क्षण-भर में कहां ओझल हो जाता है?

कल वह कैसी उत्सुकता से कहती थी – उसे कल देहरादून पहुंचना है। हर हालत में पहुंचना है। बहुत जरूरी काम है उसे।

कौन-सा जरूरी काम? यह न उसने बतलाया और न मैंने पूछा ही।

बरसात के दिन। पहाड़ की कच्ची सड़क। मोटर का भरोसा नहीं कि वह आएगी या नहीं। और आ भी गयी तो कितनी दूर तक साथ दे पाएगी! सब-कुछ अ-निश्चित। अनियंत्रित। आदमी की बेबसी, मशीन की बेबसी से सच ही कितनी जुड़ी हुई है! घुल-मिली है – दूध-पानी की तरह।

दिन-भर की अनन्त प्रतीक्षा के पश्चात् पिथौरागढ़ वाली बस जब सुबह के बदले दोपहर ढले लोहाघाट आई तो मेरी बुझी आंखें सहसा चमक उठीं। जल्दी से टिकट कटाकर दौड़ता हुआ सीट की ओर लपका, जैसे गाड़ी मुझे छोड़कर भाग जाने वाली हो और बरसों तक फिर दूसरी गाड़ी इस राह से गुजरने वाली न हो।

अगली सीट को मैं सम्हालने ही वाला था कि 'एक्सक्यूज मी' कहती एक गौरांग महिला मेरे सामने आ खड़ी हुई। उसका कीमती सामान पहले से ही सीट पर सजा पड़ा था, जिसे मैंने जल्दी में देखा नहीं। लगता था, वह बहुत पीछे से यात्रा कर रही है और बहुत सम्भ्रान्त परिवार से सम्बन्धित है। यों तो हर यूरोपियन को देखकर हमें ऐसा ही लगता है। लेकिन, यह बात न थी यहां।

मेरी पलकें हिमालय की ओझल होती हुई बर्फीली चोटियों पर, देवदार के हरे-भरे पेड़ों पर, सांप की तरह बल खाती कम उम्र की अल्हड़ नन्हीं नदियों पर, टेढ़े-मेढ़े कीचड़ से सने मटमैले रास्ते पर टिकी थीं। वह कोई अंग्रेजी की, कलात्मक आवरण वाली पुस्तक हाथ में थामे थी। पढ़ने का असफल प्रयास कर रही थी। उसकी धुंधली आंखें बार-बार किताब पर झुकतीं, बार-बार हट जातीं। लगता था वह भीतर से उद्विग्न है। अन्तर की अनिश्चितता रह-रहकर उसकी आंखों की राह बाहर की ओर झांक रही है।

तभी सहसा गाड़ी झटके से खड़ी हो गयी। पहिए कीचड़ में धंस गये थे। बड़ी मुश्किल से धकेलकर हम आगे बढ़े। मुड़कर उसने तीन-चार बार मेरी ओर देखा। अन्त में बोल ही पड़ी वह। शायद बोलने में उसे बड़ा कष्ट हुआ – 'क्षमा कीजिएगा।'

अतिरिक्त पाश्चात्य शिष्टता का प्रदर्शन करते हुए उसने कहा, 'क्या आप बतला सकेंगे, चम्पावत में कोई डाकखाना है? वहां से तार हो सकता है? कल हर हालत में मुझे देहरादून पहुंचना है।'

'हो तो सकता है, पर अब अधिक समय हो गया। शायद अधिक पैसे चुकाने पड़ेंगे।'

'सो तो कोई बात नहीं। कोई बात नहीं।' फिर 'थैंक्यू' कहती वह पहले की तरह सीट पर सीधी बैठ गई और सामने के शीशे के उस पार देखने लगी। किताब अब बगल में थी। सम्भवतः उसकी धुंधली आंखों के साथ-साथ दिन का ढलता समय साथ न दे पा रहा था।

चम्पावत में पलभर के लिए भी गाड़ी ठहरी नहीं। जिस रफ्तार से आई थी, उसी रफ्तार से आगे फिसल गयी।

महिला ने हैरानी से इधर-उधर देखा। पहले ड्राइवर और फिर एक बार मेरी ओर। फिर आंखें मींच लीं।

समय नहीं है। गाड़ी को गन्तव्य स्थान पर निश्चित समय पर पहुंचना ही है। मैं भी क्या कहता। मौन रहा।

बस चलती रही, चलती रही, एक नियन्त्रित गति से।

ऊबड़-खाबड़ पत्थरों पर गेंद की तरह उछलती पुरानी गाड़ी के हिचकोलों से थककर मुझे न जाने कैसे झपकी आ लगी और खिड़की की छड़ के सहारे सिर टिकाकर ढुलक पड़ा।

'उठो भई! उठो! गाड़ी अब आगे नहीं जाएगी। सुनते नहीं?' गंवार-से-बस कण्डक्टर ने झकझोरते हुए जैसे मेरे सिर पर डण्डा मारा। और मैं सातों आसमान से छिटकता हुआ औंधे मुंह धरती पर आ गिरा।

चारों ओर काली कम्बल तनी है। हाथ को हाथ नहीं सूझता। एक बड़ी-सी चट्टान फिसलकर सड़क पर रूठी बैठी है। बहुत-से मजदूर जुटे हैं, पर वह इतनी ढीठ है कि हिलने का नाम तक नहीं लेती।

और वह महिला कुछ परेशान-सी चुपचाप बाहर टहल रही है। बहुत-सी आंखें उस पर टिकी हैं, शायद इसलिए कि वह अंग्रेज है। शायद इसलिए कि वह अंग्रेज होने के कारण अधिक विशिष्ट है। शायद इसीलिए वह भी किसी से बोल नहीं पा रही है। किसी से बोलना उसे शोभा भी कैसे देता! अधनंगे काले-कलूटे मजदूर! साधारण-से कुली-कबाड़ी! और कहां वह – विशुद्ध यूरोपीय रक्त!

मुझसे भी पहले उसने कोई बात न की। एक बार उपेक्षा से देखा, फिर निगाहें हटा लीं। लेकिन, जब रात घिरने लगी, लोग छंटने लगे तो उसने फिर मुझे टटोला – 'क्या आसपास कोई डाक बंगला नहीं? मुझे लगता है, होना चाहिए। शायद बहुत बरस पहले मैं एक बार अपने पति के साथ यहां आई थी।'

'आधे मील की दूरी पर है, सड़क के उस पार।' लापरवाही से इतना कहकर मैं चलने लगा। पर वह भी पीछे-पीछे अपने कुली के साथ हो ली। बोली कुछ भी नहीं। मैं भी अपने में उलझा था।

बौना-सा डाक बंगला, बियाबान जंगल के बीच। केवल दो जुड़वां कमरे। बंगले से हटकर दूर चौकीदार का घर – घुमरैली पुरानी टीन की छत से छंहा – साधारण-सा डिब्बा।

चौकीदार बहुत बूढ़ा है–मालूम हुआ, आंखों से कम दीखने के कारण रात को चल-फिर नहीं सकता। अतः उसके छोटे लड़के ने ही बंगला खोला। दियासलाई बालकर एक कमरे में यों ही बिस्तरे पर मैं

लुढ़क पड़ा। शरीर थककर चूर था – कब नींद आई, पता नहीं!

लगभग आधी रात, भीतर के कमरे के बीच का दरवाजा खटका। किसी की परेशान-सी आवाज़ आई।

झुंझलाकर किवाड़ खोले – वही अंग्रेज महिला घबराई हुई सामने खड़ी थी।

'कहिए?'

'माफ कीजिएगा, मुझे डर लगता है, इस अकेले कमरे में।'

'क्यों, क्या बात है?' नींद के बोझ से झुकी अलसाई पलकें बड़ी बेरहमी से मलते हुए मैंने पूछा, अचरज से।

'कोई आहट-सी आती है। शीशे से जैसे कोई झांकता है। बड़ा डर लगता है।' वह कांपने-सी लगी।

'यों ही चूहे-बिल्लियां होंगी। भ्रम हो जाता है।' मैंने कहा तो वह एकाएक भयभीत स्वर में बोल पड़ी, 'नहीं, नहीं। उस कमरे में मैं नहीं सो सकती।'

कैसी पागलपन की बात है!

'अच्छा, सुनिए।' मैंने तनिक सोचते हुए कहा, 'आप इस कमरे में आ जाइए और मैं वहां चला जाता हूं।'

कमरे बदल गये। मुझे फिर झपकी लगी।

तभी, दरवाजे फिर खटके।

इस बार मैं बुरी तरह झल्ला आया, 'कहिए?' मेरा स्वर ऊंचा था।

'यहां भी डर लगता है।' स्वर कंपकंपी लिए था।

'मुझे तो नहीं लगता। मैं तो कुछ नहीं सुनता। महज भ्रम है मैडम! आराम से सो जाइए और मुझे भी सोने दीजिए।' मैं बीच का दरवाजा बन्द करने ही वाला था कि उसने हथेली बीच में रख दी।

'नहीं, मुझे डर लगता है। मैंने साफ देखा है। कोई सामने के देवदार के पेड़ से उतरकर बार-बार अन्दर झांकता है और...।'

'मैडम, आप क्या चाहती हैं?' हताश होकर मैंने कहा, 'मैं लगातार पिछले तीन दिन से सफर कर रहा हूं। सोया नहीं हूं। बीमार हूं। भगवान के लिए मुझ पर रहम कीजिए।'

वह क्षण-भर चुप रही। बोली, 'अकेली मैं नहीं सो सकती।'

'तो जागती रहो।' कहकर मैंने अपने कमरे का दरवाजा बंद कर दिया और आंखें मूंदकर सो गया।

थोड़ी देर के सन्नाटे के बाद फिर वही खट्-खट्! फिर वही खट्-खट्! लगातार।

'भगवान के लिए आप थोड़ी-सी जगह दे दीजिए...। मेरा दम घुटा जा रहा है...।'

मैं न चाहते हुए भी दरवाजा खोलता हूं। कोई इस बार कुछ बोलता नहीं। वह चुपचाप अपना बिस्तर फैलाकर फर्श पर ही ढुलक पड़ी। उसका अभिजात्य अहं न मालूम अब कहां चला गया था।

अब वह घुटने से ठोढ़ी मिलाए निश्चिंत सो रही थी। खर्राटे भर रही थी। पर अब मुझे नींद न आती थी।

घंटे-भर तक यों ही आंखें खोले पड़ा रहा। घड़ी की ओर देखा, तीन बजा चाहता है। मेरी आंखें दर्द से फटी जा रही हैं। जैसे गरम मसाले का हाथ गलती से छू गया हो।

अपना बिस्तर समेटकर चुपचाप मैं दबे पांव फिर अपने कमरे में चला गया। भीतर से कुण्डा लगाकर निश्चित भाव से सो गया।

सुबह देखता हूं...बूढ़ा चौकीदार झुकी कमर पर हाथ धरे सामने खड़ा है। घबराया-सा कह रहा है, 'बाबू सा'ब! बाबू सा'ब...अंधेर हो गया!'

'क्या? क्या?'

'अंग्रेज मीम मर गयी।'

'कैसे?' मेरा मुंह खुला-का-खुला रह जाता है।

'पता नहीं। कोई घाव-निशान कहीं नहीं हैं। यों ही बिस्तरे पर मरी पड़ी हैं। खिड़कियां खुली हैं। सब दरवाजे खुले हैं।'

अचकचाता हुआ जाता हूं।

महिला निष्प्राण पड़ी है। खिड़कियां खुली हैं। दरवाजे खुले हैं।

गौर से देखता हूं...फर्श पर नंगे बेडौल पांवों के निशान हैं। खिड़की से बाहर गीले निशान साफ दिखलाई दे रहे हैं, देवदार के पेड़ के पास जो खत्म हो जाते हैं।

चौकीदार बतलाता है, 'इस पेड़ पर एक भूत रहता है सा'ब!'

मैं व्यर्थ का वहम समझकर टाल देता हूं, लेकिन वह कहता चला जाता है, 'बाबू सा'ब! मैं सच कहता हूं, यहां एक भूत रहता है। बहुत बरस पहले जब गोरों का राज था, यहां हरसन नाम का एक डिप्टी कमिश्नर गोरा सा'ब शिकार खेलने आया था...एक बार। वह बड़ा झक्की, सनकी, पागल किस्म का आदमी था। कोड़ों से मजदूर कुलियों को बिना बात पीटता था और फिर जोर-जोर से हंसता था। एक दिन शिकार खेलने से वह रीता लौट रहा था। इसलिए बेहद झुंझलाया था। तभी दूर रास्ते पर आता हुआ एक बूढ़ा आदमी उसे दिखलाई दिया। उसे न जाने क्या सनक सवार हुई, उसने गोली दाग दी। बाद में होश आया तो घबराया। उस मरे आदमी को उसने उस सामने के देवदार के पेड़ पर लटका दिया और कह दिया...उसने आत्महत्या कर ली है।... दो-तीन दिन तक लाश टंगी रही। रात को भरी चांदनी में वह अंग्रेज और उसकी डायन पत्नी उस पर गोली के निशाने साधा करते थे। जब तक लाश छलनी न हो गयी, उन्होंने छोड़ा नहीं। ऐसे नर-पिशाच थे वे।'

कुछ पल चुप वह मेरे चेहरे की ओर देखता रहा। फिर विश्वास दिलाता हुआ बोला, 'यह बस मैंने अपनी आंखों से देखा है बाबू सा'ब! मैं सच कह रहा हूं...उस पेड़ पर लटकता मुर्दा हर रोज रात को दीखता है। खिड़की के शीशों से झांकता है और ओझल हो जाता है।'

उसकी मूर्खता-भरी बातों में भला कौन विश्वास करने लगा! मैं यों ही हंसकर टाल देता हूं।

बाद में लोग आते हैं, उस दिवंगता का सामान टटोलते हैं। बहुत-से सामान के बीच कुछ कागजात मिलते हैं। कुछ चिट्ठियां, जिनमें लिखा रहता है...मिसेज हेरिसन!

मुझे यह सब एक अजीब सपना-सा लगता है। चौकीदार को बुलाकर मैं कहता हूं, 'अच्छा, आज रात को हम यहीं रुकेंगे और उसे देखेंगे।...पेड़ पर वह दीखता है न!'

तहकीकात के लिए आया पटवारी भी यही कहता है।

मैंने देखा...उसके चेहरे का रंग धुंधला पड़ गया। फिर भी वह

गम्भीरता से बोला, 'हां, हां, देखिएगा रात को। अगर न दिखलाई दे तो...।'

आधी रात को जगता हूं। देखता हूं...सच ही पेड़ पर रस्सी के सहारे एक शव लटक रहा है।

और निकट जाता हूं। आश्चर्य का ठिकाना नहीं रहता...वह तो...वह तो...वह तो...वही बूढ़ा चौकीदार है।

जिसके कपड़ों में एक कागज मिलता है। टेढ़े-मेढ़े अक्षरों में लिखा रहता है...मैं जान-बूझकर आत्महत्या कर रहा हूं। चैन से मर रहा हूं। आखिर इतने वर्षों बाद, मरने से पहले अन्त में मैंने अपने बूढ़े बाप की हत्या का बदला चुका ही लिया...

रेत की धाराएं

मैं कॉरीडोर पर खड़ा हो जाता हूं। बाहर अभी तक लगातार पानी बरस रहा है। देवदार की नुकीली पत्तियों का रंग पानी में भीगकर कुछ और हरा हो गया है। आसमान में गंदले बादल। चारों ओर कुहासा ही कुहासा...

मुझे लगता है, विपिन आज आएगा नहीं, यद्यपि वह आने की बात कह गया था। इरा का भी मत ऐसा ही लगता है, भले ही उसने यह बात स्वयं से व्यक्त नहीं होने दी। सुबह मैंने पूछा, तो उसने इतना ही कहा कि वन-विभाग का काम है। कुछ समय लग ही जाता है। किन्तु आएंगे, इतना निश्चित है...

इरा के व्यवहार में इधर मुझे कुछ परिवर्तन-सा लगता है। पता नहीं क्यों, नारी का अधिक मुखर होना मुझे स्वभाव से ही अच्छा नहीं लगता। जब से यहां आया हूं, मेरा मन कुछ अजीब-सा हो गया है। कभी-कभी अहसास होता है, मुझे नहीं आना चाहिए था।

जब से विपिन की बदली यहां हुई, वह लगातार लिखता रहा है कि पिछली बीमारी के बाद, सुना था, तुम्हारा स्वास्थ्य ठीक नहीं। कभी इधर आओ तो अच्छा रहेगा। इरा भी कहती है...

मुझे याद आता है, विपिन की अब शादी हो गयी है...किसी काम करने वाली स्मार्ट लड़की से। सुना था, ऐसी योग्य पत्नी पाकर वह धन्य हो गया है।

विपिन का 'धन्य' होना मुझे अच्छा लगा। चलो, जिन्दगी में एक ठहराव तो आया।

और एक दिन–

'यह तुम्हारी भाभी...।' इन तीन शब्दों में विपिन ने अपने साथ आई तरुणी से परिचय कराया, तो मैं सकपका-सा आया। क्षण-भर देखता रहा। मुझे ऐसा लगा, जैसे मैंने किसी जगह इसे देखा है। तनिक देर चुप रहकर मैंने झटके से गरदन हिलाई, मैं व्यर्थ की बातें क्यों सोचा करता हूं। स्वयं पर मुझे झुंझलाहट हुई...

एक छोटे-से घर में विपिन ने एक छोटा-सा परिवार बसा लिया है। मैं देखता हूं शाम को खाने की मेज पर विपिन इरा की ही बातें किया करता है, 'बड़ी सोशल है। हर एक्टिविटी में भाग लेती हैं। जहां भी रही, इन्होंने सबको प्रभावित किया। लोग अब तक इन्हें याद करते हैं। कुछ वर्ष दिल्ली में भी रहीं। इनके पिता जी अपने कस्बे के अच्छे बिजनेसमैन थे। इतनी कम उम्र में, इतनी तरक्की कम ही लोगों को मिलती है, इसलिए इनके कलीग जलते हैं...'

मैं दूसरी ओर खड़ा हो जाता हूं। कैक्टस वाले गमले में लबालब पानी भरा है। मुझे याद आता है, जिस दिन मैं यहां आया था, उस दिन भी ऐसी ही वर्षा थी। कुहरे से मुझे पता नहीं क्यों इतनी चिढ़ है। चारों ओर धुंधला-धुंधला-सा लगता है, जैसे मैं किसी खाई में भटक गया हूं।

'यहां खड़े-खड़े क्या कर रहे हैं? आपकी चाय ठण्डी हो गई।' इरा का सजीव स्वर है।

मैं चौंककर मुड़ता हूं, 'विपिन अब आने ही वाला होगा।'

वह हंस पड़ती है, 'यहां कोई प्लेन्स जैसा थोड़ा ही है कि रेल का समय हो गया। पहाड़ों का ढंग कुछ और ही होता है।...वे अभी भी आ सकते हैं और हो सकता है, काम बहुत अधिक हो और वे रात को भी न आ सकें। चलिए, चाय फिर बना दूं।'

मैं चुपचाप चलता हूं। इरा चाय गरम करती है। साथ में दस पैसे के आकार के छोटे-छोटे नमकीन बिस्कुट।

'आप अकेले बोर तो नहीं हो रहे?'

'नहीं तोऽ।'

'पहाड़ों में बरसात का मौसम अच्छा नहीं रहता।'

प्रत्युत्तर में मुझे कुछ कहना चाहिए था, पर मैं कुछ कह नहीं पाता हूं। प्याला होंठों पर लगाता हूं। चाय जरूरत से ज्यादा गरम लगती है।

'आज भी छुट्टी है?' मैं कुछ कहने भर के लिए कहता हूं।

'जी हां। शायद कल भी रहे।'

'दिल्ली में आप कब से हैं?'

'यही कोई तीनेक साल से।'

उससे पहले, सुना था, आप विदेश में थे। विपिन कहते थे।'

'जी हां। ऐसे ही कुछ दिन।'

इरा अपने प्याले में कत्थई गरम पानी थोड़ा-सा और उड़ेलती है। भाप की एक लकीर-सी उठती है। अपलक वह धार को तौलती-सी रहती है, जैसे कुछ टटोल रही हो गम्भीरता से, 'विपिन कहते थे, आपका नजरिया कुछ और है। शायद आप...'

मैं समझ नहीं पाता।

'आई मीन...मेरा मतलब था, आपने भीष्म पितामह बनने का इरादा कर लिया है...'

इस बार भी मेरी आकृति से बात समझ पाने का भाव नहीं झलक पाता है, तो वह इस पर अनायास खिलखिलाकर हंस पड़ती है, 'मैं बेचलर रहने की बात कर रही थी...'

उत्तर में क्या कहूं? किसी निर्णय पर पहुंचे बिना मैं केवल हलके से हंस देता हूं, ऐसी बात तो नहीं।'

'तो फि...र?' वह मुस्कराती हुई देखती है।

मैं चुप रहता हूं।

'मुझे लगता है, इसमें दोष आपका नहीं, आपकी सोसाइटी की उन महिलाओं, आई मीन...लड़कियों का है, जिन्होंने आपको अब तक कुंवारा रहने दिया।' वह बड़े सस्ते ढंग से हंसती है, जो मुझे अच्छा नहीं लगता।

'विपिन के अलबम में आपका एक चित्र देखा था। बिल्कुल किसी एक्टर का जैसा! इतनी सुन्दर आंखें मैंने आज तक किसी पुरुष की नहीं देखीं। पुरुष की भी आंखें सुन्दर हुआ करती हैं, आप कल्पना नहीं कर सकते।' वह कहती-कहती चुप हो जाती है।

थोड़ी देर सन्नाटा रहता है।

मैंने प्याला रीता कर दिया है। मैं अब सिगरेट निकालता हूं।

'कभी-कभी पता नहीं क्यों मेरा भी मन सिगरेट पीने को होता है।' वह कहती है, 'मैंने कभी पी नहीं। औरतों को सिगरेट पीते देखना मुझे विचित्र-सा लगता है।'

एक चुप्पी।

'ताश खेलेंगे?' इरा का प्रश्न है।

मैं चुप रहता हूं।

'सुना था, आप कैरम के चैम्पियन हैं। मुझे भी कुछ शौक है। अच्छे खिलाड़ी से हारने में भी अच्छा लगता है।' वह यों ही हंसती है, 'हमें भी सिखला दीजिए न! आपको उम्र-भर याद किया करेंगे।'

मैं कुछ भी कहने की स्थिति में नहीं रहता। वह भी मौन भाव से मेरी ओर देखती रहती है। मैं ही कुछ सोचता हुआ मौन तोड़ता हूं, 'आज कुछ घूमने का प्रोग्राम है। सोचता हूं...चौबटिया तक हो आऊं। सुना है, वहां फलों के बहुत सुन्दर बगीचे हैं।' मैं कुछ रुककर पूछता हूं, 'आपने देखे हैं?'

वह इस तरह से गरदन हिलाती है कि उसने देखे हैं।

'इस बारिश में कहां जाएंगे...!' इरा को जैसे कुछ याद आता है।

मैं खिड़की से बाहर झांकता हूं, 'अब तो कुछ कम है। रेनकोट ले जाऊंगा।'

वह अब मना नहीं कर पाती।

मैं विपिन के गम-बूट पहनता हूं। बरसाती ओढ़े बाहर निकलता हूं, तो कुछ राहत-सी मिलती है। मुझे अहसास होता है कि कहीं पर दबाव कुछ कम हो गया है। इसलिए एक तरह की घुटन-सी भी नहीं।

गीले रास्ते पर बहुत-से निशान हैं। सड़क के फुटपाथ पर चलता-चलता मैं दूर निकल जाता हूं। मुझे सब विचित्र-सा लगता है। इरा का पत्नी के रूप में विपिन ने जब परिचय कराया, तो मुझे कुछ अटपटा-सा लगा था। लगा था, इस रूप में इसे नहीं होना चाहिए था।

अब से लगभग कुछ वर्ष पूर्व..

मैं तब नयी दिल्ली में केन्द्रीय सरकार के कार्यालय में था। मुझे याद आता है, मेरी नई-नई नियुक्ति हुई थी। उन्हीं दिनों गृह मन्त्रालय से एक सर्क्युलर आया कि जिन कर्मचारियों की कार्य-कुशलता अच्छी है, जो

शारीरिक एवं मानसिक दृष्टि से योग्य हैं कि आगे कार्य कर सकें, उन्हें पचपन के पश्चात् भी लगभग तीन वर्ष के लिए और रखा जा सकता है।

इसी के पांचवे दिन शाम के समय देखता हूं, एक बूढ़ा असिस्टेण्ट (नाम शायद कालरा था) मेरे कमरे में आता है। बिना किसी पूर्व भूमिका के वह अपने दोनों हाथ जोड़ता है, 'कल रविवार की छुट्टी है। आप घर ही रहेंगे न?'

'कहिए!' मैं जिज्ञासा से देखता हूं।

'जी, ऐसे ही। आपको समय हो, तो मैं दर्शनों के लिए आ जाऊं...!' वह चुप हो जाता है।

'यहीं बतला दीजिए। व्यर्थ में वहां तक आने का कष्ट...!'

वह अपने खोखले दांत दिखलाता है, 'ऑफिस में तो आपको समय मिल नहीं पाता। अपना दुखड़ा आपके सामने नहीं कहेंगे तो फिर किससे...'

फाईलों के ऊपर रखा हाथ वैसा ही रखा रह जाता है। उसकी स्थिति देखकर मैं मना नहीं कर पाता। दिन में मुझे दिलशाद गार्डन किसी पार्टी में जाना होता है। अतः शाम का समय देता हूं।

शाम को जब मैं पार्टी से लौटता हूं तो देखता हूं, वह कब से वहां बैठा है। उसके बगल में एक पोटली है, जो उसने चुपके से भीतर रख दी है।

कुछ देर वह ऑफिस से घर तक की सारी बातें टेप-रिकॉर्डर की तरह दुहराता रहता है। अपने आवारा जवान लड़के के किस्से भद्दी गालियों के साथ सुनाता है। अपनी पत्नी को भी, जिसे गुजरे दो वर्ष ही बीते हैं, नहीं बख्शता।...कहता है, इतने बच्चे उसी ने पैदा किए हैं।

वह यकायक इस तरह से उठता है, जैसे कुछ याद आ पड़ा हो। अभी आने की बात कहकर, बिना उत्तर की प्रतीक्षा किये बाहर चला जाता है।

मुझे यह आदमी अपने में एक कैरेक्टर लगता है। बीस-पच्चीस मिनट तक वह अपनी ही बातें दुहराता रहता है। मुझसे एक बात भी सुनने का कष्ट उसने नहीं किया।

मैं उठकर भीतर जाऊं, तभी साड़ी में लिपटी एक लड़की-सी आती है और दरवाजे पर खड़ी हो जाती है।

'कहिए?'

वह कुछ नहीं कहती।

'कुछ काम था?'

'जी पिताजी ने भेजा है।...'

मैं दुविधा से देखता हूं, 'कौन?'

'जी, जो अभी यहां से गये थे।...'

'किसलिए?'

इस बार भी वह वैसी ही खड़ी रहती है। केवल एक बार पलकें ऊपर उठाती है और हलके से मुस्करा देती है।

लड़की बड़ी नहीं। शायद पढ़ती होगी। मुझे कुछ कहते नहीं बनता। मैं कुछ कहे बिना भीतर जाता हूं। थोड़ी देर पश्चात् लौटने पर देखता हूं, वह वैसी ही खड़ी है।

'अरे, तुम अभी गयी नहीं! यहां खड़ी-खड़ी क्या कर रही हो?'

वह मौन भाव से मेरी ओर देखती है।

'सुनो, मुझे इस तरह की बात अच्छी नहीं लगती।... तुम्हारे पिताजी का काम तो मैं पहले ही कर चुका हूं।'

वह छल्ले की तरह अपनी चोटी अंगुलियों में लपेटती रहती है।

'जाओ, अब चली जाओ।'

'जी, पिताजी नाराज होंगे। उन्होंने रात-भर यहीं रहने को कहा है...।'

'पहले भी कभी कहीं रहीं?'

'जी, एक बार बड़े भैया ले गये थे एक एम.पी. के पास, जिन्होंने उन्हें सर्विस में लगवा दिया था।...'

'तुम पढ़ती हो?'

'जी हां।'

'अच्छा, अब चली जाओ...'

'जी, पिताजी गुस्सा होंगे...।' वह रोने को हो आती है।

अजीब मुसीबत है!

मैं कुछ सोच नहीं पाता। उसका रूप-रंग, उसकी चाल-ढाल उसके घरेलू होने का अहसास नहीं जगा रहे हैं। गरीबी क्या-क्या नहीं कराती! मैं

सहानुभूति से उसकी ओर देखता हूं, 'जाओ, घर जाओ। अच्छे घरों के लोगों को...।'

मैं कह ही रहा होता हूं कि वह गुस्से से पलटकर, रुलाई-भरी आंखों से देखती है, 'वह मेरा बाप नहीं...।'

'कौन है फिर?'

'मुझे पैसे देकर लाया है...अब आज मुझे पैसे नहीं देगा...।'

मेरा मन भीग आता है। कुछ रुपये उसे देकर विदा करता हूं। इसलिए नहीं कि मैं सच्चरित्र हूं...सदाचारी, बल्कि इसलिए कि ऐसा क्यों होता है?

लगभग दो महीने भी इस घटना के नहीं बीते होंगे। मैं एक दिन 'सिन्धिया हाउस' के आगे खड़ा था। विदेश से आए मुझे तीन महीने बीत चुके थे, किन्तु अभी तक मैं अपने ही देश में अजनबी-सा बना था।...मुझे सूझता नहीं था कि यह शाम कैसे व्यतीत करूं?

तभी देखता हूं, जनपथ के क्रॉसिंग से लड़की आ रही है। मेरे सामने वाले बस-स्टैण्ड पर खड़ी तीन-चार बार उड़ती निगाहों से मेरी ओर देखती है।

मैं देखता हूं, वह मुस्कराती हुई मेरे पास खड़ी हो गयी है।

मैं भी मुस्कराने का प्रयास करता हूं, जो स्वाभाविक है। मेरे भीतर का कहानीकार तभी सहसा कहीं बाहर झांकने लगता है। देखें, फिर क्या होता है? इस जिज्ञासा ने कई बार अतीत में मुझे कठिनाइयों में डाला है। आज फिर वह मुझे चैन नहीं लेने दे रहा है।

'हलो!' वह बड़ी अदा से 'विश' करती है। मैं भी उत्तर देता हूं।

हम साथ-साथ चलें, कोई बात करें, इससे पहले वह सामने मशीन का ठंडा पानी बेचने वाले से दो अंगुलियां खड़ी कर दो गिलास पानी का ऑर्डर देती है। पैसे जिद्द करके स्वयं ही चुकाती है।

'चलिए।' वह मेरे साथ यानी कि मैं उसके साथ-साथ पूरे कदमों से चलने लगता हूं।

सामने के चौराहे के समीप हम ठिठकते हैं। मेरी राय की परवा किये बिना वह एक स्कूटर रुकवाती है और मेरे साथ-साथ स्वयं भी उसमें धंस जाती है।

मुझे यह सब अस्वाभाविक नहीं लगता। जरमनी में लोग अपनी शामें कभी-कभी इस तरह बिता लिया करते हैं। मुझे लगता है, दिल्ली इन कुछ ही वर्षों में बहुत आगे निकल गयी है।

स्कूटर जनपथ का दायरा पार कर इण्डिया गेट के बाद पृथ्वीराज रोड वाली चौड़ी सड़क पर मुड़ता है। यद्यपि मैं एक-दो बार पहले भी आ चुका हूं इस रास्ते से, फिर भी मुझे सब अपरिचित-सा लगता है।

स्कूटर सफदरजंग हवाई अड्डे के बाद डिफेन्स कॉलोनी की ओर मुड़ता है। महिला मुझमें अधिक रुचि लेने लगती है। उसे यह जानकर बहुत प्रसन्नता होती है कि मैं जरमनी से अभी-अभी लौटा हूं।

'यहां आप अकेले हैं?' वह पूछती है।

'हां, ऐसा ही है अभी...।'

'यदि कोई आपको अकेला न रहने दे, तो?'

वह हंस पड़ती है, और मैं भी।

स्कूटर अब कुछ और आगे निकल जाता है। नई-नई दुकानों की इमारतें बन रही हैं। पुलिया के पार वह स्कूटर रुकवाती है। नीचे उतरती हुई कहती है, 'कुछ खरीद लें यहां से। आपके पास...?'

मैं पैण्ट की पिछली जेब में हाथ डालता हूं, 'हाउ मच?'

'ओनली टू।'

मैं सौ-सौ रुपये के दो नोट आगे बढ़ाता हूं। कुछ देर बाद वह लपकती हुई लौटती है। कागज का थैला गले-गले तक भरा है। वह स्कूटर में अब इस तरह से बैठती है कि दूरी अधिक न रहे।

खुले-खुले-से नये मकान! खुली-खुली-सी नई गलियां! स्कूटर पता नहीं कहां खो जाता है।

अब हम एक फ्लैट के आगे खड़े होते हैं। साथ आई लड़की-सी औरत आगे रुकती है। मैं स्कूटर के पैसे चुकाता हूं।

एक अत्याधुनिक ड्राइंगरूम में वह मुझे ले जाती है। मेरा कोट वह बड़े जतन से उतारकर खूंटी पर टांगती है।

सोफे पर पांव पसारे मैं बैठ जाता हूं। पंखे की गति तीव्रतम है। मेज पर दबे कागज पत्थर से दबी तितली की तरह फड़फड़ा रहे हैं।

तभी द्वार खुलता है। एक लड़की प्लेट पर शर्बत का गिलास थामे आती है। दरवाजे पहले की तरह बंद हो जाते हैं...

मुस्कराती हुई वह और पास आती है। मद्धिम रोशनी में उसका शरीर चमक रहा है। संगमरमर-सी-प्रतिमा – मात्र रेशमी, नॉयलोनी आवरण...

मेरे आश्चर्य की सीमा नहीं रहती। यह आकृति मुझे पहले कहीं देखी हुई जैसी लगती है। यही लड़की सहमी हुई-सी एक दिन शाम के समय मेरे दरवाजे पर खड़ी थी...

'तुमने पहले भी मुझे देखा है?' मैं पूछता हूं।

वह बड़ी निरीहता से कहती है, 'नहीं तो!'

मैं देर तक कुछ सोचता रहता हूं।

'बड़ा अजीब समय आ गया है।' मैं असमंजस में कहता हूं।

मैं समझी नहीं, इस भाव से वह मुझे देखती है। फिर सहसा जोर से हंस पड़ती है, 'इसमें परेशानी की क्या बात है! कहीं कोई कठिनाई हो, तो मैं सहायता कर सकती हूं...'

उसकी आवाज़ में आत्मीयता-सी लगती है। लगता है, हंसकर वह हलकी हो गयी है।...रीता गिलास एक ओर रखकर वह मुझे टटोलने लगती है। ऐसे क्षणों में इस तरह की महिलाएं प्रायः ऐसा ही व्यवहार करती हैं...

मेरे कोट से पार्कर निकालकर वह अपनी गरम हथेलियों के बीच दबाती है। मेरे बहुत निकट आकर उसे और अधिक आत्मीयता से सहलाती है।

'इसे मेरे ब्लाउज में लगा दीजिए, प्लीज!'

मेरी निगाहें जब ब्लाउज वाली जगह की ओर मुड़ती हैं, तो आश्चर्य होता है...वहां उसने कुछ भी नहीं पहन रखा है। केवल कुछ ओढ़ा है...

मेरी जेबों को टटोलते-टटोलते उसकी पलकों में एक विलक्षण विस्मय का भाव है।

वह दौड़ती भीतर जाती है।

थोड़े समय पश्चात् देखता हूं, वह लड़की-सी महिला मेरे सामने खड़ी है, जो मुझे अपने साथ स्कूटर में लाई थी।

'हैव यू नो मनी?'

मैं सिर हिलाता हूं – 'ना!'

वह अपने कपाल पर हाथ रखती है, 'यू ब्लफ्ड मी...!' वह गुस्से से उफनती है।

मैं धर्मसंकट की स्थिति में हूं। अब क्या करूं? सूझता नहीं। वस्तुतः आज मेरे पास इससे अधिक पैसे नहीं थे...

'तुमने चलने से पहले क्यों नहीं बतला दिया था कि तुम नंगे हो! तुम्हारे पास कुछ भी नहीं है! हे भगवान, इस रात अब मैं किसे पकड़कर लाऊं? तुमने हमें कहीं का भी नहीं रख छोड़ा।'

मैं सकपकाकर उठता हूं। अपनी नासमझी पर मुझे झुंझलाहट होती है। ऐसा भी हो सकता है, इसकी मैंने कल्पना नहीं की थी।

मैं कोट पहनता हूं...

'कृपया मेरा पैन दे दीजिए।'

'कौन-सा पैन?' वह आश्चर्य से कहती है।

'वह लड़की ले गयी है, अभी।'

वह केवल हिकारत से मेरी ओर देखती है और चली जाती है!

किसी तरह वह पैन लौटाने को तैयार नहीं। वह कीमती है, इसलिए नहीं, बल्कि मेरे उस मित्र की याद है, जिसे गुजरे अब दो वर्ष बीत गए...

मैं हारकर बाहर निकलता हूं। धुंधली सीढ़ियों पर उतरता-उतरता ठिठक जाता हूं।

मुझे दरियागंज जाना है, पर मेरे पास एक भी पैसा नहीं। किसी तरह घर पहुंचता हूं।

उस रात मैं सो नहीं पाया। सारी रात सोचता रहा, यह सब क्यों हुआ? ऐसा क्यों होता है?

कार का हॉर्न बजता है। मेरे बगल से कुछ पहिये छींटे छोड़ते हुए दूर निकल जाते हैं।

घर लौटने का मन नहीं होता। आगे पांव नहीं बढ़ते। मौसम अब बहुत खराब है। अतः मैं हारकर चौबटिया की ओर न बढ़कर शहर की ओर मुड़ता हूं। सोचता हूं, विपिन शायद अब आ गया होगा।

इधर-उधर व्यर्थ में भटकते रहने के पश्चात् लौटता हूं, तो चारों ओर अंधेरा-अंधेरा दीखता है...

लगता है, सब सो गये हैं।

किवाड़ खटखटाता हूं।

हमेशा की तरह छोटा नौकर कुण्डी खोलता है।

'साहब नहीं आए?'

'ना।'

मैं गीले कपड़े उतारूं, उससे पहले ही वह मेरा खाना ले आता है। तिपाई के ऊपर रोज की तरह अखबार बिछाता है और दूकान की तरह थाली, कटोरी, गिलास सजा देता है।

'बीबी जी कहां हैं?'

'अपने कमरे में।'

'खाना सबने खा लिया?'

'बीबी जी को आज बुखार है... साहब के लिए खाना रखा है। पर अब वे क्या आएंगे...!'

मैं खाना खा चुकता हूं। वह रोज के नियमानुसार चाय लाता है और चला जाता है।

थोड़ी देर पश्चात् देखता हूं, वह दवा की शीशी लिए खड़ा है, 'बाबू जी, दवा कितनी दूं बीबी जी को?'

अन्दाज से चम्मच में उड़ेलता हूं।

मैं सोने लगता हूं कि वह थर्मामीटर थामे आता है, 'बीबी जी कहती हैं, बुखार नाप दो...।'

कपड़े पहनता हूं। झिझकता हुआ कमरे में जाता हूं।

चारों ओर सन्नाटा है। केवल जीरो वॉट का बल्ब टिमटिमा रहा है।

'...क्या बुखार आ गया?'

'जी, थोड़ा-सा।' ...वह होंठों को जीभ से भिगोती हुई अपना तकिये में धंसा सिर ऊपर उठाती है।

बाहर इस समय जोरों से पानी बरस रहा है। सपेटे भीतर आ रहे हैं। वह कहती है, 'किवाड़ बन्द कर दीजिए।'

मैं किवाड़ बन्द कर देता हूं।

'चौबटिया हो आए?' वह रुककर पूछती है।

'जी हां। कुछ दूर तक गया था। बरसात की वजह से कुछ साफ दीखता न था।...'

'मैं तो पहले ही कहती थी...'

थर्मामीटर मुंह से बाहर निकालकर देखता हूं, 'कुछ बुखार लगता तो है नॉर्मल से थोड़ा अधिक।'

'कितना–?'

'कोई अधिक नहीं।'

'आप कहते हैं, अधिक नहीं। देखिए न, मेरा शरीर तप रहा है।'

उसके माथे पर हाथ लगाता हूं। लगता है, वह सचमुच बुरी तरह तप रहा है।

वह अपनी कलाई आगे बढ़ाती है। मैं वैद्यों की तरह नाड़ी थामता हूं, 'कुछ हरारत-सी लगती तो है।' इस तरह से कहता हूं जैसे बहुत बड़ा अनुभवी रहा हूं।

'हरारत-सी नहीं, जी मुझे सचमुच बहुत बुखार है...' वह बिस्तरे पर ही कुछ आगे सरकती है, 'मेरा शरीर भट्ठी की तरह जल रहा है...'

वह एक ओर नीचे गिरा लिहाफ झटके से ऊपर उठाती है, तो दीखता है, उसने कुछ भी नहीं पहन रखा है...

'लगता है, विपिन आज नहीं आएंगे।'...वह गरम-गरम सांसें छोड़ती है। 'अकेले रहने में मुझे घबराहट-सी होती है।'

मैं चुप हूं।

उसके होंठ अकारण फड़क रहे हैं, '...आप बरसात में क्यों निकले...? आपको भी कहीं बुखार आ पड़ा, तो क्या करेंगे।...आप बहुत लापरवाह हैं।...आराम से बैठिए न।...मेरा बुखार फिर नाप दीजिए।...मैं कहीं मर पड़ी, तो क्या होगा?...मुझे मरने से डर लगता है...मरने से आपको भी डर लगता है न...? हम सबको डर लगता है।'

वह मेरे हाथों को सहलाती-सहलाती कसकर जकड़ लेती है। उसके हाथों की जलन मैं सह नहीं पाता...

मैं हाथ छुड़ाता हूं।

वह क्रोध और याचना से एक साथ देखती है, 'आप आराम से बैठिए न!...कोई आप मेहमान तो नहीं।...आप तो घर के ही अपने आदमी हैं...'

वह मेरे समीप कुछ और सरकती है।

'देखिए, यह अच्छा नहीं!' बड़ी मुश्किल से मैं कह पाता हूं।

'अच्छा-वच्छा क्या?' वह झुंझलाती है, 'देखिए न, मेरा शरीर जल रहा है। इतना बुखार मुझे पहले कभी भी नहीं आया। मैं मर जाऊंगी तो क्या होगा?'

वह मर जाने की बात कहकर दूरी और कम कर देती है।

'ऐसा नहीं–।'

'इसमें ऐसा क्या है? क्या किसी से बातें करना, किसी के पास बैठना पाप है?...आप यह क्यों भूल जाते हैं कि मेरी तबीयत ठीक नहीं। मुझे बुखार है। ऐसी हालत में क्या मैं अकेली रहूंगी?'

'किसी के विश्वास के साथ...'

'इसमें विश्वास की कौन-सी बात है?'

'तुम नहीं समझ सकतीं। कैसे समझाऊं...!' मैं कुछ परे हट जाता हूं।

मैं उठता हूं...

उठकर चला जाता हूं...

किवाड़ बन्द करते समय मुड़कर देखता हूं, वह अपने घुटनों में मुंह छिपाए रो रही है...

चारों ओर सन्नाटा है। सब सो गये हैं।

उस रात भी मुझे नींद नहीं आती, इसलिए नहीं कि मैं सच्चरित्र हूं। सदाचारी हूं। मैंने अपने जीवन में गुनाह नहीं किया। बल्कि इसलिए कि सब-कुछ होते हुए भी ऐसा क्यों होता है?

सफ़ेद सच

'उसकी कहानी सुनाइए न पापा, जो फटे कपड़े पहनता था, बर्फ पर नंगे पांव चलता था। कंधे पर सामान लादे एक दिन में बीस-बीस मील चल लेता था – आपने क्या नाम रखा था उस बच्चे का?'

सभी बच्चे जिज्ञासा से सहसा मेरी ओर देखते हैं।

टेलीविजन खराब है। बिस्तर पर लिहाफ ओढ़े मैं बैठा हूं। कोई पुस्तक पढ़ रहा हूं। आस-पास बच्चे हैं – गरम कपड़ों में लिपटे। श्रीमती जी दूर कुर्सी पर बैठी कार्डिगन बुन रही हैं।

मैं पीली दीवार की ओर देख रहा हूं दूर कहीं खोया हुआ...!

'हां, पापा...! नन्हा नीपू मुझे झकझोर रहा है, 'जब कुत्ते उछके पीछे-पीछे भागते थे वह कैछे दौलता था?'

'कौन दौड़ता था...?' मैं पूछता हूं।

'अले, वही, हली पैन्त वाला – जो बहुत गलीब था...।'

'हां, हां', मुझे सहसा भूली हुई कहानी याद आ जाती है, 'गंदी टोपी वाले की कहानी न!'

'नहीं, नहीं, हली पैन्त वाले की...!' सबसे छोटा बेटा फिर चहक पड़ता है।

मैं अब भूल गया हूं कि पिछली बार मैंने क्या सुनाया था, 'हां, क्या थी वह कहानी...?' उसी से पूछता हूं।

'पहाल पर घल था उछका। चालों ओल पेल ही पेल! बले-बले! उन पेलों छे घिले घने जंगल को भी उछे कभी-कभी अकेले ही पाल कलना पलता था। एक बाल उछने दूल छे लीछ को आते देखा था...!'

'हां-हां-हां!' मुझे सारी कहानी सहसा याद आ जाती है, 'उसने जंगल में रीछ देखा था...!'

मैं यहीं से कहानी का सिरा जोड़ता हूं।

'लीछ कितना बला था, काला?' नीपू सहसा फिर पूछता है।

'चुप-चुप!' बच्चे उसे चुप कराने लगते हैं, परन्तु मैं उनकी बातें नहीं सुनता। दोनों बांहें फैलाकर नीपू को बतलाता हूं – 'इत्ता बड़ा! काले-काले, मोटे झबरैले बाल! लम्बे नाखून! सफेद दांत – बड़े-बड़े! अगले पंजे हवा में उछालता हुआ वह झप-झप चल रहा था...।'

'परसों तो आपने कहा था कि वह बर्फ के ऊपर काली गठरी की तरह बैठा था!'– सोनू बात काटता हुआ कहता है।

'हां, तुम ठीक कह रहे हो। मैं भी गलत नहीं कह रहा हूं – वह पहले गठरी की तरह बैठा था – सफेद बर्फ के ऊपर, धूप सेंक रहा था। किन्तु ज्यों ही गंदी टोपी वाले लड़के को देखा, वह सहसा गुस्से में खड़ा हो गया। अपने अगले पंजे हवा में हिलाता हुआ, लपक-लपक कर भागने लगा था।... जब अपने अगले पंजे आगे बढ़ाएगा, तभी तो आगे बढ़ पाएगा न!' मैं उसे समझाते हुए कहता हूं।

'हाथ कैछै थे उछके...?'

'तू बीच में क्यों टोकता है?' सोनू गुस्से से नीपू की ओर देखता हुआ चिल्लाता है, 'पापा,? आप कहानी आगे सुनाओ न...!'

मैं कहानी फिर आगे बढ़ाने लगता हूं, 'गंदी टोपी वाले बच्चे ने जब रीछ को अपनी ओर आते देखा तो डर से उसके रोंगटे खड़े हो गए। वह थर-थर कांपने लगा। चीखने के लिए उसका मुंह खुला, परन्तु आवाज़ न निकल पाई।... तभी उसे पता नहीं क्या सूझा, वह सरपट नीचे ढलान की ओर भागने लगा। रास्ता ऊबड़-खाबड़ था, पगडंडीनुमा, परन्तु वह प्राण बचाता हुआ, भागता रहा–भागता रहा...

'जब वह घाटी के पास पहुंचा तो उसने एक बार मुड़कर पीछे देखा – रीछ अब बहुत पीछे था। लपक-लपककर हांफता हुआ उसी की ओर आ रहा था...।'

आपने तो कहा था कि वह बच्चा छोटा था, फिर रीछ से ज्यादा कैसे दौड़ गया?' सोनू ने प्रश्न किया।

'बच्चा नहीं दौल छकता क्या?' नीपू ने उसकी बात काटते हुए कहा। उसे शायद चिढ़ थी कि वह बीच में क्यों बोल रहा है!

'सोनू ठीक कह रहा है।' मैं सोनू का पक्ष लेता हूं, 'यदि बच्चा ऊपर की ओर भागता तो रीछ कुछ ही गज की दूरी पर उसे दबोच लेता। उसका सौभाग्य था कि वह नीचे की ओर दौड़ा।'

'नीचे की ओर क्या रीछ नहीं दौड़ सकता...?' करुणा टोकती है इस बार।

'नीचे की ओर उतनी गति से नहीं भाग सकता। उसके सिर के झबरैले बाल आंखों के आगे आ जाते हैं, इस कारण उसे साफ नहीं दिखलाई पड़ता।'

'पापा, कहानी आगे छुनाओ!' नीपू का रस-भंग हो रहा है – बीच की बातों से।

'हां, तो गंदी टोपी वाला लड़का नीचे घाटी में आ गया। इधर-उधर उसने निगाहें दौड़ाईं, पर कहीं भी छिपने के लिए जगह न दीखी...

नीचे नदी थी, बड़ी भयावनी। वह नदी के किनारे-किनारे कच्चे रास्ते पर दौड़ने लगा। रीछ अब भी उसका पीछा कर रहा था। कुछ ही कदम नीचे उतरकर बच्चे को एक पनचक्की-घर दीखा। वह कुण्डा खोलकर, झटपट उसमें घुस गया और उसने भीतर से किवाड़ बन्द कर दिए।

भीतर चक्की चल रही थी – लगातार घर-घर करती हुई। ऊपर धरी कूंडी में अनाज भरा हुआ था। चक्की के पाट लगातार घूम रहे थे। नीचे फर्श पर रखा आटे का थैला धीरे-धीरे भरता चला जा रहा था। भीतर कोई भी प्राणी न था। अनाज रखकर पता नहीं कौन, कहां चला गया था।

उसे लगा, थोड़ी देर बाद रीछ भी वहां आ गया है। जोर-जोर से दरवाज़े भड़भड़ा रहा है। किन्तु गंदी टोपी वाले ने भय के कारण दरवाज़े नहीं खोले। किवाड़ के सहारे पीठ टिकाकर बैठा रहा, सांस रोके।

बैठे-बैठे उसने सारी रात गुजार दी। रात के अंधियारे में बाहर उसे किसी के चीखने-चिल्लाने की जैसी आवाजें भी सुनाई दीं, किन्तु पनचक्की की घरघराहट में स्पष्ट कुछ सुन न पाया। पास ही श्मशानघाट था। प्रेत-लीला समझकर, वह भय के मारे दम साधे बैठा रहा।

सुबह सूरज उगा तो उसने दरवाज़ा खोला। देखा – चिथड़ों में लिपटी, खून से सनी किसी बूढ़ी औरत की लाश नीचे पड़ी थी, वह उसी की अपनी मां है।

'उछकी मां – उछी की अपनी मम्मी!' नीपू की बड़ी-बड़ी आंखें भय से और बड़ी हो जाती हैं।

'हां, उसी की...!' मैं गम्भीर स्वर में कहता हूं। मेरी आवाज़ डूब-सी जाती है।

श्रीमती जी इस बीच पता नहीं कब चाय बनाकर प्याला सामने रख गई हैं! प्याले के ऊपर उठती भाप धीरे-धीरे कम होती चली जा रही है।

'उसकी मां कैसे हो सकती है वह? कहानी झूठी लगती है।' सोनू का स्वर है।

'क्यों, उसकी मां कैसे नहीं हो सकती?' करुणा कहती है, 'पापा ने बतलाया था ना कि वह लड़का बहुत गरीब था। उसकी मां भी गरीब थी। दूसरों के घर में उन्हें नौकरी करनी पड़ती थी। वह लड़का गांव से तीन-चार मील दूर अस्पताल में अपने मालिक के छोटे भाई को रोटी देने जा रहा था। हो सकता है, उसकी मां भी किसी का अनाज पिसवाने पनचक्की तक आई हो। चक्की में पिसता अनाज उसी का हो!'

'जब गंदी तोपी वाले की मम्मी बाहल थी तो उछने दलवाजे क्यों नहीं खोले?' नीपू गुस्से से पूछता है।

'उसे क्या पता था कि बाहर उसकी मां है? हो सकता है, उसने रीछ समझा हो!' सोनू कहता है।

'उछकी मम्मी को किछने खाया?' नीपू पूछता है।

'रीछ ने...।' करुणा इतना कहकर चुप हो जाती है।

मैं चुपचाप ठंडी चाय पीने लगता हूं।

'फिल क्या हुआ पापा, तोपी वाले का?' नीपू पूछता है।

उसकी बाल-सुलभ सहज जिज्ञासा देखकर कहता हूं, 'फिर उसने एक दिन वह गांव छोड़ दिया। मां के अलावा और था ही कौन उसका! अपनी बड़ी बहन के गांव चला गया।'

'फिल...?'

'वहां वह भेड़ें चराया करता था। खाली वक्त में पढ़ लिया करता था। पढ़ने में बहुत अव्वल था, इसलिए जीजा ने पाठशाला भेज दिया।'

'फिल...?'

'वहां की पढ़ाई पूरी कर फिर एक दिन वह अपने रिश्तेदार के पास दिल्ली चला आया...।'

'फिल...?'

'फिर क्या! यहां नौकरी करने लगा। प्राइवेट पढ़ाई भी उसने जारी रखी। देखते-देखते एक दिन वह भी आया जब उसे अच्छी नौकरी मिल गई। अच्छा फ्लैट मिल गया। वह अपने बच्चों के साथ आराम से रहने लगा।'

'आप जानते हैं पापा उछे–?'

'हां, जानता क्यों नहीं...?'

'वह भी अपने बच्चों को लीछ की ऐछी कहानी छुनाता होगा ना!'

'हां...!' इससे अधिक मैं कुछ कह नहीं पाता। स्विच ऑफ कर रोशनी बुझा देता हूं।

•••

हिन्द पॉकेट बुक्स

हिमांशु जोशी

की यादगारी कहानियां

हिमांशु जोशी हिन्दी के ख्यातिलब्ध कहानीकार, उपन्यासकार और पत्रकार थे। उन्होंने अपने पेशेवर जीवन की शुरुआत पत्रकारिता से की थी। वे लंबे समय तक हिंदी पत्रिका *कादम्बिनी* और *साप्ताहिक हिन्दुस्तान* के संपादन से जुड़े रहे। बाद के दिनों में उन्होंने *वागर्थ* के संपादन का भी दायित्व संभाला। देहावसान से कुछ समय पूर्व तक वे नार्वे से प्रकाशित पत्रिका *शांतिदूत* के सलाहकार संपादक रहे। उन्होंने हिंदी फिल्मों के लिए भी लेखन कार्य किया। हिमांशु जोशी के उपन्यास *सु-राज* पर आधारित फिल्म 'सु-राज' ने 'इंडियन पेनोरमा' के अंतर्गत अंतर्राष्ट्रीय फिल्म समारोहों में भारतीय फिल्मों का प्रतिनिधित्व किया। उनके चर्चित उपन्यास *तुम्हारे लिए* पर दूरदर्शन धारावाहिक बना। साथ ही *तर्पण, सूरज की ओर* आदि पर टेलीफिल्में बनी। जोशी ने आकाशवाणी पर शरतचंद्र चट्टोपाध्याय के सुप्रसिद्ध बांग्ला उपन्यास *चरित्रहीन* का रेडियो-सीरियल निर्देशित किया।